L'ABBAYE AUX LOUPS

DU MÊME AUTEUR
CHEZ LE MÊME ÉDITEUR

Le Paravent de soie rouge, 2002
Le Paravent déchiré, 2003
En passant par la Lorraine, 2003
L'Inconnue de Saigon, 2004
Les Amants du fleuve Rouge, 2005
Le Pianiste de La Nouvelle-Orléans, 2005
Les Brumes de San Francisco, 2006
Paradis perdu, 2007
Cent Ans avant de nous séparer, 2008
Comme un parfum d'ylang-ylang, 2009

Paul Couturiau

B

L'ABBAYE AUX LOUPS

Roman

Romans Terres de France

PRESSES DE LA CITÉ

Production Jeannine Balland

ISBN 978-2-258-08100-0

Introduction

Sur les bords de la Moselle, se dressait autrefois une abbaye bénédictine dédiée à saint Martin. Bâtie au VIIe siècle sur le mont Saint-Quentin de par la volonté du roi Sigebert III, fils de Dagobert et de la concubine royale Ragnétrude, elle avait fini par s'écrouler, quelque quatre cents ans plus tard, avant d'être reconstruite sur la rive gauche de la Moselle. En ce havre de paix consacré à la prière, à la lecture de la parole divine et au travail, les moines œuvraient dans le plus pur respect de la règle définie, aux alentours de 530, par saint Benoît [1].

Le corps de Sigebert III ayant été retrouvé intact en 1063, il fut exhumé et placé à côté du grand autel de l'église abbatiale de Saint-Martin, avant d'être installé, en 1170, dans une châsse d'argent. Un moine homonyme, Sigebert de Gembloux, avait obtenu la canonisation du souverain mort à vingt-cinq ans. Il avait, en effet, réussi à lui attribuer une série de miracles.

Pourtant, en dépit de la protection accordée par le saint à ceux qui faisaient appel à lui, la quiétude du lieu fut souvent troublée par les conflits profanes, en particulier ceux

1. La règle de saint Benoît s'inspirait de celle des premiers moines égyptiens du IVe siècle.

qui opposèrent le duché de Lorraine à la ville de Metz. Si l'abbaye fut maintes fois détruite par la folie des grands, elle fut aussi souvent reconstruite grâce à la piété et à la ferveur des humbles.

Malheureusement, Charles Quint allait lui porter un coup fatal lorsqu'en 1552 il ordonna au duc d'Albe de s'emparer de Metz pour la punir de s'être offerte à la France. Les Messins, si fiers jusque-là du statut de « ville libre » dont leur cité jouissait depuis plus de trois siècles, avaient dû renoncer à leurs privilèges par la faute de dissensions au sein de leurs élites. La soif de pouvoir d'hommes dépassés par les événements les avait, en définitive, fait rentrer dans le giron du royaume de France, sur lequel régnait Henri II. Cette conversion était inacceptable pour Charles Quint, qui n'entendait pas se priver de l'un des plus beaux fleurons du Saint Empire romain germanique. Le duc d'Albe, déjà aussi célèbre pour sa cruauté que pour sa science de la guerre, se heurta en l'occurrence à l'héroïsme de François de Lorraine, duc de Guise, et de tous les Messins, qui se battirent et vainquirent à un contre dix.

Le siège de Metz fut, pour l'empereur aux dix-sept couronnes, plus qu'un échec cuisant, un véritable camouflet dont il ne se remit jamais tout à fait. Il ne serait pas présomptueux d'avancer que les Messins précipitèrent ainsi l'abdication du grand Charles Quint.

Hélas ! Soucieux d'empêcher les troupes du terrible duc d'Albe de s'y réfugier, Guise avait ordonné la destruction de tous les monastères des environs de Metz. Ainsi, de l'œuvre de Sigebert, il ne resta pas pierre sur pierre. Ce fut le sac de trop. Celui au terme duquel le lieu saint ne renaîtrait pas de ses cendres.

En fait, ce fut au lendemain du sac de l'abbaye de Saint-Martin que la ville de Metz perdit son statut de ville libre. Faut-il voir là un châtiment du saint outré du sacrifice de son sanctuaire ? Toujours est-il qu'aujourd'hui il ne subsiste pas plus de traces de l'abbaye Saint-Martin que des antiques sites de culte gaulois sur lesquels celle-ci avait été bâtie. Les reliques de saint Sigebert, elles, ont été transférées dans l'église des Jacobins de Metz, avant d'être déplacées à la collégiale de Notre-Dame de Nancy.

Sigebert III, qui avait inauguré la lignée des rois dits « fainéants », ne perdit pas l'affection de ses protégés, puisqu'il devint en définitive le patron du duché de Lorraine.

PREMIÈRE PARTIE

Saint-Martin, printemps 1228

1

La mélancolie d'un chevalier

En cette douce soirée du printemps de 1228, aucun conflit ne perturbait la sérénité de l'abbatiale, et les cœurs simples pouvaient se prendre à rêver que la paix serait éternelle. Il n'en demeure pas moins que, tout en se dirigeant vers l'église pour y réciter complies, le père abbé songeait qu'il lui faudrait recommander à ses frères de prier avec plus de ferveur qu'à l'accoutumée pour le salut des villageois. Durant la nuit, bien des âmes allaient succomber à la tentation. Il en va toujours ainsi quand l'humeur des hommes est à la liesse. Or, la joie habitait tous les êtres, des serfs les plus humbles aux commerçants les plus prospères. Lorsque le soleil aurait chassé les ombres de la nuit, Geoffroy, le fils du comte Garin de Saint-Martin, épouserait une jeune fille que nul ne connaissait dans la région, mais dont la rumeur rapportait qu'elle était aussi belle que bonne et pieuse.

Le château de Saint-Martin se dressait sur une éminence qui dominait la Moselle et faisait face à l'église abbatiale. Entre les deux, les masures du village, basses et rampantes avec leurs murs de terre battue, se blottissaient entre crainte du voisinage trop proche du comte et espoir de la double protection des seigneurs temporel et religieux. Superbe, tel un guerrier, avec sa ceinture de remparts et sa collerette de créneaux, le château de Saint-Martin élançait vers le ciel les flèches de ses toitures.

Le vieux comte Garin [1] devait être particulièrement heureux de l'union de son fils avec la jeune Isabelle de Sion, car il avait tenu à associer l'ensemble des villageois aux réjouissances. Cela tracassait le père abbé. En effet, tout au long de la nuit et de la journée des noces, le vin allait couler à flots.

Déjà, les éclats et les cris, compagnons habituels des excès de boisson, retentissaient avec une intensité telle qu'ils se répercutaient jusqu'au cœur de la riche cité de Metz, laquelle se trouvait à la veille de devenir, sous l'impulsion de sa bourgeoisie, une république oligarchique où les volontés de l'évêque et de l'empereur seraient entièrement soumises à celle des paraiges [2]. Pour l'heure, et depuis plus de quinze ans, des ouvriers s'activaient pour transformer, à l'initiative de l'évêque Conrad de Scharfenberg, une basilique romane en cathédrale gothique dédiée à saint Etienne. Longtemps après cette veille de noces, on parlerait encore, dans les assemblées d'apprentis et de compagnons, du chahut, qui avait résonné jusque dans les loges de bâtisseurs du chantier messin.

1. Le comté de Saint-Martin est purement fictif, comme les personnages de ce roman ; les faits, eux, sont on ne peut plus réels puisqu'ils sont le fruit de l'imagination de l'auteur. Pour le reste, la description de l'époque et la présentation de la République messine sont aussi fidèles à la réalité que possible.

2. Terme spécifiquement messin, qui vient du latin *pares* (pairs) et désigne une sorte de patriciat ; il s'applique aux seules familles de notables autorisées à occuper les principales charges de la ville pendant sa période républicaine, soit de 1234 à 1552.

L'auberge, où la jeunesse du château était en ripaille, portait fièrement son enseigne, *A l'arbalète*, comme un défi à la bienséance. Cette arme terrible et puissante, qu'on disait inventée par le diable en personne, avait en effet été interdite en 1139 par le pape Innocent III, qui lui reprochait son impitoyable cruauté.

Les tablées de chevaliers et d'écuyers de Saint-Martin étaient de beaucoup les plus bruyantes. Et de tous ces jeunes gens, celui que ses amis nommaient Bohémond était incontestablement le plus joyeux, le premier à lancer les chants, à commander à boire, à lever le coude et à roter. Son voisin de gauche gardait l'œil songeur, insensible à la liesse générale. Les coudes posés sur la table encombrée de gobelets d'étain, parmi lesquels le sien était seul à ne pas se vider, il s'efforçait d'arborer une mine aimable, dont tout observateur sobre aurait aisément compris qu'elle exprimait moins l'allégresse que le souci de ne pas troubler l'euphorie de ses compagnons ; ceux-ci, ne s'apercevant ni de sa tempérance ni de sa gravité, lui adressaient régulièrement des grivoiseries auxquelles il répondait par un rire sans joie.

Ce chevalier à la triste figure n'avait d'yeux que pour une ribaude à la crinière rousse qui trinquait sans retenue avec quiconque lui mettait un gobelet en main. Celle-ci était sans doute la seule personne présente à qui l'humeur chagrine du jeune homme n'avait pas échappé.

Elle allait se lever quand un homme au cou de taureau qui faisait bombance à sa droite la retint par le bras. Simon Le Goff était forgeron à Saint-Martin. D'une voix forte, habituée à couvrir le vacarme de ses fourneaux, il commanda qu'on mette un tonneau en perce.

— Et du meilleur ! Celui-là, aubergiste, tu ne le mettras pas au débit du comte, car c'est moi qui le paie ! tonna-t-il en serrant la taille de la ribaude. Je veux trinquer avec mes amis en l'honneur de notre jeune seigneur et de sa promise, sur laquelle on ne tarit pas d'éloges. Qu'ils soient heureux et nous donnent de beaux gars pour assurer la lignée des comtes de Saint-Martin !

Il tendit son gobelet en direction de la tablée des écuyers, qui se tournèrent vers lui comme un seul homme et lancèrent un vivat qui tinta fort agréablement aux oreilles du forgeron. Un tintement aux accents d'or. Lothaire Amos, l'aubergiste, sourit, pas dupe. Simon Le Goff lorgnait depuis longtemps du côté du château. Avec ces chevaux, ces armes, ces heaumes, ces grilles et tous ces outils, il y avait là du travail à revendre pour un homme qui ne rechignait pas à la besogne. En d'autres termes, il y avait de l'or à amasser. Or, le forgeron attitré du château était le vieux Pierre. En ce temps-là, le forgeron était rarement propriétaire de la forge. Celle-ci appartenait le plus souvent au seigneur local, qui en confiait la gestion à un homme qu'il rémunérait en se réservant les bénéfices de sa pratique.

Simon Le Goff faisait exception à la règle. Il était propriétaire de sa forge et avait la réputation d'être le meilleur taillandier[1] de Lorraine. Les bourgeois messins, lorsqu'ils avaient besoin d'un travail d'exception, n'hésitaient pas à parcourir la distance qui les séparait du village pour faire appel à ses services. Aussi les affaires de Le Goff étaient-elles florissantes ; pas assez, toutefois, au goût de cet être avide de reconnaissance autant que d'or. Décrocher la clientèle des seigneurs de Saint-Martin était son ambition ultime.

L'occasion était belle de se placer dans les bonnes grâces des hommes du comte. Pierre était trop pieux pour fréquenter l'auberge. Ce n'était pas lui qui paierait à boire en l'honneur des noces du chevalier Geoffroy. Simon misait peu pour gagner gros, songeait l'aubergiste, qui de toute façon ne se souciait pas de savoir qui réglait la facture

1. Le taillandier est un forgeron qui travaille en finesse.

puisque, d'un côté comme de l'autre, l'argent tombait dans son escarcelle.

Bohémond avait dû pousser le coude de son voisin pour que celui-ci daigne trinquer avec le forgeron. En vérité, les deux jeunes gens étaient les meilleurs amis du monde, quoique très différents. A en juger par leur tignasse, on aurait pu croire que le chevalier, avec ses cheveux d'été balayés en permanence par un vent du Nord, était le plus fou et l'écuyer, avec ses cheveux d'automne disciplinés par un doux frimas, le plus sage. La réalité était tout autre. Bohémond était un joyeux drille, tandis que son ami possédait une gravité naturelle, qui se dissipait uniquement dans l'intimité de ses affections.

Alors que Simon Le Goff venait de lui murmurer à l'oreille quelques mots dont son œil égrillard permettait aisément de deviner la teneur, la ribaude à la toison de feu le repoussa et se leva. Irrité, le forgeron lui saisit le poignet. Ce geste brutal provoqua un froncement de sourcils du chevalier. Sans se départir de sa bonne humeur, la jeune femme se pencha vers son voisin et lui fit une réponse que le brouhaha ambiant devait rendre inaudible à tout autre que celui à qui elle était destinée. La beauté accompagna sa phrase d'un mouvement de tête en direction du taciturne, qui dévisageait le forgeron sans la moindre aménité. Ce dernier lâcha aussitôt le poignet de sa voisine avec un haussement d'épaules dépité. Tout en faisant voler son ample toison autour de son visage hilare, la ribaude posa un baiser sur les lèvres sèches du forgeron avant de s'éloigner d'un pas chaloupé, qui fit se retourner plus d'une tête.

— J'ai tant bu que ma vessie va finir par me jouer un mauvais tour si je ne sors pas de cette maudite taverne au plus tôt, déclara Bohémond à son ami, lequel n'avait pas quitté des yeux la jeune femme qui arrivait à leur table.

— Allons, messire Bohémond, lança-t-elle, ne va pas te soulager sur les chausses de notre tout frais chevalier !

Sans ménagement, elle repoussa l'écuyer en lui désignant d'un doigt autoritaire la porte de l'auberge que plus personne ne prenait la peine de refermer. Bohémond obéit sans se formaliser de l'insolence de la fille publique. Il savait que Margot était la protégée de son ami, pour lequel il se serait fait occire sans seulement broncher.

Margot s'installa à califourchon sur le banc et accepta le gobelet de vin que lui tendait le chevalier en la gratifiant d'un sourire dans lequel perçait, enfin, un peu de chaleur.

— Il y a, quoi, une semaine que tu as été adoubé ? reprit-elle sans porter le gobelet à ses lèvres. Demain, tu célèbres tes noces. J'en connais beaucoup qui exulteraient. Pourtant, tu as la face aussi revêche que votre chapelain lorsqu'il croise une fille en cheveux. Si je ne te connaissais pas, Geoffroy, je te croirais à la veille d'assister à tes propres funérailles...

En ce temps-là, seules les filles publiques sortaient la tête nue, et le frère Otton était connu pour son intransigeance en matière de moralité – une intransigeance que le jeune homme le soupçonnait, d'ailleurs, de ne pas s'appliquer à lui-même.

— La promise serait-elle un laideron ? poursuivit la rouquine. On raconte, pourtant, qu'elle est mignonnette et bien faite, avec des formes déjà très avantageuses pour son jeune âge. Serait-ce qu'elle est trop sage à ton goût ? Tu sais, chevalier, les chanoinesses de Remiremont ne sont pas des anges, à ce qu'on raconte. Et puis, si son frère est dominicain, on ne peut pas lui reprocher de jouer les pisse-vinaigre, comme le frère Otton. Celui-là, il me donne plutôt l'impression d'être un bon vivant, même s'il semble préférer la bonne chère à la belle chair...

Le chevalier resta un long moment sans répondre. Il dévisageait la ribaude avec une intensité telle que celle-ci, habituellement pleine d'assurance, en perdit presque contenance.

— Surveille tes propos, belle Margot, dit-il enfin sur un ton affectueux. Notre chapelain ne te porte pas dans son cœur. Il ne manquerait plus que Caribert te prenne en grippe, lui aussi.

— Dans son cœur, sûrement pas. Mais il y a des jours où la façon dont ses yeux me déshabillent donne à penser qu'il me porterait volontiers dans son lit... enfin, dans le mien, car il n'oserait jamais me ramener au château, cet hypocrite.

Geoffroy fronça les sourcils en posant un doigt sur les lèvres de Margot. Celle-ci sourit. En fait, le chevalier avait l'air moins grave lorsqu'il cherchait à paraître sévère.

— Pourquoi es-tu triste, ce soir, Geoffroy ? demanda-t-elle. Je t'ai connu tellement plus insouciant. Serait-ce que la perspective du mariage t'effraie ? Si la belle est trop sage, envoie-la-moi, je lui enseignerai quelques moyens de faire le bonheur d'un homme...

— La belle, comme tu l'appelles, coupa Geoffroy, est aussi mignonne qu'on le raconte, Margot. Ces noces ne sont pour rien dans mon humeur. Par ailleurs, reprit-il, comment saurais-je si elle est trop sage ? J'ai posé les yeux sur elle pour la première fois voilà cinq jours.

— Alors, mon beau sire... ?

Geoffroy eut un geste de lassitude, mais il se ressaisit.

— Où est l'enfant ? demanda-t-il.

Margot blêmit. Ses lèvres s'agitèrent et elle dut faire un effort pour refouler des larmes. Son émotion était grande et contrastait avec la légèreté qu'elle affectait l'instant auparavant.

— Je ne veux pas me marier avant d'avoir réglé cette affaire, murmura le chevalier.

— Mais cette affaire ne te concerne pas, Geoffroy. Tu ne dois pas...

— Que dis-tu là, Margot ? Elle me concerne au premier chef, rétorqua-t-il d'un ton qui n'admettait pas la réplique.

La ribaude connaissait bien Geoffroy. Elle savait qu'il ne servirait à rien de lui tenir tête. Elle répondit, d'une voix vaincue :

— Il est chez Jeanne, la meunière.

Geoffroy se leva.

— Allons le chercher, dit-il.

— Pour… pourquoi ? bafouilla Margot. Il est tard. Il dort certainement.

— Nous essayerons de ne pas le réveiller.

Elle répéta :

— Mais pourquoi ?

— Viens, répondit le chevalier sans plus d'explication.

Lui saisissant la main, il se dirigea vers la porte de l'auberge, où Bohémond faisait son retour, apparemment résolu à rattraper le vin dont il s'était délesté en se soulageant.

— Ah ! Ça fait du bien d'avoir la vessie plus légère, annonça-t-il. Il est des moments où pisser est presque aussi bon que bai…

Il fronça les sourcils en voyant l'expression grave de son ami.

— Tu as besoin de moi ? demanda-t-il aussitôt.

Le chevalier allait faire observer à son ami qu'il était, de toute façon, trop saoul pour lui apporter quelque aide que ce fût, quand il vit le frère Otton qui pénétrait à son tour dans l'auberge. Le franciscain arborait une expression outrée en laissant son regard courir sur l'assemblée avinée.

— Occupe-toi de cette fouine, ordonna Geoffroy à son ami. Je ne tiens pas à ce qu'il nous suive.

Et, aussitôt, il reprit sa marche vers la sortie, suivi de la ribaude, qui n'opposait plus la moindre résistance. De son côté, Bohémond s'avança vers le franciscain et lui posa une main sur l'épaule.

— Quel plaisir de vous voir parmi nous, le moine ! Ainsi, vous vous êtes décidé à venir partager nos agapes ? Nos amis en seront ravis, je vous en donne l'assurance. Venez, qu'on vous serve à boire.

Le chapelain cherchait à se dégager, tout en s'efforçant de ne pas perdre Geoffroy de vue, mais l'écuyer l'entraînait vers sa tablée, où le volume sonore s'était encore amplifié.

— Où s'en va notre jeune chevalier ? demanda le chapelain de sa voix cauteleuse.

— Oh, fit Bohémond, je suppose qu'il...

Il hésita avant d'ajouter :

— Je suppose qu'il sort soulager sa vessie. Moi-même, j'en reviens...

Le frère Otton grogna :

— Soulager sa vessie ? Mais bien sûr, que n'y ai-je songé moi-même ?

L'écuyer lui lâcha le bras pour remplir un gobelet de vin, mais lorsqu'il voulut le lui tendre le chapelain s'était esquivé. Le brave Bohémond était trop saoul pour se souvenir de l'ordre que lui avait donné son ami et, ne sachant plus ce qu'il faisait avec ce gobelet à la main, il s'empressa de le vider avant de mêler sa voix à celle de ses compagnons, qui avaient entonné un chant paillard.

Dans la nuit, le chevalier Geoffroy de Saint-Martin avait enfourché sa monture avant de tendre la main à Margot ; la jeune femme leva les yeux vers le ciel avant de la saisir et de se laisser hisser. Elle s'installa en amazone, abandonna sa tête sur l'épaule du chevalier et ferma les yeux. Une larme roula sur sa joue.

L'insolite équipage s'ébranla à l'instant où le frère Otton retrouvait la fraîcheur de la rue. D'un geste irrité et frénétique, le chapelain épousseta les manches et les pans de son manteau, comme pour en chasser les miasmes du lieu de perdition d'où il venait de s'extirper. Son regard, qui parcourait la place et les rues environnantes, fut attiré par la toison de feu de la fille de joie, qui avait accroché la lueur d'une lampe allumée dans une maison où de bons chrétiens avaient sans doute choisi de prier plutôt que de céder à la tentation de la débauche.

Il se dirigea aussitôt vers son palefroi, désireux de découvrir où le chevalier à la veille de se marier emmenait sa compagne dépravée.

2

Les rêveries d'une chanoinesse

De son père, Isabelle de Sion ne conservait aucun souvenir. Et pour cause, il était mort avant sa naissance. D'après les bribes qu'elle avait réussi à glaner, c'était un seigneur de haut lignage, apprécié pour la noblesse de son caractère et pour son courage. Comment était-il mort ? Voilà qui ne lui avait jamais été révélé de façon précise. Comme ne lui avaient jamais été révélées les circonstances dans lesquelles il avait rencontré la mère d'Isabelle. A croire que le sujet était recouvert d'un voile d'interdit qu'il valait mieux ne pas soulever. Elle n'oubliait pas, toutefois, de mentionner son père systématiquement dans ses prières et il arrivait, dans ses moments de tristesse ou de désarroi, que le mot qui s'échappât de ses lèvres soit « papa ».

De sa mère ? Il lui restait quelques souvenirs. Vagues. Enfin… plus un parfum qu'un visage ou une silhouette. Oui. Un parfum de chèvrefeuille, qui avait eu le don de dissiper ses frayeurs de nourrisson. Avait-elle un an quand la maladie avait emporté la dame à l'apaisante senteur ? Pas tout à fait, à ce qu'on lui avait dit. Isabelle n'oubliait pas non plus sa mère dans ses prières ; d'ailleurs, et même si cela pouvait paraître sacrilège, il lui arrivait de les adresser directement à celle qui lui avait toujours inspiré une compassion qu'elle ne s'expliquait pas. Sa mère était, elle aussi, de haut lignage, ce qui réduisait peut-être la gravité du sacrilège.

A vrai dire, les premiers traits à s'être gravés dans la mémoire d'Isabelle étaient ceux de son frère. Un frère de vingt-cinq ans son aîné, qu'elle ne se souvenait pas d'avoir jamais vu autrement que vêtu de sa soutane blanche, serrée à la taille par une ceinture de cuir, avec capuce et chape, qui lui faisait comme une seconde peau. Cette vision impressionnait l'enfant autant qu'elle la réconfortait. Et elle se souvenait particulièrement de la voix de son cher Caribert penché au-dessus de son berceau. Une voix chaude et profonde, qui lui procurait le même apaisement que le parfum de chèvrefeuille de sa mère. Pourtant, la comparaison n'était pas tout à fait exacte, mais cela, il lui avait fallu du temps pour l'apprécier. Aujourd'hui qu'elle n'était plus une enfant, Isabelle avait découvert que la voix de son frère lui inspirait une exaltation quasi mystique. En effet, Caribert était l'un des chantres les plus doués de son temps. Un maître de chant doté d'un talent qui lui avait valu d'être remarqué par les plus hautes sommités de l'Eglise.

Après la mort de sa mère, il était devenu difficile de dissiper les frayeurs de l'enfant. Les caresses du regard fraternel et les accents célestes de sa voix y seraient sans doute parvenus, si Caribert n'avait pas été accaparé par ses occupations. Isabelle pleurait beaucoup, en ce temps-là. Déjà avant la mort de sa mère, ses accès de larmes étaient fréquents.

Par bonheur, son frère était un homme sensible et généreux, qui lui vouait un amour que l'enfant sentait absolu. Il n'avait eu aucun mal à comprendre que ce petit être vagissant avait, en fait, besoin de plus d'attention qu'il ne pouvait lui en accorder et de plus de tendresse que la nourrice ne lui en dispensait. Il avait alors demandé à Béatrice de La Bresse de s'occuper de sa sœur. Béatrice était une cousine de leur mère qui, à vingt-quatre ans, n'avait pas trouvé d'époux. Elle était pourtant gracieuse et avait un cœur en or. Avec elle, le parfum de chèvrefeuille avait fait sa réapparition. En réalité, c'était Caribert qui avait recommandé à la jeune femme la fragrance dont il ne lui avait pas échappé qu'elle apaisait sa sœur.

Isabelle avait désormais disposé d'une nourrice et d'une gouvernante pour veiller à son bien-être. Pour autant, son frère ne s'était pas éloigné d'elle. Il avait continué à lui consacrer tout le temps que ses activités lui laissaient de libre. C'est ainsi qu'à cinq ans la fillette aux cheveux de blé savait lire et tracer tout son alphabet en belles lettres gothiques. Hélas, son goût pour l'étude avait entraîné, pour elle, une nouvelle séparation.

« Pour t'aider à progresser, lui avait annoncé son frère un matin, il te faut un cadre plus propice à la concentration et des professeurs plus disponibles que je ne le suis. Rassure-toi, avait-il ajouté, je viendrai te voir aussi souvent que possible. »

Elle ne lui avait pas répondu. Son père était parti. Sa mère était partie. Ils n'étaient jamais revenus.

Soucieux de lui rendre la séparation moins douloureuse, Caribert avait proposé à sa sœur une institution éminente et relativement proche. Elle avait affecté l'indifférence. Son esprit tourmenté se délectait à l'idée que si Caribert ne la sentait pas concernée par leur séparation il en souffrirait autant qu'elle. Maigre consolation.

Consciente que son attitude était cruelle, Isabelle en avait dans l'instant même éprouvé de la culpabilité. D'autant que, du haut de ses cinq ans, l'enfant avait déjà observé que son frère sombrait naturellement dans une morosité chagrine dès qu'il ne se savait pas observé. Lorsqu'il lui arrivait d'interroger Caribert sur la cause de son chagrin, celui-ci s'empressait de chasser les nuages de ses yeux et se mettait à parler des souffrances du Christ. Isabelle avait beau être une enfant, elle savait que son frère ne lui livrait pas le fond de son cœur. Elle en était venue à lui imaginer quelque terrible blessure de l'âme qu'elle était encore trop jeune pour concevoir. Plus tard, après sa découverte des chansons de geste, l'adolescente se convaincrait que Caribert dissimulait, sous sa tunique de moine, un formidable chagrin d'amour qui faisait saigner son cœur, comme celui de Lancelot avait saigné pour l'inaccessible Guenièvre.

Mais, ce matin-là, la fillette était restée murée dans sa tristesse.

Son frère lui avait donc parlé de l'abbaye de Remiremont. Fondé en 620, par saint Romaric, le monastère accueillait hommes et femmes. Les moines étaient installés dans la vallée, et les moniales sur les hauteurs. A la suite d'un incendie qui avait ravagé les lieux en 1057, les moniales avaient décidé de renoncer à la règle de saint Benoît. Elles avaient obtenu du pape d'être sécularisées et de dépendre en ligne directe du saint-siège. En fait, l'abbesse était la seule moniale à prononcer des vœux ; elle avait, en outre, rang de princesse souveraine du Saint Empire romain germanique. Pour être admise au nombre des dames chanoinesses, il fallait fournir la preuve d'une ascendance aristocratique. Quatre lignes de noblesse étaient exigées du côté paternel comme du côté maternel.

« Le moment venu, tu pourras, si tu le désires, devenir à ton tour dame chanoinesse, avait précisé Caribert.

— Une dame peut quitter le chapitre pour reprendre une vie laïque, quand elle le désire, avait ajouté Béatrice.

— Tu veux que j'entre dans les ordres ? »

Caribert l'avait longuement considérée. Puis il avait souri.

« Je ne suis pas sûr que tu sois faite pour servir le Seigneur, avait-il fini par répondre. De toute façon, c'est toi qui décideras.

— Parce que tu es fait pour servir Dieu, toi ? » s'était exclamée la fillette, en se dressant sur la pointe des pieds avec une expression de défi.

Le dominicain avait ri. Il avait soulevé sa sœur de terre et l'avait serrée longuement contre son cœur. En dépit de sa résolution de ne pas trahir son émotion, celle-ci avait niché sa tête au creux de l'épaule fraternelle.

Tout en cajolant Isabelle, Caribert avait posé sur Béatrice un regard où se mêlaient douceur et souffrance. Si elle n'avait pu voir l'expression de son frère, la fillette avait lu l'émotion dans les yeux de sa gouvernante. Elle avait eu l'impression que celle-ci cherchait à consoler le dominicain, à lui dire de ne pas s'en faire, qu'elle serait toujours là pour veiller sur sa sœur.

En définitive, Caribert avait murmuré à l'oreille de l'enfant :

« Je ne t'imposerai jamais rien, Isabelle. Tu seras toujours libre de choisir ton destin. »

Avec le recul, l'adolescente reconnaissait que ses années à Remiremont n'avaient pas été aussi malheureuses qu'elle l'avait redouté. Dans l'ensemble, tout le monde avait été aimable avec elle. Sa passion de l'étude et des livres avait surpris par son ampleur, mais elle avait surtout ravi la plupart des dames. Seules quelques grincheuses en avaient été irritées ; sans doute celles-là étaient-elles influencées par la doctrine des franciscains, pour qui les livres sentaient le fagot. Au vu de ses dispositions, une dame l'avait même choisie comme « nièce », lorsqu'elle avait eu quatorze ans ; une nièce était censée succéder à la dame lorsque celle-ci se retirerait, soit que la mort l'ait saisie, soit qu'elle ait choisi de retourner à la vie laïque. A l'époque, Isabelle ne songeait pas qu'elle pourrait jamais quitter le couvent. D'ailleurs, un an plus tard, elle avait prononcé ses vœux temporaires, les seuls auxquels étaient tenues les dames. Elle avait, alors, revêtu l'élégant costume des chanoinesses, gris perle, garni de fourrure blanche, avec une mantille, blanche elle aussi, pour se couvrir la tête. Il y avait longtemps que la robe de bure n'était plus de mise à Remiremont.

Pour autant, Isabelle n'avait pas, à proprement parler, mené une existence monacale. Comme ses semblables, elle avait vécu dans un très bel hôtel particulier, où Béatrice régnait avec une poigne de fer sur la domesticité sélectionnée par Caribert. Mais l'adolescente avait fini par s'ennuyer.

Outre sa langue maternelle, elle avait appris le latin et les saintes Ecritures, la science religieuse, l'exégèse, nombre de fabliaux, le chant et la musique. L'adolescente s'était révélée une harpiste douée. En revanche, filer et broder n'étaient pas des activités qui lui procuraient le moindre plaisir. Une vieille chanoinesse lui avait enseigné des rudiments d'astrologie et le jeu d'échecs, où elle n'avait pas tardé à exceller. Elle avait encore acquis les connaissances médicales de l'époque, qui devaient lui permettre, si elle décidait un jour de quitter le couvent, de soigner un chevalier blessé au tournoi ou dans un combat. Pour parfaire son éducation, elle avait, enfin, appris un peu de fauconnerie, ce qui l'avait amenée à découvrir qu'elle aimait les longues randonnées solitaires à cheval.

Son frère, qui n'avait pas failli à sa promesse et l'avait visitée à plusieurs reprises chacune des douze années qu'elle avait passées à l'abbaye, avait pris la mesure de l'ennui de sa sœur et en avait deviné la cause.

« Tu n'as plus rien à apprendre ici, Isabelle, avait-il déclaré à l'occasion d'une de ses visites. J'aimerais savoir si tu as décidé de consacrer ton existence au Seigneur car, dans le cas contraire, il me semble que le moment est venu pour toi de quitter Remiremont.

— Tu m'as dit, un jour, que je n'étais pas faite pour servir le Seigneur. Je crois que tu avais raison. J'aspire à découvrir autre chose, Caribert. »

Béatrice avait marmonné, à l'intention du dominicain :

« Vous aviez bien besoin, aussi, de lui mettre entre les mains des romans courtois ! Depuis qu'elle a découvert vos Tristan, Yseult, Lancelot et autres Gauvain... Ah, on était bien tranquilles, ici ! »

Caribert avait ri de ces propos. Il était clair qu'il ne prenait pas au sérieux les récriminations de la gouvernante, qui aimait bougonner pour la forme ; une façon pour elle de se venger des fréquentes sautes d'humeur de sa protégée. Il avait, toutefois, pris le temps de s'entretenir avec elle. Il avait aussi consulté l'abbesse et les dames chanoinesses qui avaient assuré l'instruction de sa sœur. En définitive, il s'était isolé avec celle-ci et, assis sur l'herbe du jardin de la cour Saint-Benoît, il l'avait longuement écoutée. Isabelle lui avait confié qu'elle ne conservait que de vagues souvenirs de sa vie avant Remiremont. La perspective de découvrir le monde profane éveillait dans son cœur une vive exaltation. En même temps, elle l'effrayait. Quelle serait sa place loin de Remiremont ? Caribert avait l'art d'écouter. Et plus encore d'entendre. Même ce qui n'était pas dit.

Trois semaines ne s'étaient pas écoulées depuis leur conversation dans les jardins de l'abbaye qu'il était revenu lui annoncer :

« Que dirais-tu de te marier, petite reine ? »

L'adolescente en était restée muette. Elle avait regardé Béatrice, qui guettait sa réaction avec une stupeur égale à la sienne. Sa gouvernante ne lui avait jamais répondu lorsqu'elle lui demandait pourquoi elle, Béatrice, ne s'était pas mariée. Ou plutôt, elle lui avait fait des réponses qui n'en étaient pas. Il était ainsi deux sujets que Béatrice esquivait soigneusement ; l'autre concernait le père d'Isabelle.

Même si elle était trop orgueilleuse pour l'admettre autrement qu'en son for intérieur, Isabelle ne connaissait rien de la vie. Elle se révélait, en ce moment même, incapable de choisir l'orientation à donner à son existence. Caribert était sage et il s'était toujours révélé de bon conseil. Avait-elle vraiment besoin d'en savoir plus ?

« Je connais le promis que tu me destines ? avait-elle demandé, consciente de la sottise de sa question.

— Non, petite reine, avait répondu son frère. Il se nomme Geoffroy de Saint-Martin. C'est un jeune homme fort bien fait et très aimable. Il est le fils du comte de Saint-Martin. »

Le visage du dominicain s'était épanoui.

« Saint-Martin est un petit village sur la rive gauche de la Moselle, à l'est de Metz. Or, figure-toi que je suis envoyé à Metz pour assurer la formation musicale des moines dominicains du couvent des Frères prêcheurs. »

A l'époque de Pépin le Bref, le pape, soucieux d'unifier le peuple franc, avait demandé à l'évêque Chrodegang de Metz, émérite connaisseur du vieux chant romain, de faire de Metz le haut lieu de la liturgie romaine. Des livres de chants, des antiphonaires avaient ainsi été envoyés dans la cité épiscopale, en même temps que des chantres chargés de la formation musicale du clergé. Charlemagne, après lui, avait exigé que tout chantre fût formé à Metz. Le chant messin[1] était ainsi la référence en matière de musique liturgique, dont Caribert était le grand spécialiste.

Ce que le dominicain n'avait pas dit à sa sœur, c'était qu'il avait aussi reçu pour mission de diriger les enquêtes concernant les individus suspectés d'hérésie. Dès 1183, le pape Lucius III avait exhorté, à Vérone, les évêques à rechercher

1. Le chant messin sera appelé « chant grégorien » à la suite d'une confusion entre la réforme liturgique entreprise par le pape Grégoire VII et le fait que celui-ci ait fait du chant messin l'un des aspects unificateurs de cette réforme.

activement les hérétiques afin de les excommunier et d'éviter ainsi la propagation de fausses doctrines. En 1215, inquiet du développement de la foi cathare, le pape Innocent III avait convoqué un concile au Latran ; celui-ci avait posé les bases de la future Inquisition en établissant des tribunaux et en définissant l'essentiel de la procédure de jugement des hérétiques.

Or, à Metz, la situation était tendue entre les paraiges et leur évêque. La comtesse Gertrude de Metz était décédée, en 1225, sans laisser d'héritier, et sa succession avait jeté le trouble dans la région. L'évêque Jean d'Apremont, de la famille du paraige de Port-Saillis, décidé à réaffirmer les caractères féodaux du temporel, avait manœuvré pour récupérer le comté de Metz, ce qui n'était pas du goût de Messins attachés à leur autonomie. Si chacun s'accordait pour voir dans le prélat un « homme juste, sage et chaste, piteux, miséricordieux, patient et gracieux à toutes gens [1] », nul ne souhaitait se soumettre à son autorité. En définitive, il avait été contraint de s'exiler à Vic-sur-Seille, capitale de son domaine, que les évêques de Metz ne quitteraient plus avant l'arrivée du roi de France, en 1552.

Rome comptait sur le caractère aimable de Caribert pour restaurer une partie de son autorité dans cette ville rebelle, où l'éloignement de l'évêque risquait de faciliter l'implantation d'hérésies. Cette crainte était, toutefois, sans fondement réel, car les Messins étaient aussi attachés à la religion du Christ qu'à leur autonomie.

Le visage de l'adolescente s'était illuminé aux derniers mots de son frère.

« Mais alors, s'était-elle exclamée, transportée de joie, ça veut dire que nous nous verrons souvent ?

— Tu as tout compris, ma petite Isabelle.

---

1. Chroniques de la ville de Metz, citées par Florent Roemer, in *Les Institutions de la République messine*, Editions Serpenoise, 2007.

— Une bien curieuse motivation pour un mariage », avait observé Béatrice, sur son ton faussement bougon.

Isabelle avait haussé les épaules. Au contraire, voilà qui balayait toutes les réticences soulevées par son naturel rebelle et indépendant.

Depuis son arrivée au château de Saint-Martin, l'adolescente devait reconnaître qu'une fois encore son frère avait dit vrai. Le chevalier auquel elle était appelée à s'unir était vraiment très beau garçon. Il paraissait, en outre, doté d'un caractère avenant. Elle ne lui tint pas grief de la manière dont il l'avait détaillée de la tête aux pieds, lorsqu'ils avaient été présentés. D'autant moins qu'elle avait fait de même à son égard, ce qui était bien effronté de la part d'une jeune fille toute fraîche émoulue du couvent. Geoffroy ne s'en était pourtant pas offusqué. Au contraire, une lueur espiègle s'était allumée dans son regard, ce qui avait plu à Isabelle.

Ensuite, il avait profité de leur premier tête-à-tête pour lui confier, sans affectation ni la moindre once de suffisance :

« J'ai horreur qu'on m'impose des choix de vie. Autant vous l'avouer d'emblée, l'idée de ce mariage ne me réjouissait pas. Elle a germé, je ne sais pourquoi, dans les esprits de votre frère et de mon père. Si j'y ai souscrit, c'est uniquement par respect pour un homme que j'estime et que j'aime au plus haut point. Quand vous connaîtrez mieux mon père, je suis sûr que vous comprendrez. »

Cette franchise avait séduit Isabelle. Avant que Geoffroy ait pu poursuivre, elle l'avait interrompu et déclaré, en relevant le menton un peu plus qu'elle ne l'aurait voulu :

« Je vous comprends, messire. Moi aussi, j'éprouve énormément d'estime et d'affection pour mon frère, qui m'a servi de père. Pour rien au monde je ne lui aurais opposé un refus lorsqu'il m'a proposé de vous épouser. Même si je ne savais rien de vous. »

L'ironie que l'adolescente avait laissé percer n'avait pas échappé au chevalier.

« Pourtant, avait-il repris, depuis que j'ai posé les yeux sur vous, la sagesse de mon père m'est apparue dans toute son évidence. J'aurais difficilement pu trouver compagne plus plaisante à regarder. »

Avec la même espièglerie que précédemment, il avait conclu :

« J'espère que votre société est aussi charmante que votre minois, mademoiselle. »

Isabelle s'était trouvée sur le point de répondre : « Non, messire, je suis une enfant gâtée, emportée et boudeuse. Capricieuse et de mauvaise foi. Obstinée et rancunière. Pour autant, j'en suis consciente, ce qui est une vertu que beaucoup de jeunes filles de ma qualité ne possèdent pas. » Elle se demanda comment le chevalier aurait réagi si elle avait suivi son impulsion, car elle n'avait pas eu l'audace de pousser aussi loin l'effronterie. En revanche, elle n'avait pas hésité à déclarer :

« J'aime l'étude, messire, la lecture et la musique. Pour autant que vous ne me priviez pas de ces plaisirs, ma compagnie ne devrait pas vous paraître trop odieuse. »

Puisqu'il lui en avait fourni l'occasion, Isabelle avait tenu à ce que cela fût posé d'emblée. Elle était prête à transiger sur bien des points. Elle était même disposée à tenir la bride à ses humeurs. Mais en aucun cas elle n'accepterait de renoncer à ses passions.

« Au moins, avait dit Geoffroy, vous ne serez pas oisive, à vous lamenter du matin au soir que vous ne savez comment meubler les heures de la journée. »

Isabelle avait eu le sentiment que le sourire dont elle l'avait gratifié pour le remercier de cette réponse avait séduit le jeune homme. De prime abord, il semblait que Caribert avait pris la bonne décision la concernant. Tant qu'à lier son destin à celui d'un homme, autant que celui-ci ait de l'esprit.

Ce soir-là, l'adolescente suivait des yeux son promis qui se mettait en route pour le village en compagnie des chevaliers et des écuyers du château. Geoffroy approchait de la herse quand il arrêta sa monture. Il lui imprima un demi-tour et revint vers sa fiancée.

— Mon père tient à ce que nous associions les villageois à notre joie, expliqua-t-il. L'auberge où nous nous rendons n'est toutefois pas un lieu où emmener une jeune fille de votre qualité.

— Rassurez-vous, messire, répondit-elle en souriant, je ne vais pas bouder parce que vous allez prendre du bon temps avec vos amis, à la veille de nos épousailles. Lorsque nous serons mariés, j'aurai tout loisir de vous en faire le reproche et... de vous punir en vous rendant la vie infernale.

Le chevalier ouvrit la bouche, interloqué. Puis il vit la lueur malicieuse qui brillait dans les yeux de sa fiancée et une expression bon enfant éclaira son visage. Bohémond, qui n'avait rien perdu de la scène, vint les rejoindre.

— Si vous voulez entendre dire du mal de ce vaurien, lança-t-il sur le même ton enjoué, adressez-vous donc à ma femme ! Irène est intarissable sur le sujet.

Isabelle se tourna vers la jeune femme que désignait l'écuyer. Celle-ci avait l'air d'une enfant montée en graine. Elle menaçait du poing son mari.

— Ne prêtez pas attention à ce que dit ce gredin, fit-elle avec une infinie douceur. Bohémond et Geoffroy s'entendent comme larrons en foire. Ils se connaissent depuis le berceau et s'aiment sans nuages.

Isabelle eut aussitôt le sentiment de s'être trouvé une amie. Si la vie loin de Remiremont ressemblait à ce qu'elle découvrait depuis son arrivée à Saint-Martin, elle n'aurait pas à regretter son choix. Tout le monde était aussi aimable avec elle que les bonnes dames patronnesses. Elle en soupira d'aise.

Pourtant, cette nuit-là, le sommeil fuit longtemps l'adolescente. Bien sûr, on lui avait fait bon accueil, mais le château, qui n'était pas de première jeunesse, n'avait rien à voir avec l'hôtel particulier qu'elle avait occupé à Remiremont. Les tentures qui couvraient ses murs, comme les vieux meubles de chêne, étaient sombres et fatiguées par la fumée des gros poêles chargés de réchauffer ces énormes pièces glaciales. Les corridors étaient encore plus sombres. Les fenêtres des grandes salles, étroites et tendues d'une toile enduite de cire, n'empêchaient pas une pénombre quasi permanente.

Toutefois, le manque de charme de sa nouvelle demeure n'était pas la cause première du malaise d'Isabelle. En réalité, une peur qu'elle avait réussi à réfréner jusque-là s'emparait de son être et la plongeait dans une sorte d'effroi. Mon Dieu ! Qu'allait-il se passer demain, lorsque, pour la première fois, Geoffroy et elle seraient amenés à partager la même couche ? Elle savait que les hommes et les femmes étaient censés unir leurs corps à cette occasion. Seulement, elle n'avait pas la moindre idée de ce que cela signifiait. Personne ne lui avait expliqué en quoi consistait cette union des corps qui faisait suite à celle des âmes. Or, les deux seules personnes vers qui elle aurait pu se tourner sans trop de gêne pour obtenir des précisions ne possédaient pas plus d'expérience qu'elle de la chose. Son frère était moine et sa gouvernante vieille fille. Elle avait bien songé à interroger Irène, mais elle n'en avait pas eu le courage. La femme de Bohémond paraissait fort avenante, mais Isabelle la connaissait depuis trop peu de temps pour aborder avec elle un sujet aussi intime.

L'angoisse de la future mariée se fit plus intense encore lorsque les écuyers rentrèrent au château. A vrai dire, elle les entendit avant même d'apercevoir l'éclat de leurs lanternes. Ils étaient si bruyants. Ils chantaient à tue-tête et leurs chants faisaient monter le rouge au front d'Isabelle. La vie en couvent ne l'avait pas préparée à de telles paillardises. De la fenêtre de la chambre qu'elle partageait avec sa gouvernante, Isabelle cherchait à distinguer la silhouette de Geoffroy. Il aurait dû être aisé de le distinguer dans son bel habit de chevalier. Pourtant...

L'adolescente sentit une main se poser sur son épaule. Elle pencha la tête de côté et ferma les yeux, apaisée par le parfum de chèvrefeuille.

Tout se passera bien, ma chérie. Je veillerai toujours sur toi. Où que tu sois. Quoi qu'il advienne.

Elle se tourna, prête à se presser contre la poitrine réconfortante de Béatrice, mais la gouvernante dormait à poings fermés de l'autre côté de la pièce.

— Maman ? murmura-t-elle.

Personne ne lui répondit et elle se sentit soudain très seule. Dans la cour du château, les écuyers se séparaient et le silence prit, enfin, possession de la vaste demeure. Des larmes coulaient sur le visage d'Isabelle, qui n'avait jamais ressenti avec autant d'amertume le manque de sa mère.

La nuit fut longue et l'adolescente prévoyait que la prochaine le serait plus encore.

3

Les rancœurs d'une mère

Les cloches de l'abbatiale Saint-Martin sonnaient laudes [1] lorsque Geoffroy regagna le château. Le chevalier n'avait pas fermé l'œil de la nuit, mais ses traits conservaient cette fraîcheur propre aux jeunes gens, qui mènent une vie saine au grand air, même après une nuit blanche. Si la lueur qui brillait dans ses yeux n'était toujours pas de la joie, elle n'en exprimait pas moins une satisfaction qui contrastait avec sa gravité de la veille. Dès que les fers de son cheval eurent martelé le tablier du pont-levis, un vieux palefrenier se précipita à sa rencontre.

Les jambes alourdies par le sommeil, l'homme dut traverser la cour intérieure au pas de course à la suite du chevalier, lequel n'arrêta sa monture qu'une fois arrivé à la chapelle commune. Là, il sauta à terre et confia les rênes de son palefroi au vieil homme qui le couvait d'un regard protecteur et affectueux. Sans marquer d'arrêt, Geoffroy contourna la bâtisse où le frère Caribert bénirait son union

1. Laudes (« louanges ») : office de l'aurore, le moment de rendre grâce à Dieu pour le jour qui se lève.

avec Isabelle de Sion avant sexte[1]. Il pénétra dans le petit cimetière où reposaient ses ancêtres et marcha vers une tombe sur laquelle seuls étaient gravés un prénom, *Gautier*, et deux dates, *1187 – 1228*. Il mit un genou en terre et, après s'être signé, se recueillit un long moment. Avant son mariage, Geoffroy de Saint-Martin tenait à communier avec son frère.

Gautier était décédé quelques mois plus tôt des suites d'une longue maladie. Les médecins avaient parlé de « flux de ventre », leur formule habituelle quand ils étaient incapables de définir la cause précise d'un mal. Cette mort avait fortement affecté Geoffroy. Gautier était le seul de ses frères a être revenu de Terre sainte après que leur père eut décidé de répondre avec ses fils à l'appel du pape Innocent III, renouvelé par son successeur Honorius III. Trop jeune pour les accompagner, Geoffroy était resté au château avec sa mère et son grand-père. A son retour, Gautier avait pris son cadet sous son aile et une vive affection s'était développée entre eux.

— Dieu t'a permis de déjouer les pièges des infidèles, murmura le chevalier avec un soupir. Pourquoi a-t-il fallu qu'il t'envoie cette vilaine fièvre ?

Se redressant, il leva la tête vers les appartements de ses parents dont les fenêtres ouvraient sur le cimetière familial et il aperçut sa mère. La comtesse Agnès posait un regard froid et méprisant sur la tombe de ce Gautier qu'elle avait toujours détesté. Celui-là n'était pas son fils. Elle en avait hérité en épousant Garin de Saint-Martin, lequel en avait été gratifié par une servante avec laquelle il avait trouvé malin de se déniaiser. La servante était morte en couches, mais n'avait pas eu la décence d'emporter avec elle le fruit de son péché. Quant à Garin, il avait tenu à traiter cet enfant comme un

1. Sixième heure du jour, soit midi.

fils à part entière. Agnès avait fait contre mauvaise fortune mauvais cœur.

Geoffroy poussa un nouveau soupir et se dirigea vers la porte du donjon. Il gravit les marches de pierre incurvées en leur milieu par les pas de plusieurs générations de Saint-Martin. Le chevalier n'entendait pas s'excuser d'être allé se recueillir sur la tombe de son frère, même si cela risquait de compromettre la démarche qu'il s'apprêtait à entreprendre auprès de sa mère.

— Entre, Geoffroy, dit celle-ci lorsqu'il eut frappé à la porte.

La comtesse n'avait pas bougé de la fenêtre. Altière, elle donnait l'impression d'être une incarnation marmoréenne de l'amour maternel bafoué. Le chevalier ne put se retenir de frissonner. Il alla pourtant lui déposer un baiser sur le front. Il nota que sa mère mâchait de la cardamome pour parfumer son haleine.

La comtesse était une belle femme, malheureusement sujette à de fréquents accès de mélancolie profonde. Cette chrétienne fervente connaissait alors de véritables crises mystiques. Elle s'enfermait dans ses appartements ou dans la chapelle familiale et refusait de voir quiconque, à l'exception du frère Otton, son confesseur.

— Tu es allé t'épancher sur la tombe du bâtard ?

— Gautier était mon frère, répondit Geoffroy avec la même froideur.

La comtesse pivota d'un bloc avec un geste d'irritation. Au même instant, une jeune servante pénétra dans la chambre, porteuse d'un baquet d'eau. En découvrant le chevalier, elle eut un moment d'hésitation, mais la comtesse lui ordonna d'aller déposer son fardeau près d'un banc vers lequel elle-même se dirigea.

Geoffroy s'approcha et posa une main qu'il voulait apaisante sur l'épaule de sa mère, mais celle-ci le repoussa. Incapable de maîtriser plus longtemps sa rancœur, il s'exclama :

— Je sais, mère, que vous ne me pardonnerez jamais de n'être pas mort en Terre sainte, comme mes frères, toutefois...

La comtesse, qui s'apprêtait à prendre place sur le banc, se redressa en un mouvement si hargneux que Geoffroy n'en acheva pas sa tirade. Agnès mesurait une tête de moins que son fils, mais elle le toisait comme s'il n'avait pas été plus haut que trois pommes. Elle gronda, en se signant :

— Que dis-tu là ? Mais c'est une ignominie. Oublies-tu à qui tu t'adresses ? Que Dieu te pardonne ton insolence, Geoffroy. Suffit, maintenant. Laisse-moi !

Elle tourna le dos à son fils, retira sa coiffe, dénoua ses longs cheveux et s'allongea sur le banc, la tête au-dessus du baquet.

Le chevalier n'était pas disposé à rendre aussi facilement les armes.

— Mère, reprit-il, je n'ai jamais rien dit. Jamais une plainte n'a franchi mes lèvres. Pas la moindre requête. Si vous n'éprouvez pas d'affection pour moi, vous avez sans doute vos raisons et il y a belle lurette que je me suis résigné à cette situation. Si aujourd'hui je viens vous solliciter, croyez que ce n'est pas à moi que je pense. Il m'est revenu que vous n'aviez pas l'intention d'assister à l'office que célébrera le frère Caribert pour bénir mon union avec sa sœur. Une telle décision ne manquera pas de blesser ma promise...

— Je n'y suis pour rien et...

— Moi non plus, coupa-t-il. En acceptant ce mariage, je n'ai fait que me soumettre à la volonté de mon père. Il n'en demeure pas moins que j'ai eu l'occasion de rencontrer celle qui m'est destinée ; elle m'a fait bonne impression. C'est une jeune fille instruite, pieuse et sensible. Vous n'êtes pas sans savoir qu'elle a perdu sa mère quelques mois seulement après sa naissance. Ne la rejetez pas en un jour comme celui-ci, mère. Ce serait cruel.

— J'ai donné ordre qu'on vous installe une chambre à cet étage, répliqua la comtesse sur un ton borné mais dans lequel perçait un trouble soudain. Que veux-tu que je fasse de plus ?

Le mariage n'était devenu sacrement qu'avec la réforme grégorienne, et la messe de mariage n'était pas encore une pratique courante. L'échange des consentements, au cours duquel le mari remettait l'anneau nuptial à son épouse, se déroulait le plus souvent sous le porche de l'église.

— Mère, ne refusez pas d'assister à la messe…

— … que célébrera le frère de la mariée… dans *notre* chapelle. Ton père aurait-il oublié que nous avons un chapelain ? Le frère Otton ne manquera pas d'être blessé par ce manque de considération. Et puis, ton père et moi n'avons pas eu besoin d'une messe pour devenir mari et femme. Une bénédiction a suffi.

Le chevalier faisait un effort pour maîtriser son irritation. La comtesse leva un regard courroucé vers la servante pour lui signifier de remplir sa tâche. Le malaise de la jeune fille rendait ses gestes maladroits.

— Vois, ajouta Agnès sur un ton adouci, je consens tout de même à me faire belle pour que tu sois fier de moi en ce jour de noces.

En règle générale, la comtesse n'avait aucun souci de coquetterie – la religion n'imposait-elle pas la modestie aux créatures du Seigneur ? Mais, en l'occurrence, Geoffroy la soupçonnait d'éprouver quelque jalousie à l'encontre de sa bru. Depuis qu'elle avait vu son portrait, la comtesse, qui avait les cheveux châtains, s'était mis en tête de les rendre blonds pour ne pas pâtir de la comparaison avec la trop belle Isabelle. Elle avait toutefois refusé de recourir à la décoction qu'on prétendait la plus efficace, à base de lézards verts dont on coupait la queue et la tête, avant de les cuire dans de l'huile.

« On ne sait jamais quelle vermine ces sales bêtes véhiculent, avait-elle déclaré. Et puis, ils rappellent trop les serpents, ces bêtes maudites à l'origine de la faute qui nous vaut d'être privés du paradis. »

Elle avait préféré recourir à un mélange de jusquiame et d'orpiment bouilli dans de l'huile de laurier, dont son médecin lui avait assuré qu'il donnait des résultats aussi satisfaisants.

Geoffroy s'efforça à son tour d'adoucir sa voix.

— Je suis toujours fier de vous, mère, dit-il. Voyez-vous, l'idée de demander au frère Caribert de célébrer cet office n'est pas du comte, ajouta-t-il sans se soucier de proférer un mensonge. Il m'a semblé que notre chapelain, ce *brave* frère Otton, aurait lui-même à cœur de souhaiter la bienvenue à la future comtesse de Saint-Martin en autorisant son frère à procéder à cette cérémonie familiale.

La mère de Geoffroy s'apprêtait à répliquer, quand un son capta son attention ; sans bouger la tête, elle tourna les yeux vers la porte. Aussitôt, sa physionomie se modifia. La dame altière se métamorphosa sous les yeux de son fils en une petite fille, dont le regard exprimait une espèce de jubilation craintive. Le chevalier dut tendre l'oreille pour remarquer à son tour les pas feutrés, identifiables entre tous.

Maudit Otton ! songea-t-il, avec humeur.

Le chapelain était le seul homme à parcourir les couloirs du château sans faire plus de bruit qu'une fouine. On ne pouvait jamais être sûr qu'il n'était pas dissimulé derrière l'une ou l'autre porte ou dans quelque recoin sombre. Toujours à guetter. Toujours à l'affût d'on ne savait quel secret dont il aurait pu tirer avantage.

Membre de l'ordre des frères mineurs, Otton était arrivé au château peu de temps après le départ de Garin et de ses fils pour la Terre sainte – un départ qui avait fortement ébranlé le vieux comte Thierry. En regardant le seul de ses fils qui n'était pas mort en bas âge s'éloigner avec son ost, le grand-père de Geoffroy s'était remémoré la prédiction d'un astrologue, à laquelle il n'avait jamais accordé beaucoup de crédit. « Le jour où vos enfants partiront pour l'Orient, bénissez-les, car le Seigneur ne vous donnera pas l'occasion de bénir leur retour. » Le brave homme s'était ainsi persuadé que ceux qui partaient ne reviendraient pas et avait reporté toute son affection sur le petit Geoffroy. Il s'était également déchargé de la gestion de ses affaires sur l'épouse de Garin, ce fils que les astres semblaient avoir condamné avec sa progéniture.

A son arrivée, le franciscain habitué à vivre de la charité chrétienne avait trouvé un château en émoi et, « filou comme un singe », de l'avis de Geoffroy, il avait tout de suite compris l'avantage qu'il y avait à retirer d'une telle situation. Ses prêches, fort éloquents et imagés, abondaient en descriptions de l'enfer plus terrifiantes les unes que les autres. Contrairement au chapelain du château, être amène et généreux, que Garin avait tenu à emmener en Terre sainte, Otton menaçait plus qu'il n'exhortait à la prière. Dans sa bouche, le message du Christ n'était plus d'amour mais de terreur. Toutefois, avant de conclure ses sermons, il fournissait toujours à son auditoire accablé la solution pour se préserver des flammes de la damnation éternelle. Celle-ci prenait plusieurs formes, dont la plus sûre consistait à remplir l'escarcelle du moine, qui saurait mieux que quiconque utiliser cet argent pour la gloire de Dieu et ainsi obtenir sa clémence pour ceux qui avaient fait le sacrifice de leurs deniers.

Le frère Otton avait très vite subjugué la comtesse. Le vieux comte lui-même avait réservé bon accueil au disciple de saint François. S'il craignait de ne pouvoir obtenir le paradis pour son fils, qui n'avait pas mené une existence totalement irréprochable, le comte Thierry espérait au moins lui assurer, à force de dons, un accès au purgatoire, ce lieu intermédiaire qui permettait aux pécheurs de purger leurs fautes en attendant d'accéder au paradis. En effet, depuis la fin du XIIe siècle, l'Eglise chrétienne proposait aux fidèles une nouvelle voie de salut, ayant compris que le seul choix entre enfer et paradis était source de trop d'angoisses. Le salut, d'un côté ; la damnation éternelle, de l'autre. Le moindre faux pas était fatal. Une telle perspective faisait froid dans le dos. A force de vivre dans l'épouvante, les fidèles risquaient de se décourager et de déserter une religion trop intransigeante. Le purgatoire était apparu comme un moyen de les rassurer et de les maintenir dans le giron de l'Eglise.

Malgré son jeune âge, Geoffroy avait d'emblée détesté cet être aussi gris que le froc de laine des membres de son ordre. Il l'avait dit. Son grand-père avait été sensible aux réserves de l'enfant, mais sa mère s'en était moquée, or c'était elle qui régnait désormais sur le petit monde du château. Ce fut donc sans solliciter l'avis du comte qu'elle avait proposé au frère Otton la place laissée vacante par le chapelain parti pour Jérusalem. Celui que le petit Geoffroy surnommait déjà « la fouine » ne s'était pas fait prier pour accepter l'offre.

Depuis, le franciscain s'était incrusté. A vrai dire, il rêvait d'obtenir de ses protecteurs le financement d'une abbaye, dont il serait le père abbé, à la manière d'un Bernard de Clairvaux. Le vieux comte n'avait plus la force de s'opposer aux initiatives de la comtesse. Il avait compris que si l'astrologue lui avait annoncé qu'il ne reverrait plus son fils et ses petits-fils, ce n'était pas parce que ceux-ci étaient condamnés à perdre la vie en Terre sainte. Mais parce que lui ne serait plus de ce monde à leur retour. Il avait ainsi rendu son âme à Dieu, le cœur allégé. A son retour, Garin n'avait pu qu'entériner une situation de fait, d'autant que l'ancien chapelain comptait au nombre des victimes des Sarrasins.

Le chevalier, qui se félicitait que son père n'ait pas subi le charme du franciscain, soupçonnait ce dernier d'abuser du mysticisme de la comtesse pour satisfaire les égarements de son esprit obsédé par les feux de la géhenne.

— Je parlerai au frère Otton, s'empressa de déclarer Agnès pour couper court à leur entretien. Nous assisterons à la messe, lui et moi. Je te le promets.

Le chevalier remercia sa mère et se dirigea vers la porte, qu'il ouvrit à la volée. Il se trouva face au chapelain, qui maîtrisait trop bien son rôle de fouine pour paraître seulement déconcerté d'être ainsi surpris en pleine indiscrétion.

— Je compte donc sur votre présence à la messe que célébrera le frère Caribert pour bénir mon union avec Isabelle de Sion… sa sœur, dit Geoffroy d'un ton qui n'admettait pas de réplique.

Le frère Otton était furieux et attendait des explications. La comtesse poussa la servante pour l'inciter à s'activer. D'une voix faussement guillerette, elle déclara, à l'intention du chapelain :

— Voyez, je m'efforce de me rendre belle pour être digne de mon fils.

Le franciscain secoua la tête.

— C'est de Dieu qu'il convient de se montrer digne, ma fille, lâcha-t-il d'un ton sentencieux.

— Oh, je vous en prie, frère Otton, mon fils se marie, aujourd'hui. Je…

Mais le chapelain n'était pas disposé à s'en laisser conter.

— Auriez-vous oublié ce que Jésus a dit et que Matthieu nous a rapporté : « Qui aime son fils ou sa fille plus que moi n'est pas digne de moi[1] » ?

— Je vous laisse à vos querelles théologiques, annonça Geoffroy sans chercher à masquer son ironie.

La comtesse ordonna à la servante de se retirer. Elle se sécherait elle-même les cheveux.

— Mon fils tient à notre présence à ses noces, dit-elle sans oser regarder le chapelain. J'ai promis que nous y assisterions. Vous ne me ferez pas mentir, n'est-ce pas ?

Le chapelain leva les yeux au ciel.

— Et de quel droit avez-vous ainsi disposé de ma personne ?

— Oh, ne faites pas votre grosse voix, mon cher Otton. Geoffroy y attache une telle importance et...

— Avez-vous conscience que vous me placez dans une situation impossible ? Si je n'assistais pas à cet office, je manquerais à une parole que je n'ai même pas donnée.

— Je sais... soupira la vieille comtesse. J'ai fauté, je le sais, oui, je le sais, et je m'en repens. Mais... vous ne pouvez pas comprendre.

Sans ajouter un mot, elle s'agenouilla sur le prie-Dieu, releva sa tunique et, après avoir ramené ses cheveux par-dessus sa tête, elle offrit à son confesseur un dos couvert de stries sanguinolentes.

— Pardonnez-moi, mon père, car j'ai péché... commença-t-elle.

Le chapelain sortit d'une manche de sa tunique une badine en cuir et la fit claquer dans le creux de sa main en approchant de la comtesse.

---

1. Evangile selon Matthieu, 10, 37, dans la traduction de Louis Segond.

4

Une noce au château

Isabelle avait un certain goût pour la coquetterie. Lorsqu'il était arrivé que son frère lui en fît le reproche, elle lui avait opposé les propos de Suger, l'ancien abbé de Saint-Denis : « J'affirme que l'on doit servir par les ornements extérieurs des vases sacrés, et plus qu'en toute autre chose dans le saint sacrifice, en toute pureté intérieure, en toute noblesse extérieure. »

« Si de tels propos valent pour des objets, déclarait Isabelle, ils doivent d'autant plus s'appliquer au corps humain, qui est le vase le plus noble, puisque celui-là même a été créé à l'image de Dieu. »

Caribert avait beau être frère d'un ordre mendiant, il avait toujours eu plus de goût pour le confort que pour la pauvreté, or il était trop honnête pour réclamer à sa sœur ce qu'il n'exigeait pas de lui-même, d'autant que la coquetterie d'Isabelle ne la portait pas aux excès.

Ce matin-là, en sortant de son bain, l'adolescente songea, amusée, que Caribert lui-même l'avait encouragée à se faire belle.

Après que Béatrice l'eut soigneusement séchée, la jeune fille prit soin de veiller à ce qu'aucun poil disgracieux ne dépare ses aisselles et, pour se garder des mauvaises odeurs, elle entreprit de les frotter avec du vin coupé d'eau de rose. Ensuite, elle se frotta les dents avec du corail réduit en poudre pour préserver leur blancheur immaculée.

— Tu t'en donnes du mal, ce matin, observa Béatrice, avec une pointe d'ironie. Quelque chose me dit que ce mariage ne te déplaît pas autant que tu le redoutais...

— Apporte-moi donc mon pot de perles orientales, ordonna Isabelle en faisant mine de ne pas avoir entendu la taquinerie.

A leur retour de Terre sainte, des croisés avaient rapporté des perles qui, dès lors, furent qualifiées d'« orientales » ; celles-ci, broyées et mélangées à de l'amidon de blé, donnaient une poudre blanche et nacrée, dont les dames aimaient se couvrir le visage pour s'assurer un teint d'albâtre apprécié des gens de qualité.

— N'as-tu jamais essayé cette crème faite de cervelle de sanglier, de vers de terre et de bave d'escargot ? demanda Béatrice avec un sérieux irrésistible. On raconte qu'elle est idéale pour la beauté du teint[1].

Isabelle pouffa. Sa gouvernante la serra dans ses bras, dans un brusque élan d'affection.

— Ma douce colombe, toi dont la carnation est blanche comme fleur de lys, qu'as-tu besoin de t'ensafraner[2] de la sorte ?

— Je suis sotte, Béatrice, mais ce n'est pas nouveau, n'est-ce pas ? plaisanta l'adolescente.

— Le chevalier Geoffroy appréciera cette démonstration d'amour.

Isabelle frappa le sol du pied.

1. Authentique !
2. Le safran était un autre ingrédient utilisé pour s'éclaircir le teint.

— Je n'ai pas dit que je l'aimais. En fait, je n'en ai pas la moindre idée. Comment le pourrais-je ? Je ne le connais même pas. Toutefois...

Elle marqua un temps et ses yeux se firent brillants.

— S'il doit s'avérer que mon mari est un homme auquel mon cœur peut s'attacher, il ne sera pas dit que je ne lui aurai pas fait honneur le jour de nos noces. Et s'il est un rustre, auquel je regretterai bientôt de m'être unie, je pourrai au moins conserver le souvenir d'une exceptionnelle journée d'illusion, au cours de laquelle j'aurai évincé toutes les beautés de Lorraine. Non ?

Béatrice embrassa sa protégée.

— Ma douce colombe est la plus sage des écervelées, dit-elle avec émotion.

Fidèle à sa promesse, Agnès de Saint-Martin s'était atournée pour assister à la messe que Caribert célébrerait dans la chapelle du château afin de bénir l'union de son fils avec Isabelle de Sion. La vieille dame était même allée attendre sa bru à la porte de sa chambre et lui avait proposé de l'accompagner jusqu'à la chapelle.

Dans la cour du château, Caribert, qui conversait avec le comte Garin et Geoffroy, désigna le groupe qui s'approchait d'eux. La comtesse marchait en tenant le bras d'Isabelle, laquelle était suivie comme son ombre par la fidèle Béatrice. Les trois femmes offraient l'image même de l'harmonie, tant il est vrai que les êtres sont souvent fort doués pour dissimuler leurs émotions réelles. Le comte ne put retenir un soupir douloureux en découvrant le visage de son épouse, si pâle qu'il en paraissait presque cadavérique.

— Et les crèmes de beauté n'y sont pour rien, se lamenta-t-il.

Geoffroy regarda sa mère. Elle avait les traits tirés, mais il ne s'en inquiéta pas. Il était habitué aux langueurs de la comtesse. L'essentiel était qu'elle fût présente.

— Si je savais quelle humeur gâte le sang de ma femme... reprit le comte.

— Gardez-vous qu'on lui prescrive des saignées, le coupa Caribert. Je n'ai pas connaissance d'un cas où elles aient produit une amélioration notable de l'état du patient. Bien au contraire.

— Si vous aviez connaissance d'un remède... soupira le comte.

— Hélas, fit le dominicain, je ne suis pas disciple d'Hippocrate, cher comte.

Il se tourna vers le chapelain.

— Toutefois, il me semble qu'il serait possible d'améliorer l'état de votre épouse si...

Il n'eut pas l'occasion d'achever sa phrase, la comtesse était arrivée à leur hauteur.

— N'est-elle pas belle comme un cœur ? demanda-t-elle en faisant tournoyer Isabelle.

Geoffroy ne put s'empêcher d'observer que le ton de sa mère contredisait l'amabilité de ses propos. Il ne se trompait pas en la supposant jalouse de sa bru.

Otton, lui, s'efforçait de faire bonne figure, ce qui lui donnait un air constipé. En réalité, il fulminait. Il redoutait la concurrence du frère de la mariée, ce dominicain dont s'était entiché le vieux comte Garin.

Caribert, de son côté, exultait. Il avait tenu à donner un lustre particulier à l'office. Profitant de sa position de maître de chant au couvent des Frères prêcheurs, il avait obtenu du père abbé que les chantres placés sous son autorité fussent autorisés à chanter quelques hymnes dans la chapelle du château. Pourtant, le couvent ne dépendait pas des comtes de Saint-Martin. Dressé sur un promontoire qui dominait la Moselle, il se situait à l'intérieur des murs d'enceinte de la ville de Metz ; ce monastère dominicain avait été construit en 1222, à l'instigation du maître échevin, et son église, consacrée par Jean, légat du pape, en 1226, moins de deux ans avant la prise de fonction de Caribert.

Pour la première fois depuis sa fondation, la chapelle du château allait retentir des cantiques les plus joyeux du chant messin. Mais, auparavant, Caribert, assumant le rôle du père de la mariée, plaça la main d'Isabelle dans celle de Geoffroy. Alors, les fiancés se donnèrent mutuellement le sacrement du mariage en échangeant leurs consentements sous le porche, conformément aux nouveaux rituels préconisés par l'Eglise. Après quoi, ils échangèrent un baiser que la chaste Isabelle reçut tête baissée. Caribert bénit les jeunes époux et les accompagna dans la chapelle, où il célébra l'office d'une voix émue.

La bâtisse était trop petite pour contenir tous les parents, amis et vassaux que le comte avait conviés pour l'occasion. Il avait fallu laisser les portes ouvertes et disposer des bancs sur le parvis. Les chants s'élevaient ainsi dans l'air et pouvaient monter librement vers le Seigneur, à la gloire duquel ils avaient été composés.

Béatrice ne se souvenait pas d'avoir jamais été aussi bouleversée. Elle se réjouissait de voir Isabelle traitée en vraie « petite reine ». Pourtant, la gouvernante ressentait, depuis le lever du soleil, un grand vide qui la laissait désemparée. Elle avait l'impression qu'on lui enlevait sa raison de vivre. Qu'allait-il advenir d'elle, maintenant ? Isabelle éprouverait-elle toujours le besoin d'une gouvernante, lorsqu'elle se serait fondue dans sa nouvelle famille ? L'adolescente avait eu beau lui promettre de ne jamais se séparer d'elle, Béatrice savait que *jamais* et *toujours* étaient parfois des notions éphémères. Elle s'efforçait toutefois de trouver des raisons d'espérer. Si le vieux comte et son fils étaient, de prime abord, des êtres affables, qui avaient réservé un accueil chaleureux à Isabelle, il n'en allait pas de même de la comtesse, femme aussi cordiale qu'un lac de montagne gelé, dont la bienveillance matinale avait été d'autant plus suspecte. Quant au chapelain, éminence grise de la comtesse, son hostilité à l'égard des nouveaux venus était à la fois évidente et inquiétante. Voilà qui promettait des tensions, lesquelles seraient peut-être sources de salut pour la gouvernante.

Béatrice avait beau s'inquiéter de son sort, elle s'efforçait de n'en rien laisser paraître. Elle ne voulait à aucun prix gâcher cette journée, qui voyait sa chère Isabelle plus rayonnante et lumineuse que jamais. Plus anxieuse aussi, ce que la gouvernante n'avait aucun mal à comprendre.

L'office terminé, les mariés sortirent de la chapelle sous les jets de riz, symbole de fécondité. La mariée souriait timidement dans sa longue robe blanche immaculée, aux rides [1] d'un effet des plus charmants ; ses cheveux avaient été coiffés en tresses dans lesquelles Béatrice avait mêlé des bandelettes de soie et des galons d'or, avant de les couronner d'un diadème de fleurs des champs. Les premiers mots de Geoffroy furent pour féliciter son épouse de la délicatesse de sa mise. Lui-même portait une longue tunique en fine toile de Reims d'une grande simplicité et des chausses en soie brune, qu'il avait fait venir de Bruges pour la circonstance. Sans se concerter, l'un et l'autre avaient fait fi de la tradition voulant que les époux revêtent leurs plus beaux atours, et cette sobriété les rendait d'autant plus admirables aux yeux de tous.

Le comte Garin s'approcha du couple, les bras ouverts, et serra sa bru sur son cœur.

---

1. Les rides en question sont des plis ; ceux-ci étaient, alors, un luxe.

— Geoffroy était le cadet de mes garçons, dit-il, les yeux humides. Le voici, aujourd'hui, ultime prétendant au titre de comte de Saint-Martin. Lorsque je ne serai plus, vous serez comtesse, ma chère enfant.

Isabelle sourit et déclara :

— Je m'efforcerai de m'en montrer digne, mais... le plus tard possible, monsi...

— Appelez-moi « père », désormais, la coupa le comte. Je n'ai pas eu de filles et je l'ai toujours regretté.

— Volontiers, père, dit la jeune mariée, rayonnante. Moi, je n'ai pas eu de père, ce qui a aussi nourri mes regrets.

Le comte repoussa son fils d'un geste faussement autoritaire et, prenant le bras de l'adolescente, il l'entraîna vers le centre de la cour où les serviteurs achevaient d'organiser le banquet. Si Isabelle n'était pas encore sûre de ses sentiments pour Geoffroy, elle éprouvait déjà une vive affection pour le vieux comte, homme généreux et sans détour, qui l'avait prise sous son aile dès son arrivée.

La comtesse s'approcha de son fils et lui saisit le bras.

— Je t'ai vraiment donné le sentiment de ne pas avoir d'amour pour toi, Geoffroy ? demanda-t-elle d'une voix faible.

— Oublions ça, mère, voulez-vous, fit le chevalier, surpris. Cette journée doit être consacrée à la joie. Pas aux rancœurs.

La vieille dame secoua la tête avec gravité.

— Après ton départ, j'ai prié Dieu et j'ai imploré son pardon, insista-t-elle. Tu sais, Geoffroy, j'ai très mal vécu le départ de mon mari et de mes fils pour la Terre sainte. Un pressentiment funeste me poignait le cœur... J'en ai beaucoup voulu à ton père de n'avoir pas entendu mes suppliques. Et toi, qui n'aspirais qu'à te former pour devenir chevalier, comme tes frères... ! Ah oui, je t'en ai voulu de ça. J'avais la conviction qu'un jour tu t'en irais à ton tour. Et je ne parle pas de ton affection pour Gautier... Depuis le départ de mes fils, je sens la mort qui rôde en permanence dans les couloirs du château. Si elle n'a pas encore fait de nouvelle victime, c'est uniquement pour prolonger ma torture. Quelle sera sa prochaine proie ? Si ce pouvait être moi...

Agnès soupira en pressant plus fort le bras de son fils, incapable du moindre mot.

— Pourtant... tout à l'heure, tandis que je regardais cette jeune fille si lumineuse dans notre petite chapelle sanctifiée par les chants célestes, tes reproches sont venus résonner en moi. Si tu savais comme je m'en veux, Geoffroy. Je t'aime, mon fils. Tu dois me croire. C'est juste que le chagrin a emprisonné mon cœur dans une gangue de glace, qui lui a ravi toute sa chaleur. Je...

Le jeune marié regardait sa mère avec incrédulité. Une part de son être aurait voulu la serrer dans ses bras, la réconforter, lui dire que lui aussi l'aimait ; hélas, il était incapable du moindre geste d'affection envers cette femme qui n'en avait jamais eu pour lui.

— Regarde ton épouse, Geoffroy, c'est comme si la vie venait de faire sa réapparition dans notre si lugubre demeure.

La comtesse tapota la main de son fils et leva vers lui des yeux implorants.

Elle attend de moi une marque de tendresse qui lui indiquerait que je comprends, que je pardonne, songeait-il. Je devrais...

Mais si son cœur était disposé à répondre à l'attente de sa mère, surtout en ce jour de renouveau, son corps était paralysé par trop de frustrations accumulées. La comtesse Agnès lui sourit avec tristesse. Elle semblait dire : « Je comprends. » Brusquement, elle accéléra le pas et alla rejoindre son mari et sa bru. Bohémond, qui n'était jamais loin de son ami, posa un bras sur son épaule.

— Le mois de mai est le mois de l'amour, Geoffroy, lui glissa-t-il à l'oreille en montrant la comtesse qui venait de prendre le bras de son mari, geste qu'elle n'avait plus accompli depuis qu'il était rentré de son voyage d'outre-mer[1].

Le chevalier sourit à l'écuyer, sans prononcer toutefois le trait d'humour que celui-ci attendait en réponse à sa saillie. A vrai dire, Geoffroy venait de prendre conscience de la détresse de sa mère et, par la même occasion, de la sienne. Mais cette journée était porteuse d'espoir. Il se promit d'avoir une entrevue avec la comtesse et de lui proposer de tirer un trait sur le passé. Il ferait, alors, effort pour la serrer contre son cœur. Peut-être ainsi la gangue de glace fondrait-elle un tant soit peu...

— Allons nous sustenter ! lança-t-il gaiement à son ami. Quand je vois la table qu'a fait dresser mon père, je crains que nous n'épuisions, avant la fin du jour, les provisions de bois d'aloès, de camphre et de rhubarbe[2] du château !

Bohémond rit.

— En ce qui me concerne, déclara-t-il, si mon foie devait se rappeler à moi, ma préférence irait au vin aigre de grappes sauvages...

La journée était belle et fraîche, aussi le comte avait-il ordonné qu'on installe les tables dans la cour du château plutôt que dans la salle commune du premier étage, où on avait coutume de prendre les repas. Les serviteurs avaient profité de la cérémonie religieuse pour ouvrir les tréteaux sur lesquels ils avaient soigneusement assuré l'équilibre des

1. Le terme « croisade » n'est apparu qu'au XVe siècle ; auparavant, on parlait de « passage », de « voyage d'outre-mer »...

2. Tous ces remèdes étaient utilisés pour lutter contre les crises de foie.

planches. Des servantes avaient recouvert celles-ci de riches doubliers [1] élégamment brodés ; quant à l'argenterie et à l'orfèvrerie, elles étaient disposées sur un dressoir appuyé au mur des cuisines.

Maintenant que les tables étaient dressées, tout le personnel du château s'activait pour récupérer les bancs sur le parvis et les disposer de part et d'autre des tables, afin de permettre aux hôtes du comte de prendre place.

La chapelle avait à peine commencé à se vider que les cuisiniers jaillissaient des communs et venaient disposer leurs créations pour ce festin que leur maître avait voulu fastueux et qui serait, en conséquence, composé d'une vingtaine de mets répartis en six assiettes. Dès que les linges qui recouvraient les plats furent ôtés, les convives découvrirent abondance de pâtés de veau à la graisse et moelle de bœuf, saucisses et boudins, civets de lièvre, brouets d'anguille, chapons, lapins, perdrix, poissons d'eau douce et de mer, le tout cuisiné avec ces épices d'Orient si prisées des maisons nobles : cannelle, gingembre, girofle, noix de muscade et fleur de safran...

Isabelle et Béatrice étaient particulièrement impressionnées par les paons présentés avec leurs plumes déployées et les cigognes posées sur de faux nids faits de sarments de vigne. Pour dessert, les convives avaient droit à des nèfles, des noix pelées, des poires cuites, des oublies, ces délicieuses pâtisseries légères au sucre et aux épices, mais aussi à des fruits exotiques, dattes et pistaches, sans oublier, en cette journée de liesse, les dragées présentées dans de fines coupes aux bords relevés, garnies de pierres précieuses, qui constituaient un travail d'orfèvrerie admirable.

A la demande du comte Garin, le frère Otton récita le bénédicité après que chacun eut terminé ses ablutions.

---

1. Nappes pliées en deux, qu'on disposait à l'endroit où l'on désirait manger.

Ah, songea Isabelle, quel dommage que la mariée ne puisse pas manger !

D'autant que le festin durerait plusieurs heures et ne s'achèverait qu'à la tombée du jour.

Les écuyers n'avaient rien perdu de leur truculence, mais l'adolescente nota qu'ils se montraient plus disciplinés que la veille. Pas de chants paillards, pas de grivoiseries... du moins, pour l'heure. La présence de son frère n'y était peut-être pas étrangère. La voix du dominicain, qui avait toujours rassuré Isabelle, impressionnait ceux qui ne le connaissaient pas. L'adolescente avait souvent eu l'occasion d'observer ce phénomène qu'elle ne s'expliquait pas.

Geoffroy, de son côté, l'intriguait et la mettait mal à l'aise. Il lui avait paru soucieux ces derniers jours, enjoué ce matin et tout au long de la cérémonie ; or voici qu'à peine marié il retrouvait son visage grave. Il ne souriait que lorsqu'il croisait le regard de son épouse – un sourire compassé. Fidèle à son habitude, il parlait avec retenue et ses propos n'étaient pas dépourvus d'humour, mais il n'avait pas l'air... à la noce. La jeune femme avait noté qu'il existait une grande complicité entre le fils et le père ; en revanche, la mère paraissait vivre dans un monde à part, duquel seul le chapelain semblait détenir les clés. Isabelle n'avait eu aucune peine à identifier l'expression qui flottait en permanence sur le visage de la comtesse. Elle l'avait observée chez certaines chanoinesses, mais plus encore chez nombre de leurs visiteuses. C'était une expression de bigoterie extatique.

5

Un banquet interrompu

Le banquet battait son plein quand un homme pénétra dans la cour du château. Son habit était sobre, mais le drap en était clairement coûteux. Il arborait la rouelle jaune, symbole des trente deniers de Judas, dont le pape Innocent III avait imposé le port aux juifs, à l'occasion du concile du Latran, en 1215.

— Que vient faire ici ce déicide ? s'exclama le chapelain, outré par une intrusion qu'il jugeait sacrilège.

La comtesse porta la main à sa bouche, comme pour étouffer un cri d'horreur. Le comte dévisagea le nouvel arrivant et, sans se départir de sa bonhomie coutumière, il lui fit signe d'approcher.

— Je m'appelle Josué, monsieur le comte, et je reviens d'Orient. J'en ai rapporté divers produits encore inconnus dans vos régions, dit le juif. Mais je ne suis pas ici pour chercher à vous les vendre. Lorsqu'il m'est revenu qu'il y avait noce au château, j'ai tenu à venir vous présenter mes hommages et à faire un présent à la mariée.

La main de Josué disparut dans les plis de sa tunique. Lorsqu'elle en ressortit, elle tenait un objet dont l'apparition fit courir un murmure admiratif dans l'assistance. Josué s'approcha de la mariée et lui tendit une boule en or incrustée de perles et de pierres précieuses.

— On appelle ceci une pomme d'ambre, expliqua-t-il.

— Mon Dieu, mais cela dégage un parfum exquis, observa la jeune femme en tendant l'objet à la comtesse, qui ne faisait aucun effort pour dissimuler sa curiosité.

— En effet, dit Agnès avec un regard presque tendre à l'intention de sa bru.

— C'est l'ambre contenu dans la boule qui dispense ce parfum, expliqua Josué. L'ambre provient des concrétions intestinales du cachalot.

Un silence s'abattit sur les tables. Si nul ne savait très bien ce qu'était un cachalot, chacun associait aisément aux « concrétions intestinales » des odeurs qui n'étaient pas à proprement parler exquises. La mariée et la comtesse rirent, ce qui eut pour effet de détendre l'atmosphère.

— Qu'importe la provenance de votre ambre, déclara le comte avec bonne humeur, cette odeur est tout à fait plaisante et nous vous savons gré de cet inestimable présent.

— Il n'empêche, intervint le frère Otton d'une voix sonore, que cet oiseau de mauvais augure aurait mieux fait de passer son chemin. Nous sommes entre chrétiens, et les juifs ne sont pas autorisés à manger avec les chrétiens.

Comme le chapelain prononçait ces mots, une abeille, peut-être séduite elle aussi par l'odeur des concrétions intestinales de cachalot, vint se poser sur la main de la mariée. Sans montrer la moindre inquiétude, Isabelle leva la main vers son visage et souffla doucement sur l'abeille, qui s'envola paisiblement.

— Quel charmant oiseau[1], observa la mariée en se tournant vers son mari. Je veux voir dans sa visite un heureux présage pour notre avenir.

---

1. En ce temps-là, l'abeille n'était pas considérée comme un insecte, mais comme un oiseau.

Cette digression irrita le franciscain. Geoffroy, lui, sourit et examina à son tour le présent du juif.

— J'avais entendu parler de la pomme d'ambre, dit-il, mais je n'en avais jamais vu. C'est un cadeau royal que vous faites là à mon épouse, Josué.

Le comte Garin se tourna vers le chapelain.

— Je suis surpris de votre remarque, frère Otton, dit-il. Et si sous les traits de ce... déicide, c'était Jésus lui-même qui venait mettre à l'épreuve notre charité ? N'était-il pas juif lui aussi, et n'a-t-il pas dit : « Aime ton prochain comme toi-même » ?

Le chapelain voulut répondre, mais le ton sur lequel le comte s'était exprimé lui fit perdre ses moyens.

— J'ai toujours été frappé de constater que les gens n'hésitent pas à se tourner vers les juifs quand ils ont quelque souci de santé, poursuivit le comte. A les entendre, personne ne s'y entend mieux que ces... déicides pour lire les urines, purger, saigner, poser des ventouses ou des attelles. Mais que survienne une épidémie, et ceux-là mêmes qui vantaient leurs talents de guérisseurs les accusent d'être la cause des maux qui les affligent. Qu'en pensez-vous, mon cher Caribert ? poursuivit le vieux comte. Vous avez été envoyé dans notre région pour enquêter sur les hérétiques, votre opinion fait donc autorité.

Le dominicain avait une expression de grave méditation.

— Pour commencer, je suis votre hôte, monsieur le comte, répondit-il avec aménité. La simple bienséance m'empêcherait donc de porter un jugement sur toute personne que vous jugez bon d'admettre à votre table. Quant à la notion d'hérésie, elle ne s'applique pas aux juifs *stricto sensu*. Je n'ai donc aucune autorité en la matière. En revanche, si j'aborde la question par rapport au message du Christ, c'est le récit du Jugement dernier, tel que rapporté dans l'Evangile selon saint Matthieu, qui me vient à l'esprit :

« Lorsque le Fils de l'homme viendra dans sa gloire, avec tous les anges, il s'assiéra sur le trône de sa gloire. Toutes les nations seront assemblées devant lui. Il séparera les uns d'avec les autres, comme le berger sépare les brebis d'avec les boucs, et il mettra les brebis à sa droite, et les boucs à sa gauche. Alors le Roi dira à ceux qui seront à sa droite : Venez, vous qui êtes bénis de mon Père ; recevez possession du royaume qui vous a été préparé dès la fondation du monde. Car j'ai eu faim et vous m'avez donné à manger ; j'ai eu soif et vous m'avez donné à boire ; j'étais étranger et vous m'avez recueilli ; j'étais nu et vous m'avez vêtu ; j'étais malade et vous m'avez visité ; j'étais en prison et vous êtes venus vers moi. Les justes lui répondront : Seigneur, quand t'avons-nous vu avoir faim et t'avons-nous donné à manger, ou avoir soif, et t'avons-nous donné à boire ? Quand t'avons-nous vu étranger, et t'avons-nous recueilli, ou nu et t'avons-nous vêtu ? Quand t'avons-nous vu malade ou en prison et sommes-nous allés vers toi ? Et le Roi leur répondra : Je vous le dis en vérité, toutes les fois où vous avez fait ces choses à l'un de ces plus petits de mes frères, c'est à moi que vous les avez faites [1]. »

— Il y a une place libre à ma droite, Josué, dit le comte. Installez-vous, donc, et partagez notre repas. Chez nous, un étranger est toujours le bienvenu. Tel est le bon vouloir des comtes de Saint-Martin, en conformité avec les enseignements du Seigneur.

Geoffroy avait observé le dominicain avec attention pendant son homélie. Il était surpris de son ouverture d'esprit et de sa tolérance qui souvent, comme en ce moment, frisaient la provocation théologique. Une telle attitude était d'autant plus déroutante que Caribert, outre sa charge de maître de chant, avait pour mission de traquer

1. Matthieu, 25, 31-40.

toute manifestation hérétique dans la région. Un autre trait du dominicain troublait le chevalier. Caribert paraissait habité par une souffrance que ses yeux trahissaient en permanence. C'était à se demander si cette bonté qui émanait de sa personne n'était pas une sorte d'ascèse que le moine s'imposait en pénitence de quelque terrible faute jamais confessée.

Le chapelain, lui, maîtrisait mal sa colère. Il avait le sentiment que Caribert, depuis son installation à Metz, empiétait sur son territoire. A vrai dire, les deux ordres, franciscain et dominicain, auraient dû entretenir des relations fraternelles, l'un et l'autre partageant le même souci d'un retour au respect strict de l'Evangile. Pourtant, les rivalités entre les disciples de François d'Assise et ceux de Dominique de Guzman étaient grandes. Ordres mendiants l'un et l'autre, ils dépendaient, pour leur subsistance, de la générosité publique. Mais ces rivalités n'étaient pas la source principale de la fureur du chapelain.

Le frère Otton avait acquis la confiance de la comtesse et il avait compté que celle-ci réussirait à convaincre son mari de financer le monastère, dont il se rêvait père abbé. La comtesse était tout acquise à sa cause, dont elle espérait que la réalisation lui ouvrirait les portes du paradis. Hélas, le vieux Garin faisait la sourde oreille. Depuis son retour de Terre sainte, le comte se passionnait pour les sciences des mahométans – algèbre, médecine, et cette maudite alchimie. Il lisait des livres qu'il prétendait pleins de sagesse, mais qui sentaient le soufre. D'ailleurs, pour un franciscain, tous les livres sentaient le soufre. Combien saint Bernard avait-il raison de prôner la « sainte ignorance » ! Etait-il besoin de livres pour aller dans la forêt prêcher les loups et les oiseaux, comme François d'Assise ?

La présence de Caribert n'arrangeait pas les affaires du chapelain. Le comte et le dominicain s'étaient découvert un point commun : l'amour des livres. Otton n'aurait pas été surpris que le frère de la mariée souscrivît à la formule de cet Anglais, Jean de Salisbury, élève d'Abélard et secrétaire de Thomas Becket, pour qui « *Rex illiteratus quasi asinus coronatus*[1] ». Jésus avait-il jamais lu ? Non ! bien sûr. Sinon, il est évident que les Evangiles n'auraient pas manqué de le préciser et de recommander les ouvrages qui l'avaient édifié.

Geoffroy, qui ne se souciait aucunement des humeurs du chapelain, était moins surpris par la réaction de son père que par l'indulgence de Caribert. Lui-même devait reconnaître qu'il ne portait pas les juifs dans son cœur. Ce n'était pas le fait qu'ils aient condamné le Christ qui les lui rendait antipathiques, car le dominicain avait raison quand il rappelait que Jésus et ses disciples étaient juifs eux aussi. Et puis, l'Eglise tolérait le culte judaïque ; elle accordait même sa protection aux synagogues et n'hésitait pas à dialoguer avec les rabbins. Non, ce qu'il leur reprochait, c'était de s'enrichir de manière abjecte par l'usure et le trafic humain.

L'Eglise condamnait, désormais, le commerce de bétail humain. Les juifs, qui ne se souciaient pas d'être excommuniés par un pape dont l'autorité ne les concernait pas, possédaient ainsi le monopole du trafic et de la vente des esclaves. Quand Geoffroy en faisait la remarque à son père, celui-ci souriait et répondait, avec cette bonhomie triste qui lui était propre depuis son retour de Terre sainte :

« S'il n'y avait pas de chrétiens pour acheter leurs esclaves, les juifs auraient renoncé depuis longtemps à ce commerce que tu qualifies d'odieux, à juste titre. »

Le chevalier reconnaissait la justesse du raisonnement de son père et l'hypocrisie des chrétiens, qui laissaient aux infidèles le soin d'accomplir la sale besogne, mais cela ne lui paraissait pas une excuse suffisante. Cela dit, il n'y avait qu'à

1. « Un roi illettré n'est qu'un âne couronné. »

observer le frère Otton pour se convaincre qu'être serviteur de Dieu ne suffisait pas à faire d'un homme un bon chrétien. Le comte avait donc raison, il existait sûrement des gens bien chez les juifs, voire chez les mahométans, comme chez les chrétiens.

En l'occurrence, Geoffroy avait le sentiment que le voyageur n'était pas un inconnu pour son père. Le chevalier avait noté l'expression de ce dernier dès qu'il avait entendu la voix à l'accent chuintant de Josué. L'intrusion du juif ne paraissait déjà plus intéresser personne sinon le chapelain, dont les yeux exprimaient une haine telle que le chevalier en éprouva un malaise. Pareille attitude était-elle compatible avec le message du Christ que cet homme était censé professer ? Ses compagnons, chevaliers et écuyers, étaient toujours aussi joyeux. Sa mère le couvait d'un regard humide ; elle ne le quittait pas des yeux, comme si, en l'espace d'un banquet, elle avait voulu combler le fossé d'une vie. La mariée était belle et pas la dernière à rire. Lui-même était, somme toute, heureux. Son seul regret était que Gautier ne fût pas là pour partager ce bonheur.

Le comte Garin faisait amplement honneur à son hôte d'Orient. Il s'entretenait avec lui de manière aimable, mais d'une voix si basse que personne ne pouvait participer à leur colloque, ce dont nul ne se souciait, sinon Geoffroy, lorsqu'il vit son père blêmir. Le comte saisit le poignet du juif. Il était, de toute évidence, la proie d'une vive émotion. L'autre continuait à parler avec une assurance encourageante. En définitive, le comte martela la table de son gobelet. Quand il eut obtenu le silence, il se leva.

— Aujourd'hui, déclara-t-il, est un jour de grandes réjouissances. Mon fils Geoffroy vient d'épouser la plus jolie fille de Lorraine.

Isabelle rougit, tandis que Geoffroy fronçait les sourcils. Il attendait la suite du discours de son père avec un sombre pressentiment.

— Mais ce jour est doublement béni. Comme il nous l'a annoncé, Josué revient d'Orient. De Damiette, très exactement. Il nous apporte une nouvelle qui finira d'illuminer notre journée. Notre fils Arnaud, que je croyais mort, est vivant.

La comtesse se leva, une main sur le cœur.

— Il a été gravement blessé pendant le siège. Par bonheur, son état n'inspire plus d'inquiétude depuis longtemps. Hélas ! Il est prisonnier des Sarrasins...

Le vieux comte dut s'interrompre, bouleversé.

— Nous n'avions pas retrouvé son corps... murmura-t-il en posant un regard contrit sur son épouse. J'avais pourtant passé des heures à le chercher, mais... Je n'aurais pas dû renoncer. J'aurais dû...

— Nul n'aurait pu retrouver votre fils, comte Garin, intervint Josué. Les Arabes l'avaient emporté avant la fin des combats.

Le comte abattit son poing sur la table.

— Je vais monter une armée sans plus attendre, annonça-t-il avec un enthousiasme presque juvénile. J'irai rejoindre les troupes du roi de Jérusalem, Jean de Brienne, en attendant que Frédéric II se décide à partir [1]. Je libérerai mon fils.

— C'est à peine si vous tenez encore à cheval, observa la comtesse, chez qui toute allusion au passage ravivait la rancune à l'encontre d'un mari qui lui avait enlevé trois de ses fils et n'avait pas eu la décence de mourir avec eux.

Le comte sourit.

---

1. Il fallut, en définitive, que le pape l'excommunie (28 septembre 1227) pour que l'empereur Frédéric II de Hohenstaufen tienne sa promesse de se croiser. Il ne s'embarqua pas avant le 28 juin 1228, de Brindisi pour la Syrie. Sa participation à la libération du tombeau du Christ fut nulle.

— La perspective de libérer Arnaud me tiendra en selle, madame. Rassurez-vous.

Geoffroy se tourna vers son épouse. Il avait pâli. Isabelle ouvrit la bouche, mais pas un son n'en sortit. Elle avait compris. Il se tourna vers sa mère. Au regard qu'ils échangèrent, il sut que la manne de l'affection maternelle, qui venait de lui être présentée, lui serait retirée dès qu'il aurait parlé. Probablement à jamais. Tant pis ! Il connaissait son devoir. Il lui restait à l'accomplir.

Le chevalier se leva et s'approcha de son père. Il posa une main sur l'épaule du vieux comte.

— Non, père, dit-il d'une voix douce, dépourvue de toute emphase. Vous resterez. Je n'étais qu'un enfant lorsque mes frères sont partis, mais aujourd'hui, vous m'avez reconnu digne de recevoir l'adoubement. C'est donc moi qui irai délivrer Arnaud.

— Mon fils, murmura le comte, visiblement ému, te voilà à peine marié et...

— Mon mari fera son devoir, père, fit une voix faible en bout de table. Je n'en attendais pas moins de l'homme à qui j'ai lié ma destinée.

Tous les regards se tournèrent vers la mariée, qui venait de se lever à son tour. Elle était plus blême encore que Geoffroy. Béatrice la sentait au bord des larmes et elle éprouva une soudaine bouffée de fierté devant cette enfant gâtée dont la réaction était celle d'une femme de cœur autant que de caractère. Elle ferait une excellente épouse et une comtesse digne de sa fonction.

Geoffroy posa sur sa femme un regard empreint d'admiration et de tristesse. Le couple échangea un sourire, dans lequel perçait une soudaine complicité.

Bohémond se leva, lui aussi.

— Nous serons à tes côtés, Geoffroy ! clama-t-il avec force et emphase.

Chevaliers et écuyers furent sur leurs pieds comme un seul homme.

— Voici ton armée, ami, reprit Bohémond. Et puis, Notre-Seigneur Jésus n'a-t-il pas dit : « Et quiconque aura quitté, à cause de mon nom, ses frères, ou ses sœurs, ou son père, ou sa mère, ou sa femme, ou ses enfants, ou ses terres, recevra le centuple et héritera la vie éternelle[1] » ?

— Mon mari est-il revenu avec trois cents fils ? demanda la comtesse d'une voix lasse. Recevoir le centuple, ajouta-t-elle avec un rire presque cynique, la belle affaire, quand le voyage en Terre sainte en a ruiné plus d'un et que le retour est tellement incertain !

Le chapelain se signa, outré.

— Madame, la coupa-t-il d'un ton sévère, ne parlez pas ainsi des Saintes Ecritures.

La comtesse parut déconcertée, comme arrachée à une rêverie sombre. Ses lèvres s'agitèrent, mais elle ne parvint plus à prononcer un mot. Elle songeait qu'il lui faudrait demander pardon au Seigneur pour ces propos qui relevaient du blasphème. Aujourd'hui, pourtant, elle ne s'en sentait pas le courage.

Le comte se tourna vers le juif, qui enchaînait sur les propos de Bohémond comme si rien n'avait été dit depuis :

— Je leur servirai de guide, comte Garin, annonça-t-il. Je connais des voies détournées pour accéder à votre fils. Un petit groupe comme celui-ci me paraît suffisant pour une telle entreprise. Inutile de sonner le ban et l'arrière-ban. La ruse sera plus efficace que la force. Ce n'est pas comme si vous vouliez reconquérir Jérusalem.

Le comte balaya la remarque d'un revers de la main.

— Mon séjour en Orient m'a guéri de ce genre d'illusions, dit-il avec amertume.

---

1. Matthieu, 19, 29.

La comtesse se rassit.

— Vous m'aurez, en définitive, enlevé tous mes fils, dit-elle en posant un regard vide sur Geoffroy.

— Avez-vous si peu confiance en moi, mère ? demanda le chevalier. Réjouissez-vous, au contraire, je vous ramènerai un fils que vous croyiez perdu. Mais, je vous en prie, remettons ces discussions à plus tard. Aujourd'hui, ce sont mes noces que nous célébrons.

Il retourna s'asseoir à côté de son épouse. Il prit sa main et lui murmura à l'oreille :

— Merci.

Isabelle se demandait si elle ne venait pas, en appuyant la proposition de ce mari qu'elle connaissait encore si mal, de se préparer un veuvage précoce. Elle le lui dit.

— Rassurez-vous, répondit-il, tous ceux qui entreprennent le passage n'y laissent pas la vie. Mon père en est revenu. Mon frère Gautier aussi. Voyez, le malheureux a échappé aux Sarrasins, mais il a succombé à un simple flux de ventre.

— Beaucoup de croisés emmènent leur femme avec eux... suggéra Isabelle.

Geoffroy la considéra avec une ombre de mélancolie dans le regard.

— Nous serons plus vite revenus si nous n'emmenons pas de femmes.

Il marqua un temps et ajouta, en haussant légèrement la voix, de manière à être entendu de sa mère :

— Et puis, je n'ai pas l'intention de rejoindre les troupes de l'empereur. Lors des premières entreprises pour libérer le tombeau de Notre-Seigneur, je me serais sûrement croisé, si j'avais été en âge de le faire, mais aujourd'hui... Ce n'est pas d'hier que Pierre, l'abbé de Cluny, a dénoncé ces « guerres au parfum d'argent ». J'irai négocier la libération de mon frère et je le ramènerai ici. C'est tout. Je veux que ma mère puisse à nouveau serrer Arnaud dans ses bras.

Geoffroy s'efforçait de se montrer rassurant, mais il savait pertinemment que la réalité ne vient pas toujours confirmer les prévisions de l'homme. Agnès ne parvenait pas à masquer son angoisse. Geoffroy la comprenait et, pour la première fois, il se sentit proche d'elle.

Il y avait déjà plus de dix ans que le comte de Saint-Martin s'était croisé. Au concile du Latran, le 11 novembre 1215, le pape Innocent III avait lancé l'idée d'une nouvelle tentative pour libérer le tombeau du Christ. Il n'avait pas eu l'occasion de voir aboutir son projet, la mort l'avait emporté le 16 janvier 1216 et ce fut son successeur, Honorius III, qui donna l'impulsion définitive à l'entreprise. Robert de Courçon, chargé de relayer en France le message du prélat, n'avait guère rencontré d'enthousiasme. Au royaume de Philippe Auguste, la plupart des chevaliers étaient accaparés par l'éradication des cathares. Garin de Saint-Martin avait décidé, contre l'avis de son père, le comte Thierry, de se croiser avec ses fils. Il avait ainsi emmené ses trois aînés, ainsi que Gautier « le bâtard ».

Geoffroy, qui n'avait pas dix ans, ne put faire le passage. Le vieux comte Thierry avait, alors, imaginé que sa bru reporterait sur lui toute son affection, mais Geoffroy avait, au contraire, concentré sur sa personne toute la rancœur maternelle.

A son retour, Garin ramenait le seul Gautier. Ses trois autres fils avaient péri au siège de Damiette – du moins le croyait-il. Quant à Jérusalem, elle était toujours aux mains des infidèles par la faute du prélat Pélage, qui s'était pris pour un fin stratège avant d'être désavoué par le pape. Trop tard, hélas. A Saint-Martin, le comte Thierry était mort et Garin avait hérité du titre. Son épouse ne lui pardonna pas la perte de leurs fils. Elle avait, en outre, vécu comme une trahison le retour du seul Gautier.

Aujourd'hui, elle avait cru que la vie faisait son retour dans la lugubre demeure. La sensation avait fait long feu. Agnès sentait à nouveau la mort rôder autour d'elle. Elle ne reverrait pas Arnaud. Elle le savait. Pourquoi fallait-il que son mari lui donne de faux espoirs ? Au lieu de lui rendre un fils, il allait lui prendre le dernier qui lui restait, celui-là même dont elle venait tout juste de réaliser qu'elle l'aimait ; lui qui avait été son souffre-douleur pendant tant d'années, sans jamais se plaindre, ainsi qu'il le lui avait justement fait observer.

Le banquet se poursuivit dans une atmosphère tendue. Les écuyers s'efforçaient de ramener la joie autour de la table, mais les esprits étaient ailleurs.

Quand les dames du château eurent emmené la mariée pour la préparer à sa nuit de noces, les hommes se mirent aussitôt à entonner des mélopées paillardes. Les chantres du couvent des Frères prêcheurs avaient trop bu pour se formaliser de ces obscénités bon enfant. Au contraire, ils mêlèrent leurs voix à celles des écuyers. Geoffroy profita de l'agitation pour parler à sa mère.

— Je vous en prie, mère, veillez sur Isabelle pendant mon absence.

La vieille dame considéra son fils d'un air absent. Ce nouveau coup qui venait de lui être porté l'avait fait basculer dans un univers où Dieu était la seule raison de vivre. L'alpha et l'oméga de l'existence.

Caribert s'approcha de Geoffroy et lui fit signe de le suivre. Il conduisit le marié jusqu'à la chambre du second étage du donjon, où l'attendait Isabelle, en proie aux mêmes angoisses que la veille. La mariée s'accrochait au bras d'une Béatrice aussi tourmentée qu'elle. Le dominicain bénit le lit conjugal, puis la chambre ; ensuite, il se retira après avoir déposé un baiser sur le front de sa sœur. A peine fut-il parti que les dames entreprirent de dépouiller le couple de ses vêtements. Isabelle tressaillit lorsque la femme de Bohémond la dénuda – celle-ci le fit pourtant avec une grande délicatesse. Bientôt, les jeunes mariés se retrouvèrent nus comme au jour de leur naissance. Restait à accomplir la cérémonie du dénouement des aiguillettes. Une matrone s'approcha de Geoffroy et noua des rubans autour de son sexe, puis elle les dénoua, manière symbolique de libérer sa virilité. Une dame à l'œil coquin alla déposer sur le coffre, dans lequel avait été enfermé le trousseau de la mariée, une coupe remplie d'un vin aux vertus réputées aphrodisiaques. Ensuite, ces femmes se retirèrent. La matrone alla s'installer sur un banc, dans le couloir, où elle attendrait qu'on vienne lui annoncer que l'union charnelle avait bien eu lieu.

Dans la cour du château, écuyers et chevaliers hurlaient des chansons obscènes sous les fenêtres des jeunes mariés, tout en se lançant dans des danses débridées.

Le soleil était déjà levé lorsque la porte de la chambre s'ouvrit. Geoffroy fut le premier à en sortir ; il tenait sa femme par la main. Les jeunes mariés souriaient. La matrone les regarda passer devant elle sans s'arrêter. Elle pénétra dans la chambre, tandis que le couple gagnait la salle commune où il devint le centre d'attention des parents et alliés installés devant les restes de la veille. L'émotion était palpable. Après s'être assuré que sa mère et Caribert étaient présents, le chevalier sortit de sa poche une petite boîte en or, incrustée de sardoines ; cette pierre n'était pas particulièrement précieuse, mais elle était symbole de chasteté. Il était donc clair pour chacun que la mariée était arrivée pure à sa nuit de noces. Geoffroy tendit l'objet à Isabelle, qui rougit. Elle l'ouvrit et découvrit une magnifique bague en or, sertie d'un rubis taillé à la perfection. Pierre de l'Orient par excellence, le rubis, symbole de l'amour mutuel, préservait de la trahison. C'était la pierre qu'on retrouvait au sommet de la couronne des rois.

Le vieux comte sourit. Ainsi, la nuit de noces s'était bien déroulée et il aurait peut-être la joie d'être grand-père avant d'être rappelé à Dieu. Le « don du matin » était, en effet, censé compenser la perte de la virginité de la mariée. Béatrice vit que des larmes gonflaient les yeux de sa protégée. Il lui sembla que c'étaient des larmes de joie.

Pendant les jours qui suivirent, le château résonna des préparatifs du départ. Agnès saisissait toutes les occasions pour accaparer son fils et lui renouveler la même demande. Ainsi, la veille du départ :

— Quand tu seras en Terre sainte, pense à moi, mon fils. A son retour de Palestine, ton père m'a raconté qu'un prêtre marseillais, Pierre Barthélemy, avait exhumé à Antioche la lance qui perça le flanc de Notre-Seigneur Jésus. Elle possède des pouvoirs miraculeux. Grâce à elle, les croisés ont remporté une bataille qui paraissait perdue. Je voudrais que tu me rapportes cette lance. Paie-la le prix qu'on t'en demandera, Geoffroy. C'est très important. Tu la trouveras, n'est-ce pas ? Tu me la rapporteras ? J'ai vu en songe qu'il me suffirait d'en appliquer la pointe sur mon cœur pour être guérie de mes maux. Vois-tu, mon cher fils, mon cœur s'est minéralisé, ces dix dernières années. La pointe de la lance lui rendra sa douceur et sa chaleur. C'est le Christ lui-même qui m'a envoyé ce songe pour m'en informer. Promets-moi, Geoffroy.

Geoffroy avait renoncé à raisonner sa mère. Il était évident que l'annonce du départ de son dernier fils avait fait perdre à la malheureuse tout contact avec la réalité. Il promit, en espérant que la comtesse retrouverait le sens commun avant son départ. Il n'en fut rien.

Ce même jour, Geoffroy fit seller son palefroi. Il refusa que Bohémond l'accompagne.

— Un dernier devoir à accomplir, dit-il à son ami.

Bohémond n'insista pas. Il avait compris. Geoffroy n'avait pas besoin de témoins pour prendre congé de Margot, la ribaude aux cheveux de feu.

Le matin du départ, Isabelle ne trouva pas de mots. La confusion était trop grande dans son esprit et dans son cœur. Elle se contenta de remettre à son mari un mouchoir de fine percaline, sur lequel étaient brodées trois larmes.

DEUXIÈME PARTIE

Saint-Martin, décembre 1230

6

La solitude d'une jeune mariée

Le ciel est un lac de givre sous la surface blafarde duquel le soleil

Isabelle repoussa le parchemin et lâcha la plume avec un soupir de désenchantement. Les idées étaient claires et belles dans son esprit. Aussi belles que les enluminures du livre que le moine Baudemond avait autrefois consacré à saint Amand [1] et qu'elle avait eu la chance de consulter chez son frère. Seulement, lorsqu'il s'agissait de mettre ses idées en mots et de laisser ceux-ci glisser de sa plume, tout se brouillait. Même si cela la désolait au plus haut point, elle devrait finir par admettre qu'elle n'avait pas le sens poétique de Gace Brulé et encore moins l'imagination singulière et si subtile de Marie de France, dont le *Lai du chèvrefeuille* l'avait tant ravie. Certes, elle connaissait des versions plus riches en péripéties des amours tragiques de Tristan et Yseult, mais, pour court qu'il fût, le lai de Marie de France lui paraissait le plus émouvant. Elle aimait la manière dont l'auteur allait droit à l'essentiel. Combien de fois n'avait-elle pas rêvé sur

1. *Vie et Miracles de saint Amand.*

ces quelques mots : « Ni vous sans moi, ni moi sans vous. » Quelle plus belle manière d'illustrer la douleur de l'absence ? Quand deux êtres s'aiment d'amour vrai, la séparation n'est-elle pas une sorte de mort ?

Le cours que prenaient, une fois de plus, ses pensées ne lui plaisait pas. La jeune femme laissa son regard s'évader par la fenêtre de la chambre, vers ce ciel qui soulignait son absence de don poétique. Ce qu'elle voulait dire était pourtant simple. Le ciel était si blanc qu'il évoquait un lac saisi par la glace. Derrière la couche nuageuse uniforme, le soleil de décembre brillait avec une intensité qui rendait aveuglante « la surface blafarde » du « lac de givre ». Du coup, c'était comme si la terre avait pris la place du ciel. Comme si le bas se retrouvait en haut. Comme si l'astre du jour s'était noyé et n'en paraissait que plus resplendissant dans la mort. Il y avait là quelque chose de mystique. Elle le sentait de toute son âme, mais, quand elle cherchait à l'exprimer, son émotion se transformait en platitudes lamentables.

Pourtant, elle aimait lire depuis sa plus tendre enfance ; elle aurait dû être capable d'écrire avec un minimum d'élégance et d'intelligence. Elle n'avait même pas l'excuse de son sexe. Tout le monde s'accordait à reconnaître que le *Jardin des délices*, de l'abbesse Herrade de Landsberg, était le plus merveilleux ouvrage d'érudition. Et puis, le premier traité d'éducation publié en France n'était-il pas lui aussi signé par une femme, Dhuade ? Et Marie de France ?

Incapable de contenir plus longtemps sa colère, Isabelle balaya d'un revers de main le parchemin et la plume, qui tombèrent sur le sol en un mouvement lent et planant, qui augmenta encore sa fureur. Elle se redressa et aperçut Béatrice, qui l'observait, une lueur malicieuse dans le regard.

— Qu'as-tu à te moquer de moi de la sorte ? explosa-t-elle, les lèvres boudeuses. C'est ta faute si mes pensées se troublent dans ma tête. Ta faute si je n'écrirai jamais une œuvre éternelle ! En fait, tu es... tu es une sorcière ! Une hérétique. Voilà ! Je vais te dénoncer à Caribert !

Béatrice se laissa choir sur le lit en posant une main sur son cœur et en agitant l'autre devant son visage comme pour se donner de l'air. Il y avait une telle affectation dans ce geste de terreur qu'Isabelle eut de la peine à ne pas s'esclaffer. Certes, depuis la signature du traité de Meaux, qui mettait un terme au conflit albigeois en réconciliant le comte de Toulouse et le roi de France, on aurait pu imaginer la chasse aux hérétiques terminée, or il n'en était rien. Bien au contraire. Le pape Grégoire IX, dont la position se trouvait renforcée par la soumission du comte de Toulouse, avait ordonné l'éradication du catharisme et de toutes les formes d'hérésie. Pour mener à bien son entreprise, il avait décidé de passer outre à l'autorité des évêques pour s'appuyer sur les ordres religieux, en particulier les dominicains.

Or des vaudois s'étaient installés à Metz dès 1198. Ces hérétiques prônaient un respect strict des Evangiles et avaient rédigé, dans cette optique, une Bible en langue vulgaire. Ils condamnaient l'opulence de l'Eglise et contestaient la puissance temporelle des évêques. Si le prélat Bertram les avait identifiés dès leur arrivée, les mesures prises à leur encontre n'avaient pas été aussi radicales qu'à Strasbourg, où quatre-vingts vaudois étaient montés au bûcher pour y être brûlés vif, en 1215. A Metz, l'évêque Conrad Ier n'en était venu à bout qu'en 1218. Pourtant, l'éradication ne paraissait pas avoir été complète. En outre, la proximité de la Germanie faisait craindre à Rome l'installation dans la cité messine d'une autre hérésie qui s'était répandue depuis la Bulgarie, sous l'impulsion du pope Bogomil. On l'avait crue éteinte, mais elle avait connu un renouveau en Bosnie et avait gagné la Germanie. L'évêque de Metz n'étant pas en odeur de sainteté auprès des paraiges messins, Caribert avait été dépêché sur place avec mission d'inquisition.

La terreur de Béatrice n'en était pas moins feinte. Elle savait qu'elle n'avait rien à craindre ni du frère ni de la sœur. Son expression de suffocation, ses yeux révulsés, l'agitation de ses lèvres étaient si comiques qu'Isabelle se détourna pour ne pas pouffer.

Elle se trouva à nouveau confrontée à ce ciel qu'en dépit de ses efforts elle ne parvenait pas à décrire ; sa contrariété en fut ravivée. Mais cette fois, ce fut une bouffée de tristesse qui la submergea et qu'elle ne réussit pas plus à contenir que sa colère précédente. Elle tourna le dos à la fenêtre et chercha à se donner une contenance.

— Comment peut-on être aussi sotte ? lança-t-elle à Béatrice avec un regard noir.

— C'est que je tremble, madame la comtesse... vous savez combien votre frère m'épouvante.

Depuis qu'il avait pris ses fonctions d'enquêteur pour le Saint-Siège, Caribert avait réussi l'exploit peu ordinaire de se faire apprécier de tous dans une ville qui n'avait pas hésité à exiler son évêque pour préserver son indépendance. Les paraiges messins eux-mêmes n'hésitaient pas à recourir à son arbitrage, tant sa probité était unanimement reconnue. Surtout, il était évident pour tous que le dominicain n'était aucunement intéressé par le pouvoir ; ce n'était pas lui qui tenterait de les soumettre à la volonté de l'empereur, pas plus que de Rome.

— Arrête ça, veux-tu ? dit l'adolescente, la voix pleine de larmes. Redresse-toi plutôt et ouvre tes bras.

Elle se précipita vers le lit et, sans souci de froisser sa robe en velours vert brodé de motifs floraux, elle s'agenouilla et posa la tête sur les genoux de sa gouvernante, qui l'accueillit dans sa tendresse enveloppante.

Aussi loin que remontaient ses souvenirs, songeait Isabelle, il n'était pas un jour où Béatrice de La Bresse n'avait pas été auprès d'elle. Au fil des ans, la gouvernante au parfum de chèvrefeuille était devenue dame de compagnie, confidente, amie, sans jamais cesser d'être avant tout mère de substitution. Son affection n'avait jamais été prise en défaut, bien qu'elle fût la seule sur qui Isabelle se laissât aller à déverser sa colère. Ce n'était pas manque de respect de sa part, plutôt authentique marque d'amour ; d'ailleurs, c'était bien ainsi que Béatrice le ressentait. En réalité, celle-ci était la seule à qui l'adolescente se montrait sans masque. Du fait de son éducation, puis de sa position, Isabelle devait en permanence afficher un visage lisse. Avec son amie, elle s'autorisait à lâcher la bride à ses émotions, quelles qu'elles fussent.

— J'ai froid, murmura-t-elle.

— Voyons, voyons... les labours de novembre sont achevés, les paysans ont semé l'épeautre, nous avons célébré saint Martin voici plus d'un mois et, si j'en crois la fringale qui me noue l'estomac, le jeûne de Noël a débuté voilà une dizaine de jours[1]. Or, mon expérience m'a permis de constater qu'en cette période de l'année la température a habituellement tendance à baisser, rétorqua la gouvernante avec une tendre ironie.

Isabelle lui pinça la cuisse tout en laissant échapper un râle d'irritation feinte, tandis que Béatrice ramenait sur les épaules de sa protégée le manteau en peau de renard que Geoffroy avait offert à son épouse avant de partir pour la Terre sainte.

— Qu'est-ce qui contrarie ma douce colombe ?

— Je n'arrive jamais à exprimer joliment mes pensées, soupira la jeune comtesse.

1. Le jeûne débutait vingt jours avant Noël

— Pourquoi veux-tu exprimer joliment tes pensées ? Pour laisser une « œuvre éternelle » ? N'y aurait-il pas là comme un manque d'humilité, ma chère enfant ?

L'adolescente, qui avait déjà oublié le reproche adressé à son amie, leva vers celle-ci des yeux remplis d'une sincère incompréhension.

— Mais non, voyons ! se récria-t-elle. Je ne tiens pas à laisser une œuvre éternelle. Que vas-tu chercher là ? J'aimerais simplement que mes courriers ne soient pas des ramassis de platitudes...

— Tes courriers ?

Isabelle se redressa et dévisagea Béatrice comme pour chercher à deviner si celle-ci se moquait. Pour toute réponse, elle haussa les épaules.

— Je sais que tu écris régulièrement à ton mari, parti voilà deux ans et demi, Isabelle, reprit la gouvernante, seulement tu n'expédies jamais aucune de tes lettres. Pourquoi ? Et pourquoi continues-tu à lui écrire s'il ne doit jamais recevoir une ligne de ta main ?

L'adolescente soupira. Elle connaissait très mal son mari parti pour la Terre sainte une semaine après leur mariage. Le peu de temps qu'ils avaient passé ensemble ne lui avait pas permis de se faire une idée précise de l'homme qu'elle avait épousé. Il avait eu des attentions délicates à son égard, elle ne pouvait le nier. Pourtant...

— « Ni vous sans moi, ni moi sans vous »... murmura-t-elle avec un soupir. Béatrice, crois-tu que la séparation soit une sorte de mort ?

La gouvernante fronça les sourcils. Elle ne voyait pas où son amie voulait en venir.

— Cette impossibilité d'être avec Geoffroy devrait suffire à me le rendre cher, non ? Mon cœur devrait vibrer au contact d'un objet qui lui a appartenu ou qu'il a simplement touché, comme ce manteau en renard dont il m'a fait présent pour me protéger des nuits glaciales de Saint-Martin… Ne devrais-je pas être incapable de survivre loin de lui si je l'aimais ? N'aurais-je pas dû me laisser dépérir au cours de ces longs mois d'absence ?

La gouvernante secoua la tête.

— Allons, ma douce, que vas-tu chercher là ? répondit-elle. D'abord, si les êtres qui s'aiment devaient mourir dès lors qu'ils sont séparés…

Elle s'interrompit. Sa voix s'était brisée, mais son trouble avait été si fugace que l'adolescente ne l'avait pas remarqué. Béatrice avait déjà repris, sur un ton plus grave :

— De toute façon, comment pourrais-tu être amoureuse de ton mari ? Ce ne sont pas les quelques jours que vous avez passés ensemble qui t'auront permis de savoir à quel genre d'homme tu avais affaire – tu le dis toi-même. L'amour, Isabelle, est quelque chose qui naît et qui s'intensifie avec le temps.

La gouvernante se redressa et conclut :

— Et puis, qui a jamais dit que le mariage rendait amoureux ? Des tas de couples ne connaissent jamais l'amour. Quant à ces « Ni vous sans moi, ni moi sans vous »… Ah, sacré Caribert ! Il aurait pu éviter de te mettre entre les mains ces romans de chevalerie, qui ont enflammé ton imagination… Elle n'avait pas besoin de ça !

L'adolescente rejeta le manteau et bondit sur ses pieds.

— Qu'est-ce qui me prend de te demander ton avis sur des sujets auxquels tu ne connais rien ? Tu es la dernière personne à qui je devrais poser ce genre de questions. Tu n'as jamais été amoureuse. Tu n'as seulement jamais su ce qu'était l'amour. Et je t'interdis de parler ainsi de Caribert !

Au même instant, la porte s'ouvrit avec fracas et Irène, l'épouse de l'écuyer Bohémond, fit irruption dans la chambre. Elle était à court de souffle.

— Oh, madame, venez, venez vite… dit-elle. Un messager est arrivé. Votre mari sera bientôt de retour. Venez vite…

Et toujours bondissante, la jeune femme pivota sur ses talons et disparut en laissant la porte grande ouverte. Isabelle demeura interdite. Geoffroy allait revenir ! Elle était incapable du moindre mouvement, incapable d'articuler un seul mot. Elle aurait dû sentir la joie lui gonfler le cœur, or elle était submergée par une vague d'appréhension. L'angoisse l'étreignait au point de lui couper le souffle.

Béatrice s'approcha et l'enlaça.

— Ne t'inquiète pas, ma petite Isabelle. Ton mari est un brave homme. S'il en était autrement, Caribert ne t'aurait pas unie à lui.

Oui, songea Isabelle. Geoffroy lui avait d'emblée produit une bonne impression. Elle l'avait trouvé prévenant, aimable… drôle. Elle avait même eu le sentiment que c'était un être sincère et honnête, capable de gestes nobles. Seulement, peu de temps après son départ, elle avait découvert une autre face de son mari. Celle d'un débauché. Oh ! bien sûr, elle détestait le chapelain du château, mais elle lui devait d'avoir mis au jour un secret que son mari avait pris soin de lui dissimuler.

L'adolescente serra sa gouvernante.

— La vie n'est pas une geste, Béatrice. Tu avais raison. Mon Dieu, que va-t-il advenir de moi ?

7

Une si longue absence

En pénétrant dans la cour du château, Isabelle remarqua un groupe de serfs qui s'activaient autour de charrettes chargées d'énormes troncs d'arbres. Chaque année, une douzaine des paysans les plus jeunes et les plus vigoureux étaient envoyés dans les forêts domaniales afin de pourvoir le château du bois nécessaire au bon fonctionnement de ses cuisines mais également à l'alimentation des poêles qui chauffaient ses vastes salles. C'était la comtesse elle-même qui avait fixé les tailles et les corvées dues au château. Elle songea qu'elle devrait s'assurer auprès de l'intendant que tout se passait conformément à ses instructions.

De toute évidence, l'annonce du retour imminent des croisés ne laissait personne indifférent. Chacun s'apprêtait à retrouver qui un parent, qui un ami ; mais chacun avait aussi le cœur serré à l'idée que l'être aimé et attendu pourrait ne pas revenir. Tous avaient délaissé leurs activités pour entourer le messager et le presser de questions. Mais l'homme, impassible, attendait la comtesse pour lui communiquer son message. Il n'avait accepté de répondre qu'à une question, car elle lui avait été posée par l'épouse du défunt comte Garin.

Dès que dame Agnès aperçut Isabelle, elle se précipita vers sa bru et lui agrippa douloureusement le poignet.

— Je l'ai toujours su, murmura-t-elle d'une voix atone. Arnaud ne reviendra pas. Une fois encore, leur expédition n'aura apporté que des larmes.

Isabelle posa une main sur celle de la vieille dame, qui lui sourit sans paraître la voir.

— Ne vous en faites pas, mon enfant, votre mari, lui, ne tardera pas à vous être rendu, ajouta-t-elle.

La vieille dame relâcha son étreinte et s'éloigna. Elle n'avait pas fait deux pas qu'elle s'arrêta, se retourna et revint sur ses pas avec des airs de conspiratrice. Le visage radieux, elle approcha ses lèvres de l'oreille de sa bru.

— Geoffroy me rapporte la lance de la Passion de Notre-Seigneur, murmura-t-elle. Vous ai-je dit que Jésus m'est apparu en rêve pour m'en informer ?

Et la vieille dame ajouta, d'une voix presque inaudible :

— Je suis tellement impatiente de sentir à nouveau mon cœur battre dans ma poitrine !

Isabelle regarda dame Agnès s'éloigner. Elle songea qu'à son retour Geoffroy aurait besoin de réconfort. Le comte Garin était décédé quelques mois seulement après le départ de son fils, et son épouse avait sombré un peu plus dans son affligeant délire mystique. L'adolescente soupira. Une fois encore, elle devrait se montrer à la hauteur. Elle avait l'impression que cela faisait une éternité qu'elle s'efforçait de se montrer à la hauteur de tâches auxquelles son éducation ne l'avait pas préparée, et cela sans pouvoir se reposer sur personne. Le retour de son mari la soulagerait au moins de ce fardeau. Certes, Béatrice lui était entièrement dévouée ; malheureusement, sortie du couvent, son amie se révélait dépourvue de tout sens pratique ; quant à Caribert, les responsabilités de sa charge étaient si lourdes qu'Isabelle refusait de lui en imposer de supplémentaires. Et puis, elle était trop fière pour réclamer l'assistance de qui que ce soit. Elle avait beau dire, elle aimait diriger son monde.

Après le départ de Geoffroy, son beau-père l'avait prise sous son aile protectrice et formatrice. Il lui avait enseigné la bonne manière de gérer un vaste domaine, mais il lui avait aussi parlé de sa lignée. Isabelle avait vite compris que le vieux comte tenait à ce qu'elle soit fière d'être devenue une Saint-Martin.

« Etre comte, vois-tu, ma fille, c'est être un guerrier valeureux, mais avant tout, c'est être un ami fidèle de son roi. "Sans le roi, Gaule est perdue", disait-on autrefois. »

Garin lui avait expliqué que son père l'avait baptisé ainsi en référence à un lointain ancêtre, lequel avait lutté contre les Sarrasins, avec Pépin le Bref.

« Avant lui, déjà, son père, Hervis, avait défait les Sarrasins aux côtés de Charles Martel. C'est d'ailleurs ce même Hervis qui a posé la couronne sur la tête de Pépin, après la mort de Charles Martel. Oh, ça ne s'est pas fait tout seul. Les grands vassaux ont protesté, mais Hervis est monté sur une table et il a étouffé leurs murmures par sa seule détermination. »

Le vieux comte était intarissable sur sa lignée, et Isabelle prenait plaisir à l'écouter.

« Mon ancêtre Garin, lui expliqua-t-il encore, savait lire et écrire ; il n'avait pas besoin d'un chapelain pour rompre la cire et lire à sa place le parchemin qu'on lui adressait. Sa majesté et sa douceur étaient tellement célèbres que la reine Blanchefleur regrettait de n'être pas sa mère. Ce Garin-là possédait une autorité naturelle, qui lui évitait de jamais devoir se mettre en colère. Pas un chevalier n'aurait manqué de venir à ses plaids, ma chère fille. »

Isabelle avait lu la geste *Garin le Loherain*, et elle avait reconnu trait pour trait le personnage que son beau-père lui présentait comme son propre aïeul. Celui-ci avait dû se souvenir que sa bru était grande lectrice, car il avait ajouté, sans se démonter :

« Mes ancêtres étaient si célèbres et respectés que les jongleurs ont longtemps chanté leurs exploits dans toute l'Europe chrétienne. Eh oui, ma fille, pendant que les chantres bretons pleurent encore leur roi Arthur, nos trouvères lorrains songent à l'avenir, lequel – ne l'oublie jamais – se trouve entre les mains de la royauté. »

Isabelle n'avait pas cru l'histoire de la lignée du vieux comte. Mais que celui-ci ait fabulé ou non n'avait aucune importance. Elle avait entendu ce qu'il cherchait à lui transmettre. Un comte – qui plus est lorrain et de Saint-Martin – se devait d'être magnanime et juste envers le peuple, loyal et franc envers le roi. Or, même si les seigneurs lorrains relevaient de la juridiction du Saint Empire romain germanique, le chef de cet Etat n'était pas celui auquel ils avaient prêté allégeance.

La santé du comte s'était subitement détériorée. Isabelle avait fait appel aux meilleurs médecins. Elle n'avait ménagé ni sa peine, ni son or. Elle avait veillé cet homme, qu'elle était heureuse d'appeler « père », tout au long de son agonie. Jusqu'au dernier instant, Garin lui avait dispensé son enseignement. Un soir, il avait dit :

« Tu en sais, désormais, autant que je puis l'espérer. Le reste, tu le découvriras par toi-même. Ne crains pas de commettre des erreurs ; si tu sais les reconnaître, elles te seront riches d'enseignements. »

Ce soir-là, Isabelle avait compris que le comte ne passerait pas la nuit. Au moment de rendre l'âme, Garin de Saint-Martin avait tourné son regard vers le royaume de France.

Depuis son décès, la jeune comtesse s'était efforcée de remplir son rôle conformément à la vision qu'il lui avait transmise. Les années qui venaient de s'écouler avaient, en conséquence, été particulièrement éprouvantes pour elle.

D'un pas ferme, l'adolescente s'approcha du messager, qui s'inclina et salua celle que chacun appelait désormais « madame la comtesse ».

— Comme tu peux le voir, dit-elle, ton retour réjouit tout le monde, Ludwig.

La jeune femme avait pris soin de se renseigner sur le nom du messager avant d'aller lui souhaiter la bienvenue – s'adresser aux gens, même les plus humbles, en les appelant par leur prénom était une habitude qu'elle avait prise depuis que la gestion des affaires du château lui était dévolue. Ce genre d'attentions avait contribué à lui assurer l'estime de chacun.

— J'imagine que tu dois être épuisé, mais, avant de te laisser prendre du repos, rapporte-moi le message de mon époux.

— Madame la comtesse, dit le jeune écuyer, le comte Geoffroy vous sera bientôt rendu. Il serait déjà arrivé si la santé de son frère ne s'était subitement dégradée.

— Arnaud est donc vivant ?

— Lorsque je l'ai quitté, il l'était encore, mais l'espoir n'était déjà plus de mise. Pourtant, Josué avait respecté son engagement. Grâce à lui, le comte Geoffroy a réussi à négocier la libération du seigneur Arnaud. Hélas, le malheureux était considérablement affaibli par sa captivité. Le voyage de retour a fini de l'épuiser. Une forte fièvre l'a frappé alors que nous approchions de Tours. Votre époux a aussitôt demandé l'hospitalité aux moines de l'abbaye Saint-Julien. Ceux-ci nous ont fait bon accueil, mais, lorsque je les ai quittés, ils se préparaient à administrer l'extrême-onction au seigneur Arnaud.

— Et comment va le comte ? demanda la jeune femme après un silence chargé d'émotion.

— Le comte Geoffroy a fait montre d'une grande vaillance en Terre sainte. Comme la plupart d'entre nous, il a reçu des coups, mais il en a donné plus encore. Il s'est révélé un chef digne de ce nom, madame. Rassurez-vous, il se porte à merveille.

— Quand sera-t-il de retour ?

Le messager sourit.

— D'ici une huitaine de jours. Le comte Geoffroy m'a demandé de regagner le château à bride abattue pour vous en informer. Le gros de notre troupe me suit de près, sous la conduite du chevalier Bohémond. Ceux-là devraient arriver dans deux ou trois jours, tout au plus.

Irène enfouit son visage dans ses mains en apprenant que son mari était vivant et avait, en outre, été adoubé.

— Votre mari ne veut pas quitter son frère tant que celui-ci ne sera pas rétabli ou… Si le seigneur Arnaud venait à passer, le comte Geoffroy veillerait à ce que les moines de Saint-Julien lui donnent une sépulture chrétienne. Quoi qu'il advienne, vous serez réunis pour Noël.

— Il faut organiser de grandes réjouissances ! lança Irène en s'approchant de la comtesse, les yeux gonflés de larmes.

Isabelle sourit à son amie, mais elle continua à interroger le messager :

— Ludwig, vous êtes partis trente-deux… combien reviendront ?

L'écuyer baissa la tête.

— Vingt-quatre, madame la comtesse. Si aucun ne succombe plus en route.

Isabelle se tourna vers le chapelain, qui suivait la scène avec gravité.

— Avant d'organiser des réjouissances, annonça-t-elle, occupons-nous du repos de l'âme de ceux qui ne sont plus et apportons réconfort aux leurs. Frère Otton, je compte sur vous pour célébrer un office des morts.

Le franciscain s'inclina. Tandis qu'il agonisait, le comte Garin avait abdiqué au profit de son fils Geoffroy. C'était faire fi du fait qu'Arnaud était l'aîné, mais celui-ci avait toujours manifesté plus d'intérêt pour le goupillon que pour le sabre. Le cadet, en revanche, était chevalier ; en outre, il était marié et son épouse pourrait assurer la gestion du comté en attendant son retour. Le comte avait fait connaître sa décision à chacun. Le frère Otton avait cherché à lui rappeler l'excellence de la gestion du domaine par la comtesse Agnès pendant l'absence de son mari. Hélas, il n'avait pu nier que l'état mental de la malheureuse s'était passablement dégradé depuis le départ de son dernier fils pour la Terre sainte. Elle n'était plus en état de gérer quoi que ce soit. Prétendre le contraire eût été stupide et lui eût fait perdre toute crédibilité, en lui aliénant de surcroît la sœur du dominicain.

Il n'en demeurait pas moins qu'Otton ne supportait pas que cette jeune femme lui donnât des ordres. Pourtant, en l'occurrence, elle avait pris une décision qu'il aurait été mal inspiré de critiquer. C'était d'ailleurs le problème, avec elle. Ses décisions, le plus souvent, étaient sages.

— Qu'on selle mon cheval, ordonna la comtesse. Et toi, Ludwig, va à la cuisine, on t'y servira à manger. Ensuite, tu iras te reposer. Tu l'as bien mérité.

S'adressant à tous, elle ajouta :

— Soyez gentils, n'allez pas l'importuner avant son réveil. Il sera toujours temps, alors, d'apprendre le nom de ceux qui ne reviendront pas. Pleurons ensemble nos morts et prions pour leurs âmes. Pour l'heure, nous sommes tous en deuil.

Un palefrenier lui tendit les rênes de sa monture. Isabelle se hissa en selle et quitta le château au galop. Le chapelain la regarda franchir le pont-levis avec un rictus mauvais.

— Notre jeune comtesse sait que son mari reviendra, dit-il, fielleux. Elle en prend à la légère avec ceux qui n'ont pas sa chance. Ecuyer Ludwig...

Le messager ne le laissa pas poursuivre :

— Si un chapelain, dit-il, ne sait pas obéir à celle qui le fait vivre, comment s'y prend-il pour obéir à Dieu, qui lui a donné la vie ?

Il lui tourna le dos et se dirigea vers la cuisine sans un regard en arrière.

— Que faites-vous de la détresse de ceux qui attendent de savoir si…

Le chapelain fut interrompu par dame Agnès, qui observait la scène de la fenêtre de ses appartements.

— Frère Otton, vous avez entendu la comtesse ? « Pleurons ensemble nos morts et prions pour leurs âmes. » Rejoignez-moi donc dans mes appartements.

Le franciscain se mordit les lèvres.

— Suis-je donc le seul à me soucier de…

Il n'acheva pas sa phrase. A quoi bon ? Tous lui tournaient le dos et retournaient à leurs activités.

Lorsqu'il eut rejoint dame Agnès, le chapelain fulminait.

— Ne me traitez plus jamais de la sorte, gronda-t-il. Surtout en public. Vous n'êtes pas en état de m'indisposer. Dieu…

— Oh, mon père, le coupa la vieille dame avec un soupir, Dieu ne semble pas aussi puissant que vous le prétendez. Pour la seconde fois, un fils qui avait échappé à la cruauté des Sarrasins succombe à la maladie sans qu'il fasse rien pour le sauver…

— Blasphème ! explosa le chapelain.

Lasse, la vieille dame se dirigea vers son prie-Dieu.

— Sans doute avez-vous raison, mon père… Aidez-moi à me repentir.

Le chapelain sortit sa badine dont le cuir portait des traces de sang à peine séché. Il ne prenait aucun plaisir à flageller la vieille dame, mais son cœur se gonflait de bonheur chaque fois qu'il abattait sa baguette sur son dos, car il savait que, ce faisant, il était agréable à Dieu.

8

Une rencontre troublante

Lorsqu'elle désirait prendre du recul par rapport à une situation, Isabelle enfourchait son cheval et allait galoper dans les bois qui couvraient le mont Saint-Quentin. Elle pouvait ainsi rester absente plusieurs heures d'affilée. Dans les premiers temps, cette manie avait provoqué des inquiétudes au château. Les uns et les autres avaient tenté de lui faire comprendre que les bois n'étaient pas des lieux sûrs. Ils étaient fréquentés par des hommes peu recommandables, bandits en tout genre et soldats sans solde. La jeune femme ne s'en était jamais souciée.

« A quoi auraient servi mes années de prière à Remiremont si je n'étais pas capable de placer ma foi dans le Seigneur ? » répondait-elle à quiconque lui reprochait son insouciance.

Aujourd'hui, tous avaient renoncé à la raisonner, d'autant que les chasses au faucon, auxquelles Isabelle était ravie de participer, avaient permis à chacun d'apprécier ses qualités de cavalière.

Mais, ce matin-là, la comtesse Isabelle de Saint-Martin était désemparée. Geoffroy serait de retour pour Noël. Cela eût dû la soulager, à défaut de la mettre en joie. Combien de fois n'avait-elle pas émis le souhait de voir son mari la décharger de l'administration du comté ? Pourtant, elle ne ressentait aucun soulagement. Bien au contraire. A vrai dire, elle avait le sentiment qu'en dépit de ses lamentations elle aimait le rôle qu'il lui fallait assumer depuis le décès du comte Garin. Rien ne lui avait jamais procuré une telle sensation de liberté. Tout régenter était – il fallait bien l'avouer – une activité plaisante. Certes, il n'était pas toujours simple de se montrer équitable, mais la jeune femme estimait ne pas avoir trop mal réussi dans son entreprise.

Elle ralentit l'allure en arrivant à proximité de la chaumière de Scy, laquelle devait son nom à la source qui coulait à proximité et dont l'origine remontait aux Gaulois, à ce que prétendaient les paysans du coin. Abritée par un bouquet d'arbres, Isabelle pouvait voir sans être vue. Ce n'étaient plus des Gaulois qui habitaient là, désormais, mais une jeune femme, dont la comtesse avait eu l'occasion d'apprécier le courage et le dévouement depuis le départ de son mari. Une femme envers laquelle elle ne pouvait toutefois se défendre d'une profonde antipathie que, dans ses moments d'honnêteté, elle acceptait de nommer jalousie.

La jeune comtesse n'oublierait pas le jour où le frère Otton, qu'elle n'avait pas encore appris à haïr, l'avait emmenée découvrir le domaine des Saint-Martin. La chaumière n'avait pas été leur première étape. En fait, le chapelain l'avait réservée pour la fin de leur périple. A ce moment-là, Isabelle en était presque venue à éprouver de la sympathie pour le franciscain, qui s'était révélé, en cette journée de chevauchée, un homme d'agréable compagnie. Il lui avait fait parcourir la région en lui fournissant maintes informations susceptibles d'être utiles à celle qui n'était pas encore comtesse – informations que lui-même, affirmait-il, avait mis du temps à acquérir, après son arrivée au château.

Certes, la jeune femme n'avait pas été sourde à quelques perfidies, mais celles-ci pouvaient encore passer pour des critiques justifiées de l'un ou de l'autre.

« Les gens d'ici ne sont pas d'un commerce facile, vous verrez, avait-il notamment déclaré. Pour eux, le bien premier est la liberté. Voyez les Messins, ils ont été jusqu'à contraindre ce bon Jean d'Apremont à l'exil. Votre frère a bien de la chance de s'être fait accepter par ces gens hostiles à toute forme d'autorité. »

Mais lorsqu'ils étaient arrivés à proximité de la chaumière de Scy, à l'endroit même où Isabelle se tenait en ce moment, le chapelain avait arrêté sa monture. Il avait indiqué à sa compagne une femme qui déchargeait une charrette arrêtée devant la porte. Des objets de toutes sortes passaient ainsi du véhicule à la chaumière.

« Tiens, avait-il observé, mais on dirait Margot.

— Margot ? »

Le chapelain avait eu une moue dégoûtée.

« Une ribaude ! Une moins que rien possédée par le démon du vice. Dès son plus jeune âge, elle servait de fille secrète à la taverne. Je me demande ce qu'elle fait là, et avec un fichu sur les cheveux, encore bien. Quel toupet !

— Elle semble avoir fait l'acquisition de biens, qu'elle rapporte chez elle, avait observé Isabelle, toute de candeur.

— Chez elle ? » s'était exclamé le franciscain d'un ton outré.

Il s'était vite repris.

« Oh, mais c'est vrai. Suis-je bête ? Vous ne pouvez pas savoir… »

Isabelle avait froncé les sourcils. Le ton de son compagnon s'était modifié d'une manière qui ne présageait rien de bon. Il avait perdu tout naturel pour devenir presque cauteleux. Elle avait aussitôt compris que si le frère Otton s'était montré aimable avec elle pendant cette journée, ce n'était qu'en prévision du coup bas qu'il s'apprêtait à lui porter.

« La chaumière de Scy appartient en propre à votre mari. Il avait coutume de s'y arrêter au terme de ses chasses. C'était, en quelque sorte, sa... retraite. D'ailleurs, lui-même se plaisait à nommer ainsi cette chaumière pourtant dépourvue de confort. Je ne comprends pas ce que cette pécheresse fait là.

— Allons donc lui poser la question », avait répondu Isabelle en piquant des deux.

Margot venait de descendre de la charrette un coffre qui paraissait particulièrement lourd, puis elle s'était retournée en entendant le galop des chevaux. Elle s'était épongé le front d'un revers de manche, tout en observant la cavalière qui approchait. Isabelle avait le cœur battant. Qu'allait-elle apprendre sur son mari ? Si tout ce périple sur le domaine du comte de Saint-Martin n'avait eu d'autre raison que de provoquer cette confrontation, elle ne s'attendait pas à ce que celle-ci lui soit agréable. Quoi qu'il en soit, elle n'entendait pas s'y soustraire.

Dès qu'elle eut mis pied à terre, Margot s'était approchée en s'essuyant les mains à son tablier. La fille à la chevelure flamboyante s'était inclinée devant cette beauté qu'elle ne connaissait pas, mais dont elle avait deviné l'identité d'autant plus facilement que le vautour du château la suivait de près.

« Que fais-tu ici ? avait lancé le chapelain sans prendre la peine de descendre de cheval. Il me semble que nous te prenons la main dans le sac. Tu n'as pas perdu de temps pour venir dépouiller ton seigneur. Et retire-moi tout de suite ce fichu de ta tête, ou je viens te l'arracher moi-même, ribaude ! »

Sans un regard pour le frère Otton, Margot avait répondu, en levant les yeux sur la belle dame aux cheveux couleur de blé :

« Oh, madame, je ne dépouille personne, je le jure, avait-elle déclaré avec fierté. Avant de partir pour la Terre sainte, le chevalier Geoffroy m'a demandé de m'installer dans cette chaumière, qui lui est chère parce qu'il s'y retirait souvent avec son frère Gautier...

— Le bâtard ! avait grondé le chapelain.

— Frère Otton, l'avait coupé Isabelle d'une voix cinglante, mon mari avait une grande affection pour son frère. Je vous prierai de ne plus jamais traiter Gautier de bâtard en ma présence. Ni de lui manquer de respect en aucune façon. Quelles que soient les circonstances ! »

Isabelle avait été elle-même surprise par sa violence, mais elle était furieuse contre le chapelain, qui lui avait tendu un piège qu'elle devinait odieux. Elle lui avait tourné ostensiblement le dos et était revenue vers Margot, qui la contemplait avec une expression de surprise non dénuée d'admiration respectueuse.

« Je vois bien que vous ne dépouillez pas mon mari », avait-elle repris, sans savoir comment une dame de sa qualité était censée s'adresser à une femme de petite vertu.

Béatrice lui aurait sûrement répondu qu'une dame de sa qualité aurait dû s'abstenir, tout simplement.

« Si c'était le cas, avait-elle poursuivi, vous chargeriez votre charrette au lieu de la décharger. En revanche, j'aimerais savoir pourquoi mon mari vous aurait demandé de vous installer ici, avait enchaîné Isabelle.

— Pour éviter que des maraudeurs ne viennent saccager la maison en la sachant déserte, avait répondu Margot. Mais, en réalité, je le soupçonne d'avoir agi par pure bonté d'âme.

— Par bonté d'âme ? »

La ribaude avait baissé les yeux en rougissant.

« Vous n'ignorez sûrement pas qui je suis, avait-elle murmuré avec un mouvement de menton en direction du franciscain, qui donnait à entendre que la perfidie du frère Otton était de notoriété publique. En paiement du service que j'ai bien sûr accepté de lui rendre, le chevalier Geoffroy m'a autorisée à cultiver librement cet arpent de terre. Ainsi, je n'aurai plus à travailler à l'auberge pour gagner de quoi nourrir mon petit Jérôme. »

Elle avait relevé la tête et toisé le chapelain.

« C'est votre mari qui a insisté pour que je me couvre les cheveux, madame. »

Comme s'il avait entendu qu'on parlait de lui, l'enfant s'était mis à pleurer. Isabelle s'était approchée de la charrette et avait découvert dans une petite corbeille mobile un nourrisson qui ne devait pas avoir un an et qui cherchait à faire comprendre qu'il avait faim. La ribaude s'était empressée de lui tendre un quignon de pain.

« Ça le calmera un instant », avait-elle dit avec un sourire gêné.

Isabelle s'était tournée vers le frère Otton. Elle l'aurait giflé. Il n'avait même pas la décence de cacher sa jubilation.

« Où est le père de l'enfant ? » avait-elle demandé à l'intention de Margot.

Celle-ci n'avait pas osé regarder l'épouse de son protecteur.

« Réponds, ribaude ! » avait grondé le frère Otton.

La jeune femme avait relevé la tête et défié le franciscain du regard.

« Le seigneur Geoffroy a dit que si je prenais soin du bien qu'il me confiait, personne ne me traiterait plus de ribaude. Il a dit que je n'aurais plus besoin de... de vivre comme avant pour gagner ma vie... »

Isabelle était perplexe. Pourquoi son mari se souciait-il du sort d'une telle fille ? Pourquoi tenait-il à ce qu'une ribaude mène une vie honorable ? Pourquoi Margot ? Celle-ci n'était pas la seule femme de petite vertu à Saint-Martin. Et l'enfant... ?

« Et de quoi vivras-tu, en attendant que la terre te nourrisse ? » avait demandé l'impitoyable franciscain.

La rouquine avait hésité.

« En tout cas, avait-elle lâché après un temps qui avait paru interminable à ses visiteurs, ce ne sera plus en vendant mes charmes. Ni à vous ni à personne ! »

Furieux, le franciscain avait levé sa cravache, mais Isabelle s'était interposée.

« Frère Otton ! s'était-elle écriée.

— Elle m'a insulté...

— Est-ce ainsi que vous tendez l'autre joue ? De toute façon, vous l'avez bien cherché. Et pour répondre à votre question, je suis sûre que mon mari aura prévu que la terre ne la nourrirait pas immédiatement. »

Se tournant vers la belle rouquine, elle avait ajouté :

« Et s'il ne l'a pas fait, comptez sur moi pour réparer sa négligence.

— Vous êtes donc aussi bonne qu'on le rapporte ? avait répondu Margot, des larmes dans les yeux.

— Ne crois pas ça, avait répondu Isabelle, troublée. Je tiens simplement à respecter les volontés de mon mari.

— Rassurez-vous, madame, avait fait Margot en baissant les yeux, le chevalier Geoffroy a tout prévu. Et puis, la forêt est généreuse pour qui la connaît un peu. Les arbres nous donnent leurs fruits sans nous contraindre à beaucoup d'efforts ; quant aux champignons, il n'y a qu'à se baisser pour les ramasser. »

Elle avait hésité avant de poursuivre :

« Et puis, nul n'ignore à Saint-Martin que je possède une bonne connaissance des herbes et des simples. »

Elle avait prononcé ces mots en regardant le chapelain. Isabelle eut l'impression qu'il y avait une pointe de défi dans l'attitude de la jeune femme, qui poursuivait déjà :

« Quand ils sauront que je ne fréquente plus la taverne, les gens viendront frapper à ma porte pour requérir mes soins. En tout cas, votre mari en est persuadé. »

Isabelle avait songé que Geoffroy n'avait pas forcément tort. Les guérisseuses et rebouteux vivaient en marge de la société. Les honnêtes gens ne frayaient pas avec eux, mais n'hésitaient pas à solliciter leur aide quand la maladie ou un accident venait à les frapper.

« Tu n'as pas répondu à ma question, avait-elle repris. Qui est le père de cet enfant ? Pourquoi ne s'en occupe-t-il pas ? »

La ribaude avait détourné le regard.

« Oh, vous savez, madame, dans ma profession… enfin, dans mon ancienne profession, il est difficile de répondre à une telle question. Plusieurs bons pères de famille pourraient prétendre à ce titre. Mais aucun ne le revendiquera, allez ! »

Isabelle avait écouté en essayant de forcer le regard de son interlocutrice, mais celui-ci s'était dérobé. Elle avait fait en sorte d'entendre les non-dits et ceux-ci avaient été nettement plus diserts. L'adolescente avait ressenti le malaise de Margot, et l'expression satisfaite du chapelain était venue conforter ses craintes. La ribaude mentait. Elle connaissait l'identité du père de l'enfant. Seulement, elle n'était pas décidée à la révéler. Il était facile de deviner les raisons de cette discrétion, qui frisait l'impudence.

Le garçonnet s'était manifesté à nouveau. Ses pleurs avaient arraché Isabelle à ses réflexions.

« Il a faim, avait-elle observé.

— C'est son heure », avait répondu Margot en saisissant son fils avec une tendresse touchante.

La jeune mère avait offert son sein au nourrisson en prenant soin de le dissimuler au franciscain. L'enfant s'était aussitôt apaisé.

« Quel rapport entre cet enfant et mon mari ? » avait demandé l'adolescente, le cœur au bord des lèvres.

Margot avait tourné son regard vers Isabelle. Son expression était douloureuse. C'était celle d'une femme qui aurait aimé parler mais qui ne l'osait pas. Par peur de blesser son interlocutrice ? Pour protéger le secret d'un autre ? Elle avait secoué la tête et répété :

« Votre mari est un homme bon, madame. Vous avez beaucoup de chance. Ne...

— On t'a posé une question, ribaude ! l'avait coupée le frère Otton. Réponds ! »

Comme si elle n'avait pas conscience de la présence du franciscain, Margot avait caressé la tête de son fils, qui tétait avec une application sérieuse.

« Un jour, vous saurez, madame, avait-elle murmuré. Je vous le jure. Mais, pour l'heure, je ne puis rien dire. La naissance de cet enfant est un secret qui ne m'appartient pas. J'ai donné ma parole, vous comprenez ?

— La parole d'une misérable ! » avait éructé Otton.

Faisant voler sa crinière autour de son visage, Margot s'était tournée vers le franciscain.

« Elle n'en a que plus de prix... frère Otton. Je suis si misérable que je n'en possède qu'une », avait-elle lancé sans chercher à masquer son ironie.

Puis, revenant vers Isabelle, elle avait ajouté :

« C'est mon seul bien de valeur, vous comprenez, n'est-ce pas ?

— Je comprends », avait répondu l'adolescente, troublée par la fierté de la jeune femme.

Elle n'avait pas insisté. Elle comprenait parfaitement ce que cette Margot voulait dire. A ce moment précis, elle avait, pour la première fois, éprouvé du respect pour la ribaude repentie. Isabelle avait songé qu'elle ne pouvait rien reprocher à Geoffroy. Pas plus qu'à Margot. Même si cela la blessait, elle savait que si les femmes étaient tenues d'arriver vierges au mariage, il n'en allait pas de même pour les hommes. Que Geoffroy se soit déniaisé avec une fille publique était dans l'ordre des choses. Et s'il lui avait fait un enfant, au moins avait-il eu la décence de ne pas s'en désintéresser...

Isabelle avait senti les larmes lui monter aux yeux.

« Installez-vous, avait-elle réussi à articuler d'une voix qu'elle s'était efforcée d'affermir. Et s'il vous manque quoi que ce soit, faites-m'en informer. Personne ne viendra vous importuner. Vous avez ma parole. Et, même si je ne vis pas dans la misère, sachez que, moi aussi, je n'en possède qu'une. »

Elle n'avait pu en dire plus. Elle était remontée en selle et avait enfoncé ses éperons dans les flancs de son palefroi. C'était à peine si elle avait entendu Margot lui lancer :

« Que Dieu vous bénisse, bonne dame ! »

Lorsque le frère Otton l'avait rejointe, elle lui avait fait signe de regagner le château tandis qu'elle prenait la direction de Metz. Elle n'avait arrêté son cheval qu'en arrivant à la demeure, proche de la cathédrale en construction, où résidait son frère. Pourtant, elle n'avait pas mis pied à terre. Isabelle connaissait l'estime que son frère portait à Geoffroy et elle craignait que celle-ci ne le rende sourd à ses soupçons.

De retour au château, elle avait donné libre cours à ses larmes dans le giron de la compréhensive Béatrice.

« Attends le retour de Geoffroy, lui avait conseillé son amie. Tout s'éclairera alors. En attendant, ne retiens qu'une chose : ton mari est un homme généreux, qui a su se faire aimer des humbles comme des puissants. C'est le propre d'un cœur noble. »

Ces paroles étaient raisonnables, mais le cœur est rarement raisonnable.

« Serait-ce que tu aimes déjà ton mari ? » avait demandé Béatrice.

L'adolescente avait longuement réfléchi à la question pertinente de sa gouvernante. Elle n'y avait pas répondu. Sinon en son for intérieur. Non, elle n'était pas amoureuse de Geoffroy. Toutefois, elle avait cru qu'il lui serait possible de l'apprécier et peut-être, un jour, de l'aimer. Maintenant, elle ne savait plus... Si elle avait gardé sa réponse pour elle, c'était parce qu'elle avait anticipé la réaction que n'aurait pas manqué d'avoir Béatrice. Elle se serait plantée devant elle, les poings sur les hanches et, une lueur malicieuse dans les yeux, elle aurait déclaré : « Alors, ta tristesse n'est que péché d'orgueil. »

Sans doute, mais depuis quand une blessure d'orgueil faisait-elle moins souffrir qu'une blessure d'amour ?

Après cette première confrontation, Isabelle avait évité toute rencontre directe avec la jeune femme à la chevelure de feu. En revanche, elle n'avait pu s'empêcher de s'intéresser à ce qu'il advenait d'elle. Ainsi, elle était souvent venue se dissimuler derrière le bouquet d'arbres où elle se trouvait en ce moment. Elle avait vu avec quel courage la jeune femme travaillait la terre – sans jamais demander l'aide d'aucun homme. Avec quelle tendresse elle s'occupait de son enfant, de plus en plus charmant.

Elle avait aussi noté la façon dont avait évolué l'opinion des gens sur Margot. Aujourd'hui, plus personne ne faisait allusion à son passé, en revanche chacun parlait des souffrances qu'elle avait soulagées ; les plus démunis, en particulier, chantaient ses louanges, car Margot ne demandait jamais rien en échange de ses soins.

Isabelle en était ainsi venue à respecter la guérisseuse, même si la vue de son fils lui était une souffrance lancinante.

Lorsque Margot sortit de la chaumière, Isabelle eut la conviction que la jeune femme était consciente de sa présence. Elle avait souvent éprouvé cette sensation lorsqu'elle se trouvait derrière son bouquet d'arbres. Elle tourna bride et, comme la première fois, prit la direction de Metz. Tout comme la première fois, elle ne put se résoudre à aller confier sa détresse à son frère. Qu'aurait-elle pu lui dire ? Qu'elle appréhendait le retour de son mari ? Elle se doutait de la réponse que lui ferait Caribert. N'était-ce pas lui qui avait choisi de l'unir au jeune comte ?

TROISIÈME PARTIE

Saint-Martin, décembre 1230

9

Le retour des croisés

Les mains enfoncées dans les poches de son tablier de peau, Simon Le Goff observait la troupe conduite par le chevalier Bohémond. Ecus claquant au vent, chevaliers, écuyers et leur suite traversaient le village au son des trompes et sous les acclamations des habitants. Ces hommes qui revenaient de Terre sainte paraissaient fourbus et heureux de retrouver leur foyer. Le forgeron nota que les armes, les heaumes, les hauberts ou encore les pièces de harnachement étaient aussi fatigués que leurs propriétaires. Or, le vieux Pierre avait eu la bonne idée de rendre son âme au diable et Simon avait trouvé le moyen de faire son trou au château. Oh, un moyen pas vraiment délicat, mais qui lui avait procuré jusque-là de bien agréables à-côtés. Hélas, ceux-ci risquaient de se transformer en solides soucis avec le retour des chevaliers.

— Ça va faire du travail pour nous autres, maître, observa l'apprenti. Avec la foire, le tournoi et les réjouissances de Noël, c'est d'or que vont se remplir vos coffres.

— Tais-toi, imbécile, et active le feu, grogna Simon.

Gaspard avait pourtant raison. Les affaires étaient bonnes et avaient des chances de le devenir plus encore avec le retour des croisés. Pourtant, le forgeron ne parvenait pas à se réjouir comme il l'eût fait en temps ordinaire. C'était à peine s'il avait trouvé la force de joindre ses acclamations à celles des villageois.

Lorsqu'il avait compris que le vieux Pierre n'en avait plus pour longtemps, Simon avait cherché le moyen de s'assurer la clientèle des Saint-Martin. Le comte Garin ayant lui aussi passé l'arme à gauche, il s'était dit que plus rien ne s'opposait, désormais, à ce qu'il prenne le château d'assaut. En fait, le comte avait toujours été réticent à lui confier quelque labeur à cause d'un vieux différend sur une question de taxes auxquelles Simon avait trouvé le moyen de se soustraire. L'affaire remontait à l'époque où il avait ouvert sa forge, mais Garin était aussi rancunier qu'un sanglier. Il n'avait, toutefois, pas pu ignorer complètement le forgeron, car celui-ci était sans rival quand il s'agissait de fabriquer des hauberts légers et résistants. Garin et Pierre morts, la voie paraissait dégagée.

Simon Le Goff avait longtemps réfléchi à la meilleure manière de se gagner les faveurs de la jeune comtesse. Il avait fini par recourir à une méthode digne des plus fins stratèges. Il savait que pour enlever une place forte le meilleur moyen ne consistait pas à l'attaquer de front. Pour être sûr de faire tomber ses défenses au plus vite, il fallait concentrer ses efforts sur son point le plus vulnérable. Or, après de sérieuses observations, il en était arrivé à la conclusion que le point le plus vulnérable du château n'était autre que l'épouse de Bohémond. Irène était une brave fille, le cœur sur la main, mais une cervelle de moineau.

Il fallait la voir quand elle descendait au village pour faire ses emplettes. Cette manière qu'elle avait de se déhancher et de faire des mines ! Par le passé, cela lui avait valu de solides disputes avec son mari, lequel, s'il ne crachait pas sur la gaudriole, était jaloux comme un tigre. Pourtant, Simon avait toujours cru que c'était simple coquetterie de la part d'Irène, qui n'avait jamais commis le moindre écart. Car nul n'aurait couru le risque de se mettre à dos le meilleur ami de Geoffroy, que la mort de ses frères avait transformé en héritier présomptif du titre de comte de Saint-Martin.

Lorsqu'il avait décidé d'entreprendre la jeune femme pour s'assurer la sympathie de la comtesse, dont Irène se vantait d'être l'amie, Simon Le Goff ne se doutait pas que son petit jeu l'entraînerait aussi loin. Il n'avait pas tardé à comprendre que l'épouse de Bohémond avait tout bonnement le feu au cul. Il ne fallait pas lui en promettre. Avec elle, le badinage devait finir au lit. Aussi le forgeron était-il devenu son amant, sans l'avoir vraiment prémédité. Depuis que Margot s'était rangée, Simon n'avait pas trouvé de femme pour satisfaire ses appétits. Il avait bien tenté d'aller frapper à la porte de la rouquine, à la chaumière de Scy, mais celle-ci l'avait rejeté sans ménagement. Irène avait donc été la bienvenue.

Ils avaient pris toutes les précautions pour que leur liaison restât secrète, mais on n'est jamais tout à fait à l'abri d'une indiscrétion. Surtout que la belle Irène lui avait mis la tête à l'envers. C'était une vraie diablesse, qui ne se contentait pas de faire des mines. Ah ça, il n'avait pas dû s'embêter, le Bohémond, avant son départ !

Le retour du mari tracassait le forgeron. Comment l'étourdie allait-elle réagir ? Saurait-elle tenir sa langue ? Il fallait l'espérer, sans quoi ce n'étaient pas seulement des affaires juteuses que Simon risquait de perdre dans l'aventure. Bohémond avait un tempérament emporté. Encore que...

Le forgeron l'avait bien observé quand il était passé devant la forge sur son beau destrier noir. Il paraissait nettement plus las que ses compagnons. On sentait que l'assurance qu'il cherchait à afficher était le résultat d'un effort qui lui coûtait. En dépit du froid vif, le front du chevalier était couvert de sueur. Pas bien fringant, le Bohémond. De toute évidence, ce n'était pas lui qui épuiserait sa femme au lit après ces longs mois d'absence. Cette réflexion mit du baume au cœur du forgeron. S'il craignait que le cocu ne découvre ses cornes, il redoutait plus encore de perdre sa maîtresse. Même si c'était risqué, il n'avait aucune envie de mettre un terme à leur relation. L'étourdie s'était révélée une vraie sorcière et l'avait tout bonnement envoûté.

Tournant le dos à la rue, Simon Le Goff saisit son marteau et se remit au travail avec une ardeur redoublée ; c'était le seul moyen qu'il avait trouvé pour maîtriser les pulsions qui enflammaient son être chaque fois qu'il pensait à Irène et à leurs ébats.

Le chevalier Bohémond voyait approcher la masse familière du château de Saint-Martin avec un sentiment mêlé de soulagement et d'angoisse. Il était épuisé et fiévreux. La fatigue du voyage n'expliquait pas à elle seule son état. Il avait déjà vu des hommes qui présentaient ce genre de troubles, avec ces taches de dépigmentation sur la peau. Cela lui faisait peur. Il n'en avait parlé à personne pour l'instant, pas même à Geoffroy. Il se refusait à croire que le ciel l'ait frappé dans sa chair avec une telle violence. Allons ! Bientôt, il retrouverait sa chère Irène, qui possédait une petite connaissance des simples ; elle trouverait sûrement le moyen de soulager son mal, qui ne pouvait pas être aussi sérieux qu'il le redoutait. Somme toute, les conditions déplorables dans lesquelles ils avaient souvent été amenés à se loger, la nourriture qu'ils avaient dû avaler dans ces pays d'incroyants... il ne fallait pas chercher plus loin les causes de son état d'épuisement.

Pourtant, tout au long de l'interminable voyage de retour, les réflexions du jeune chevalier l'avaient ramené vers cette terre que l'on disait sainte mais que des hommes qui portaient une croix sur la poitrine s'employaient à qui mieux mieux à profaner. Certes, Geoffroy et ses compagnons étaient partis pour libérer Arnaud de Saint-Martin, mais lequel d'entre eux n'avait pas rêvé de profiter de sa présence en Palestine pour participer à la libération du tombeau du Christ ? Le juif Josué, leur guide, les avait mis en garde contre les illusions inhérentes aux guerres censées se faire au nom de la religion. Mais n'était-ce pas à prévoir, de la part d'un mécréant ?

« Vous verrez que j'ai raison, leur avait-il seriné. Croyez-vous vraiment que l'empereur Frédéric II se soucie du tombeau de votre Messie ? Il a différé pendant près de dix ans le moment de se croiser. Serait-ce par amour qu'il a voulu épouser la fille du roi de Jérusalem, Jean de Brienne ? Elle avait onze ans et lui vingt-huit. Serait-ce par souci de permettre aux chrétiens d'aller se prosterner devant le tombeau du Christ qu'il a contraint son beau-père à lui céder, dès le soir des noces, ses droits sur la couronne de Jérusalem ? Pauvre Jean de Brienne, doublement berné puisque sa fille n'a guère tardé à mourir de tristesse...

— N'empêche que l'empereur s'est croisé dès que le pape l'a excommunié, avait répliqué Bohémond.

— Serait-ce là un gage de sincérité ? s'était empressé de railler Josué. Si tel est le cas, comment expliquer ses discours élogieux sur l'islam et ses amitiés avec les lettrés musulmans ? »

Le jeune homme, qui n'était encore qu'écuyer, ne savait que répondre à ce genre de questions. La rhétorique n'était pas son fort. Il n'était pas taillé pour s'opposer à un juif dans une joute oratoire. Par la suite, il avait dû reconnaître que le comportement de l'empereur ne venait pas démentir les affirmations de leur guide. Lorsqu'ils étaient arrivés en Terre sainte, ils s'étaient rendus à l'évidence : Frédéric II n'avait jamais eu l'intention d'en découdre avec les Sarrasins. C'était au terme d'une négociation avec le sultan Mélik el-Kâmil qu'il avait « conquis » le droit de pénétrer dans la Ville sainte. Une fois là, son premier souci avait été de se faire couronner roi de Jérusalem.

Frédéric II ne s'était pas attardé en Terre sainte. A vrai dire, les Francs de Palestine n'avaient pas caché la haine qu'il leur inspirait ; quant aux musulmans, son athéisme et son opportunisme le leur rendaient tout aussi détestable. Méprisé par les uns comme par les autres, il s'était empressé de faire voile vers la Sicile en songeant que, décidément, seuls des esprits supérieurs étaient à même de le comprendre.

Geoffroy lui-même avait été choqué par le paysage politique offert par cette Terre qui, de près, ne paraissait plus aussi sainte. Il s'était attendu à trouver un front uni de chrétiens nobles confrontés à une masse d'infidèles sanguinaires, décidés à en découdre. Au lieu de quoi, il avait constaté que la zizanie régnait entre les divers groupes chrétiens ; ceux qui vivaient sur place de longue date voyaient d'un mauvais œil les initiatives des nouveaux venus. Qui plus est, parmi les plus anciens, certains entretenaient des relations amicales avec les savants musulmans, dont ils ne se privaient pas de vanter la science.

« Mon père m'avait souvent parlé en ces termes, avait confié Geoffroy à son ami. Je me refusais à le croire. J'imaginais qu'il avait été abusé par des charlatans, pourtant... »

Et puis, il y avait des histoires qui se colportaient parmi les croisés eux-mêmes. Des histoires qui avaient amené Geoffroy et ses compagnons à se demander si c'était bien de chrétiens qu'il était question. Même si l'affaire remontait à plus de cent ans, nul n'avait oublié la manière dont, au siège d'Antioche, Bohémond de Tarente avait fait fuir les espions musulmans qui s'étaient introduits dans son camp. Il avait donné ordre de cuire à la broche ses prisonniers turcs, histoire d'améliorer l'ordinaire de l'état-major. Si sa menace avait produit l'effet escompté, c'était parce que les espions visés avaient eu l'occasion de constater de leurs propres yeux que le soldat du Christ la mettait à exécution.

« Oh ! Bohémond de Tarente n'a pas été le plus cruel, leur avait affirmé un chrétien installé à Edesse depuis près de vingt ans. Son stratagème ne visait qu'à se débarrasser d'espions. Que dire de ces croisés qui rôtissaient leurs ennemis pour s'en repaître ? Certes, ils avaient faim, mais c'était surtout la haine qui les poussait à se comporter comme des animaux. Etonnez-vous que les populations locales nous méprisent ! »

Leur guide et les musulmans qu'il leur avait été donné de rencontrer, et avec qui il leur était même arrivé de sympathiser, n'étaient donc pas les seuls à voir d'un mauvais œil les armées qui arrivaient régulièrement en Palestine, mais aussi en Egypte, où ne se trouvait pourtant pas de tombeau du Christ à libérer.

« Les premiers croisés étaient mus par un sentiment religieux sincère », leur avait expliqué le descendant d'un templier de la première heure qui s'était établi sur place et n'avait jamais conçu de quitter ce pays qu'il en était venu à considérer comme sa seconde patrie. « Mais, aujourd'hui, seule l'envie de posséder de nouvelles terres ou de s'emparer des richesses de ce pays motive les nouveaux croisés. »

Et que dire des pratiques attestées de certains guerriers qui, pour terrifier les habitants d'une ville devant laquelle ils avaient mis le siège, les bombardaient non de pierres mais de têtes d'infidèles morts au combat ou capturés ? Le plus souvent, les populations des villes prises étaient passées au fil de l'épée, sans pitié pour les femmes ou les enfants.

« Nos ennemis, tout infidèles qu'ils soient, se montrent moins cruels à notre égard. Le plus souvent, après un siège, ils nous laissent la vie sauve. »

Lorsque Geoffroy avait décidé de gagner Damiette au plus vite et lorsqu'il avait, à plusieurs reprises, refusé d'apporter son soutien à diverses expéditions chrétiennes, ses compagnons ne lui avaient adressé aucun reproche. Ces tueries ne les concernaient pas. Ils avaient une mission précise. Si, en quittant Saint-Martin, chacun avait emporté dans son cœur le rêve de tailler du Sarrasin, désormais seul le désir de libérer Arnaud motivait la troupe. D'ailleurs, les populations chrétiennes installées sur place ne demandaient qu'à être laissées en paix.

Les chevaliers de Saint-Martin ne s'étaient battus, en définitive, que lorsqu'il leur avait été impossible de faire autrement. Ils avaient ainsi eu l'occasion de découvrir sans haine une culture qui se révélait fascinante et raffinée, et dont la science était largement à la hauteur de ce qu'en disait le comte Garin. Il aurait fallu être de mauvaise foi pour traiter ces gens de barbares.

Sur le chemin du retour, Bohémond avait souvent songé que ces entreprises avaient beau se placer sous le signe de la Croix, elles devaient fortement déplaire à Dieu. Serait-ce pour cela que celui-ci avait décidé de le frapper dans sa chair ?

Les portes du château s'ouvraient devant les hommes de retour de Terre sainte. La joie éclairait les visages de ceux qui les attendaient depuis si longtemps. Bohémond aperçut en premier celui, grave et bienveillant, de la comtesse Isabelle. Il nota qu'elle avait changé. Elle paraissait plus assurée. Plus femme. Il aperçut, ensuite, le visage inondé de larmes d'Irène. Celle-ci pressait ses mains sur ses lèvres pour contenir son émotion. Le sourire qui dérida alors le visage du jeune chevalier lui vint sans effort. Il ne pouvait se douter que l'émotion de son épouse n'était pas dépourvue de culpabilité et de crainte.

Le chevalier mit pied à terre et reçut sa femme dans ses bras. Irène tremblait. De bonheur, songea-t-il. Il en éprouva un mieux-être immédiat. Allons, il avait accordé trop d'importance à ses misères. C'était bien la fatigue du voyage qui en était la cause. Dans quelques jours, après les soins que lui dispenserait une épouse aimante, il n'y paraîtrait plus. Oh ! Dieu ! Quelle joie de se retrouver chez soi ! Y a-t-il plus belles choses au monde que la paix et la concorde ?

Et bientôt, Geoffroy… le comte Geoffroy de Saint-Martin, son ami, serait lui aussi de retour et ils reprendraient leur vie d'insouciance. Comme autrefois !

10

Un procès peu ordinaire

— Quand te décideras-tu à être plus raisonnable, Isabelle ? Il fait glacial et ta chevauchée t'a mise en sueur. Tu vas attraper la mort.

Caribert enveloppa sa sœur dans son grand manteau en laine de Bruges. La jeune femme tremblait, mais le froid n'en était pas la cause. Le dominicain, qui s'était empressé de donner ordre qu'on prépare un bain chaud pour la comtesse, le comprit à peine eut-il croisé son regard. Pour une fois, il n'eut pas à presser Isabelle pour obtenir ses confidences.

— Tu as dû apprendre le retour de nos croisés. Bientôt, Geoffroy sera là, lui aussi.

Le ton de la jeune femme n'exprimait pas la joie impatiente des retrouvailles.

— Pourquoi cela t'attriste-t-il, Isabelle ? demanda le dominicain.

La jeune femme eut cette petite moue boudeuse que son frère connaissait bien.

— Ça ne m'attriste pas, Caribert. C'est juste que...

Une servante vint annoncer que le bain de la comtesse était prêt. Le dominicain posa une main sur l'épaule de sa sœur et l'entraîna dans sa chambre où fumait un énorme baquet rempli d'eau. Il alla s'asseoir sur le lit tandis que la servante aidait la comtesse à se déshabiller. Caribert s'était installé de manière à leur tourner le dos. Lorsqu'il entendit le clapotis de l'eau indiquant que sa sœur venait de se glisser dans son bain, il se tourna et fit signe à la servante de les laisser.

— C'est juste que quoi ? demanda-t-il en reprenant les mots d'Isabelle, comme si rien n'était venu interrompre leur conversation.

— J'ai toujours eu peur de l'inconnu, répondit la jeune femme. Geoffroy n'est pas un être déplaisant, mais je dois avouer que j'ai pris goût à mon indépendance. Et puis...

Elle marqua un temps. Son frère ne la pressant pas de questions, elle se décida à aborder le sujet dont elle n'avait jamais trouvé le courage de lui parler :

— Connais-tu Margot ?

— En tout cas, je ne la connais pas au sens biblique du terme, répondit le dominicain sur un ton malicieux.

Isabelle frappa la surface de l'eau du plat de la main. Caribert remarqua son agacement et reprit, sur un ton plus sérieux :

— Lors de mon arrivée dans la région, elle avait une réputation déplorable, mais elle s'est bien amendée depuis. Elle travaille son lopin de terre avec beaucoup de courage. En outre, son art de guérir lui vaut la reconnaissance de beaucoup. Même ici, dans cette fière ville de Metz.

— Savais-tu que ce lopin de terre appartient à Geoffroy ? glissa la comtesse.

Caribert se tourna vers sa sœur, qui se frictionnait le corps avec une énergie que la seule volonté de se nettoyer ne justifiait pas.

— Je vois, dit-il. Tu te demandes pourquoi ton mari lui a fait un tel présent avant de partir pour la Terre sainte, n'est-ce pas ?

— Est-ce une question idiote ? demanda Isabelle avec humeur.

Le dominicain sourit.

— Pas plus que de se demander qui est le père de ce petit Jérôme qu'elle élève comme une bonne chrétienne. D'ailleurs, lui as-tu déjà posé ces questions ?

Isabelle se mordit les lèvres.

— J'ai essayé. A l'en croire, Geoffroy a agi par pure bonté d'âme. Quant au père de l'enfant, elle prétend ne pas le connaître, mais je la soupçonne de mentir.

— Pourquoi ? Vu le métier qu'elle exerçait à l'époque où elle s'est retrouvée enceinte, cela n'aurait rien de surprenant. En revanche, ce qu'elle dit de Geoffroy correspond bien à l'homme que je connais. Crois-tu que je te l'aurais proposé pour époux s'il n'avait eu un cœur bon et généreux ?

— Soit, mais pourquoi faire montre de bonté d'âme envers cette femme et pas... envers les autres ribaudes de Saint-Martin ?

Le malaise éprouvé lors de sa première rencontre avec Margot était encore frais et vif à la mémoire d'Isabelle.

— Aurais-tu été plus rassurée si Geoffroy avait offert un lopin de terre à toutes les ribaudes de Saint-Martin ?

Le dominicain entendit la main de sa sœur frapper la surface de l'eau.

— En tout cas, je n'aurais pas cherché à savoir qui était le père de leurs enfants.

— En es-tu bien sûre, petite sœur inquiète et suspicieuse ?

— Ne te moque pas, gronda la comtesse sur un ton qui n'était déjà plus aussi boudeur.

La bonhomie taquine de son frère commençait à produire son effet. C'était ainsi. Dans un premier temps, la légèreté de Caribert irritait Isabelle, mais, le plus souvent, elle l'aidait à prendre conscience que son problème n'était pas aussi dramatique qu'elle se le représentait. Et la chaleur délicatement parfumée du bain contribuait à la détendre. La comtesse soupira et entreprit de se frotter le corps à l'aide d'un savon à l'huile d'olive parfumé aux herbes, que son frère faisait venir directement d'Italie. Il eût été idiot de ne pas profiter pleinement d'un moment aussi délicieux. Un bain raffiné comme celui-ci coûtait cher. Certains ouvriers auraient dû travailler une semaine pleine pour s'en offrir un semblable.

Le dominicain connaissait sa sœur et il savait que dans un moment pareil il valait mieux laisser la conversation en suspens. Puis, il alla chercher un grand drap dans un coffre qui faisait également office de banc et s'approcha du baquet. Il tendit le drap devant lui ; Isabelle se leva et s'en enveloppa.

— Allons, reprit-il, ce n'est pas parce qu'il s'est montré généreux avec Margot que tu dois en déduire qu'il est le père de son enfant. Et puis, si tel était le cas... il ne te connaissait pas, à l'époque. Tu ne peux donc lui reprocher de t'avoir été infidèle.

— Non, mais... une ribaude...

— Ma chérie, ne t'a-t-on pas enseigné la charité à Remiremont ? Ne regarde pas ce qu'était cette femme autrefois ; vois plutôt qui elle est aujourd'hui. Si ton mari a eu une relation avec elle, ce qui reste à établir, il n'est pas impossible qu'il ait senti battre le cœur de la femme honnête sous le masque de la fille publique. Ce serait, alors, tout à son honneur de chrétien, qui fait passer l'être avant le paraître.

— Ah ! fit la comtesse avec un geste résigné. De toute façon, tu prendras toujours sa défense.

Caribert sentit que le bain avait apaisé la fureur de sa sœur.

— Habille-toi, Isabelle, et rejoins-moi vite dans la salle des audiences. Je t'invite à assister à une séance qui ne manquera pas de te distraire, j'en suis sûr.

Lorsqu'elle pénétra dans la salle d'audience du palais épiscopal, Isabelle y trouva son frère en grande discussion avec le maître échevin, principal magistrat de la République messine. L'évêque Jean d'Apremont, que Rome avait informé de l'objet véritable de la mission du dominicain, avait invité celui-ci à s'installer dans son palais, dont lui-même avait été chassé. Si le prélat s'était attiré l'inimitié des édiles locaux, Caribert avait su, lui, gagner leur sympathie. De sorte que quand ceux-ci se trouvaient confrontés à un problème de justice délicat, ils n'hésitaient pas à solliciter ses conseils, voire son aide.

Le visage du maître échevin s'éclaira lorsqu'il vit la jeune femme s'avancer.

— Comtesse Isabelle ! s'exclama-t-il. C'est un honneur de vous recevoir.

Le premier magistrat éprouvait une vive sympathie pour la sœur du dominicain, mais il entendait que l'on n'oublie pas que les Messins étaient maîtres chez eux. La comtesse avait compris depuis belle lurette qu'il n'y avait aucune provocation dans la formule d'accueil du magistrat et elle lui servait invariablement une réponse dont le fond était toujours le même, si la forme variait à chaque fois. A force, c'en était devenu un jeu entre eux.

— Votre accueil me touche d'autant plus, messire, que c'est en simple voisine que je vous rends cette visite.

Le terme « sire » réservé aux chevaliers n'était nullement ironique dans la bouche de la comtesse. En réalité, le maître échevin était tenu de se faire adouber durant l'année où il exerçait ses fonctions. En ce temps de prime jeunesse de la République, les institutions messines présentaient un caractère authentiquement démocratique. Les édiles étaient élus pour une durée d'un an, afin d'éviter que des individus ne soient tentés de monopoliser le pouvoir. Très vite, hélas, les familles les plus riches, qui avaient réussi à consacrer l'indépendance de leur ville, accapareraient l'ensemble de la magistrature, de manière à préserver et favoriser leurs intérêts économiques. La République messine deviendrait alors oligarchique et aristocratique. Mais on n'en était pas encore là.

— Nous sommes confrontés à un problème délicat, expliqua le magistrat, dont le front s'était barré d'un pli profond, et votre frère a accepté de mettre sa compétence, et celle de son office, à notre service.

Dans la salle, les bourgeois se pressaient. Isabelle remarqua la présence en grand nombre des vignerons. Ceux-ci avaient d'ailleurs investi les premiers rangs. Caribert, vêtu de son habit d'apparat, promenait un regard grave sur l'assemblée ; sa sœur le connaissait toutefois trop bien pour ne pas voir la lueur goguenarde qui brillait dans ses yeux. Le dominicain finit par lever la main et le silence se fit dans la salle.

— Les plaignants sont tous présents. Parfait. Avez-vous choisi un représentant pour exprimer vos griefs ?

Un homme se leva. Isabelle reconnut le père François, qui possédait les plus belles vignes des alentours. Il avait la réputation d'être un personnage arrogant et intraitable en affaires ; c'était sans doute la raison pour laquelle les membres de sa corporation l'avaient choisi pour défendre leurs intérêts devant le dominicain, dont chacun connaissait la probité et l'équité, mais également l'intransigeance en matière de respect de la justice divine.

— Je vais aller droit au but, dit le père François sans s'embarrasser des formules de politesse habituelles en pareilles circonstances. Nos vignes sont envahies par les vendangeurs[1]. C'est du jamais-vu en cette saison. Si aucune mesure n'est prise, il n'y aura pas de vendanges cette année.

1. Une espèce d'insectes, qui n'a pas été identifiée avec précision.

Nous, nous serons ruinés et… vous, vous n'aurez plus de vin pour vos messes.

Caribert sourit.

— Je vous remercie, père François, pour votre sollicitude, mais l'Eglise ne se trouvera jamais à court de vin pour ses messes.

Il marqua un temps et ajouta :

— Dieu y pourvoira toujours.

— Ben, nous, on ne peut pas en dire autant. Nous ne sommes que d'humbles vignerons. Nous n'entretenons pas de relations privilégiées avec le bon Dieu, nous autres, et nous ne possédons pas non plus les richesses extravagantes de l'Eglise…

— Les principales richesses de notre Eglise, le coupa le dominicain avec une affabilité excessive, sont l'amour, la foi et l'espérance, mon fils. Sans oublier la prudence, la tempérance, la force et… la justice.

Isabelle nota que son frère venait d'énoncer les sept vertus – les trois théologales et les quatre cardinales – pour couper court à toute critique de la richesse ostentatoire dont certains faisaient de plus en plus ouvertement reproche à Rome.

— Sans doute, sans doute… fit le père François non sans une certaine ironie dans la voix. N'empêche que c'est sûrement pas en perdant notre temps en palabres que nous allons venir à bout de ces vendangeurs.

— Qui parle de palabres ? demanda Caribert d'un ton resté conciliant.

— Nous avons fait appel aux autorités de la ville. Elles n'ont apporté aucune solution à notre problème. Maintenant…

Le père François s'interrompit. Il venait de réaliser qu'il ne servirait à rien de se mettre le dominicain à dos, car ils ne disposeraient plus alors du moindre recours.

— Que pouvez-vous pour nous, frère Caribert ? demanda-t-il, résigné.

Le prélat sourit.

— Les autorités de la ville, dit-il sans se départir de sa bonhomie, ont à cœur de résoudre votre problème. Soyez-en assuré, père François. Soyez-en tous assurés, ajouta-t-il en laissant son regard courir sur l'ensemble des vignerons plaignants.

Il nota que certains approuvaient de la tête, tandis que d'autres conservaient une expression butée.

— Vos paraiges ont épuisé tous les moyens d'action dont disposent des autorités civiles. Sans résultat, j'en conviens. D'ailleurs, ils en conviennent eux-mêmes, et c'est justement parce qu'ils se soucient de votre bien-être qu'ils se sont tournés vers les autorités religieuses.

Le maître échevin approuva d'un mouvement de tête.

— Vous imaginez combien il a dû leur en coûter... ajouta Caribert en riant.

Certains vignerons firent écho à son hilarité, mais le père François n'était pas décidé à laisser dériver le dominicain.

— Ce ne sont quand même pas vos patenôtres qui vont chasser les...

Caribert se leva en se signant ; il feignit d'être outré par une intervention qui frisait le blasphème. Du coup, le vigneron n'osa pas achever sa tirade.

— Si vous voulez vous passer de l'assistance de Notre-Seigneur...

Tout en parlant, Caribert faisait mine de s'en aller. Le maître échevin le retint par la manche et demeura interloqué quand il vit le prélat lui adresser un clin d'œil. Des murmures parcouraient les rangs des vignerons. Une voix forte se fit entendre :

— Monseigneur... attendez !

Le dominicain adressa un regard amusé à Isabelle et ne releva pas le titre qui venait de lui être attribué de manière abusive.

— Faut pas vous formaliser. Le père François, y s'emporte, y s'emporte, mais on a besoin de vot' aide. Il le sait ben.

Caribert se tourna vers l'homme qui venait de s'exprimer. Le malheureux tenait son couvre-chef à la main et le triturait avec gêne. De toute évidence, il n'était pas habitué à prendre la parole en public.

— Y a plus qu'le Seigneur qui peut encore nous aider, ajouta-t-il. D'toute façon...

Caribert se rassit, avec un regard complice à l'intention du maître échevin.

— Soit, dit-il, le Seigneur est bon et il n'abandonne pas ses brebis, même quand celles-ci se sont égarées. A moins qu'elles ne s'entêtent à le défier, auquel cas son courroux est terrible.

Le père François regagna sa place, la mine défaite.

— Allons, vous dites que des vendangeurs ravagent vos vignes à une période inhabituelle de l'année et que les mesures prises par les magistrats que vous avez élus n'ont pas donné de résultats...

Il se gratta le menton et ajouta :

— Voilà qui sent l'intervention du Malin.

Il se tourna vers le maître échevin.

— Voyons, la ville a-t-elle bien payé les dîmes et redevances ecclésiastiques ? demanda-t-il.

— Scrupuleusement, frère Caribert, répondit le premier magistrat.

— Dans ce cas, poursuivit le dominicain, il semble établi que le Seigneur n'a aucune raison de se plaindre de la bonne ville de Metz, dont chacun sait à quel point ses habitants sont vertueux.

Isabelle se cacha derrière son mouchoir pour dissimuler le rire qu'elle ne se sentait plus capable de maîtriser.

— C'est donc que ces insectes agissent avec intention de nuire, observa son frère. Or, Dieu veut que chacune de ses créatures puisse jouir du produit de son labeur. Qui plus est, Dieu a tout conçu pour l'épanouissement de l'homme, sa créature la plus aboutie. Tolérer que des insectes nuisent à celui-ci serait faire fi de la volonté divine. Les vendangeurs qui saccagent vos vignes doivent donc être jugés et châtiés.

Un murmure parcourut l'assistance, lourd de sentiments contradictoires. Bien sûr que les nuisibles devaient être châtiés, mais pourquoi les juger au préalable ? L'affaire n'était-elle pas entendue ?

Caribert leva une main apaisante.

— Votre cas ne relève plus de la justice civile, reprit-il. Or, Dieu n'est-il pas l'auteur du droit canon ? Et celui-ci ne prévoit-il pas que chaque accusé a le droit de faire entendre sa défense ? Vous ne voudriez pas que je condamne des créatures de Dieu, fussent-elles inférieures à l'homme – et de beaucoup –, s'il devait s'avérer que vous leur avez nui en préalable aux torts qu'elles vous causent aujourd'hui ? Ce serait injustice. Et le Seigneur ne pourrait entériner mon jugement. Vous ne seriez donc pas délivrés du fléau qui vous accable. Et moi, je serais appelé à lui rendre des comptes.

Il laissa son regard parcourir l'assemblée. Un nouveau murmure en montait. D'approbation, cette fois-ci.

— Mais, frère Caribert, intervint un des Treize [1], le droit canon permet-il de juger des insectes ? Ceux-ci ne peuvent en aucun cas présenter leur défense.

Un large sourire éclaira le visage du dominicain.

---

1. Les Treize Jurés étaient des magistrats messins chargés, notamment, de la salubrité publique en ville.

— Vous avez raison, maître Lesueur. C'est pourquoi il importe que ces insectes se voient attribuer un défenseur, qui aura à cœur de plaider leur cause en toute objectivité.

Il marqua un temps avant d'ajouter :

— Puisque vous avez soulevé ce point sensible, accepteriez-vous d'assumer cette fonction ?

Pris au dépourvu, le notable se leva et, après un instant de réflexion, déclara :

— J'accepte.

— Quelqu'un voit-il une objection à ce que maître Lesueur soit désigné pour assurer la défense des vendangeurs ?

Les vignerons échangèrent des regards incrédules. En définitive, le père François déclara :

— Puisqu'il faut y mettre les formes...

— Parfait ! s'exclama Caribert. Voyons, ajouta-t-il à l'adresse du défenseur, auriez-vous déjà quelque remarque à formuler au nom de vos clients ?

— Je demande, fit l'autre avec un aplomb qu'Isabelle jugea comique, qu'une convocation en bonne et due forme soit adressée à mes clients. Un accusé ne devrait-il pas, au moins, être invité à assister à son procès ?

— Vous avez tout à fait raison, convint Caribert.

— Comment comptez-vous vous y prendre pour faire comparaître des vendangeurs ? s'exclama le père François. Et une fois que leur culpabilité aura été établie...

— Si elle l'est ! intervint le notable, qui, de toute évidence, prenait son rôle au sérieux.

— ... quel jugement pourrez-vous rendre contre ces nuisibles ? poursuivit le père François, sans se soucier de l'intervention du défenseur des « prévenus ».

— Pour ce qui est de la manière de faire comparaître les accusés, répondit calmement le dominicain, je demande au maître échevin de dépêcher un crieur dans toutes les vignes saccagées ; charge à lui de transmettre notre convocation aux vendangeurs et de leur préciser qu'ils ont à comparaître devant nous dans cinq jours, à l'heure de none [1]...

— Cinq jours ? C'est un délai beaucoup trop court, intervint l'avocat. Vous oubliez qu'ils n'ont pas nos grandes jambes pour se déplacer. Et encore moins nos montures. Et puis, avez-vous pris en compte qu'ils auront besoin d'un minimum de temps pour se consulter et s'accorder sur la réponse qu'ils entendent apporter à votre injonction ?

— Soit, fit Caribert. Je leur accorde un délai de sept jours, pas un de plus.

— Je demande que soit consignée ma protestation, insista l'avocat. Ces insectes...

— Votre protestation sera consignée, le coupa Caribert, mais je n'accorderai pas de délai supplémentaire. Somme toute, il n'a fallu que six jours à Dieu pour créer l'univers, une tâche autrement plus complexe, non ? Et pour répondre à votre seconde question, père François, si les insectes sont reconnus coupables de nuisance intentionnelle, l'Eglise prononcera contre eux l'anathème. Ils seront excommuniés.

— Et c'est ça qui les chassera de nos vignes ? demanda le père François, médusé.

— Mon fils, dit Caribert avec douceur, saint Bernard prêchait un jour dans l'église de Foigny, or des mouches avaient pris possession des lieux en grande quantité. Leurs bourdonnements et leurs vols incessants troublaient les fidèles. Saint Bernard s'est alors écrié : « Je les excommunie ! » Le lendemain... le lendemain, répéta-t-il pour que chacun prenne bien conscience de la brièveté du délai, toutes les mouches avaient été frappées de mort. Leurs corps jonchaient les pavés de la basilique, qui retrouva son calme

1. Neuvième heure du jour, soit 15 heures.

pour ne plus jamais être troublée par de quelconques insectes.

Un murmure émerveillé parcourut l'assemblée. Le père François lui-même opinait du chef, impressionné.

— Certes, reprit le dominicain sur un ton de grande humilité, je ne puis prétendre égaler l'éminence d'un serviteur de Dieu tel que saint Bernard, mais je n'en suis pas moins un intermédiaire dévoué auprès de Dieu, lequel a toujours à cœur de se montrer juste envers ses créatures.

La salle tout entière faisait entendre sa satisfaction. Le maître échevin se pencha vers le prélat et murmura à son oreille :

— Vous venez de nous faire gagner sept jours, frère Caribert. Mais ensuite, si les vendangeurs ne disparaissaient pas ?

Le dominicain se tourna vers le magistrat.

— Votre foi est-elle si fragile, messire ?

L'autre se troubla.

— Non, bien sûr que non, mais...

Le dominicain se pencha à son tour vers le magistrat et, d'une voix audible uniquement de celui-ci, il conclut :

— Si les insectes ne disparaissent pas, nous inviterons les vignerons à confesser le mal qu'ils ont commis pour que Dieu reste insensible aux mesures prononcées à l'encontre de leurs tourmenteurs. Je leur expliquerai qu'il ne subsiste plus qu'une explication à ce fléau : le courroux divin. Si nous devions en arriver là, je hausserais le ton et menacerais de les excommunier à leur tour s'ils n'avouent pas leurs fautes.

Le maître échevin sourit.

— Si tous les représentants de Rome avaient votre sagesse, frère Caribert, l'évêque serait le bienvenu en ces murs. Hélas...

— Allons, ne me flattez pas. Si j'étais votre évêque, vous trouveriez bien quelque grief pour me tenir écarté de la gestion de vos affaires.

L'autre leva la main en signe de protestation, mais le dominicain le coupa :

— Et pendant les sept jours qui viennent, mon ami, priez le Seigneur avec plus de constance et de ferveur.

Puis, haussant le ton de manière à être entendu des notables les plus proches, il ajouta :

— Vous verrez que Dieu mérite notre confiance et notre amour. Les vendangeurs auront disparu dans huit jours au plus tard.

Et le dominicain regagna ses appartements sans se soucier des acclamations qui montaient de la salle d'audience. Isabelle lui emboîta le pas.

— Tu avais raison, Caribert, dit-elle lorsqu'ils furent à l'abri des oreilles indiscrètes, cette entrevue m'a beaucoup amusée. Mais que feras-tu, dans sept jours, si les insectes ne cessent pas leurs déprédations ? Non que je doute de la puissance divine, mais...

Elle n'osa pas achever sa phrase. Dire qu'elle avait déjà eu l'occasion de constater que Dieu ne prenait pas toujours le parti des justes aurait pu sonner comme un blasphème. Son frère sourit. Isabelle ne pouvait avoir entendu la réponse qu'il avait faite au maître échevin et c'était sans importance, car il lui en fit une autre :

— Ne t'en fais pas pour moi, petite sœur. Et encore moins pour Dieu... Voilà près d'un mois que les vignerons se plaignent. Je suis allé visiter leurs vignes. Les dégâts ne sont pas aussi importants qu'ils le prétendent. S'ils font autant de tapage autour de cette affaire, c'est pour obtenir que les paraiges allègent leurs taxes.

— Soit, mais qu'importe leurs raisons. Si les...

— Je t'ai dit de ne pas t'en faire pour moi, Isabelle.

Il prit la main de sa sœur et l'entraîna vers la fenêtre.

— Vois, dit-il, en désignant les bois qui, au loin, couvraient les versants du mont Saint-Quentin. Il faut savoir lire les signes que nous donne la nature. Dans une semaine tout au plus, la température va chuter brutalement. De fortes gelées recouvriront les champs. Les insectes le sentiront bientôt. Ils s'en iront avant et ceux qui voudraient s'obstiner ne résisteront pas à une telle froidure. Lorsque le procès s'ouvrira, il est possible que le problème soit déjà résolu, ce qui me permettra de dire, haut et fort, que les vendangeurs ont eu si peur du courroux divin qu'ils ont préféré partir plutôt que de risquer l'excommunication.

Isabelle considéra son frère un long moment.

— Je commence à comprendre en quoi consiste la puissance divine...

— Ne plaisante pas avec ces choses-là, petite sœur, dit le dominicain avec une soudaine gravité. La puissance de Dieu est bien réelle et sa colère peut être terrible. Seulement, il nous adresse des signes que nous pouvons choisir de voir ou d'ignorer. Il se trouve que je suis particulièrement attentif aux signes dont il nous gratifie depuis...

Il s'interrompit.

— Depuis longtemps, conclut-il d'une voix mal assurée.

Isabelle se sentit subitement troublée. Son frère avait rarement été aussi sérieux. Elle avait la curieuse impression qu'il redoutait la colère divine pour lui-même. Que pouvait-il bien avoir à se reprocher, lui qui menait une vie exemplaire ? Elle n'osa pas lui poser la question. D'ailleurs, il avait déjà retrouvé son ton enjoué :

— Et toi, ma chère enfant, ne laisse pas les pensées sombres t'attrister. Si elles devaient persister, viens me trouver, je les exorciserai à leur tour.

Il posa un baiser sur le front de sa sœur.

— As-tu au moins prévu d'organiser des réjouissances pour le retour de ton mari ? demanda-t-il.

— Bien sûr, et puis il y aura toutes sortes de marchands et de ménestrels dans la région, à l'occasion de Noël. Il ne sera donc pas trop difficile de célébrer le retour de Terre sainte du comte Geoffroy et de ses compagnons. Pour l'heure, j'ai donné ordre au frère Otton de célébrer une messe de requiem en hommage à ceux qui sont morts au cours de l'expédition. En particulier, Arnaud, le frère de Geoffroy, qui ne devrait pas voir le terme de son voyage.

Le prélat eut une moue admirative.

— Tu remplis à merveille ta fonction, comtesse. Ton mari ne pourra qu'être fier de toi. Et en attendant son retour, ne le juge pas. Ainsi que tu as pu le constater, aujourd'hui, même des insectes ont le droit de faire entendre leur défense.

La jeune femme baissa la tête. Ainsi, c'était là que son frère avait voulu en arriver en l'invitant à assister à cette audience. Elle soupira.

— Je tiendrai compte de ton conseil, Caribert. Il est juste. Comme toujours. Pardonne mon emportement. Je suis une femme, après tout. Et une femme ne contient jamais très bien sa jalousie.

Le dominicain sourit.

— Et notre chère comtesse n'est pas d'un tempérament très conciliant, n'est-ce pas ?

La jeune femme se redressa, feignant la colère.

— C'est Béatrice qui t'a dit ça ?

— Allons, crois-tu que j'aie besoin d'autrui pour connaître le cœur de ma petite sœur ?

11

La fête au village

Depuis plusieurs jours, les routes étaient envahies par une foule bigarrée. Des commerçants arrivaient de tous les points cardinaux pour participer aux réjouissances qui accompagnaient la période de Noël. Des marchands de Neustrie et d'Armorique transportaient leur miel et leur garance ; les Saxons, leurs fers et leurs plombs ; les Méridionaux, leurs vins et leurs huiles ; les marchands du Levant, des miroirs de Venise, des soies de Chine, des étoffes de Smyrne, du gingembre, de la cannelle, de l'anis et du safran, autant de produits rapportés par les croisés des pays barbares et dont les gens raffinés de la chrétienté s'étaient entichés.

Mais les marchands forains[1] n'étaient pas les seuls qu'attiraient les foires. Il y avait aussi des saltimbanques en tout genre. Chanteurs, baladins, jongleurs et musiciens errants accouraient pour distraire le manant comme le noble. Des trouvères s'exhibaient sur les places de la ville et représentaient des farces, des soties ou ces œuvres de métier qui, à la

1. Le terme « forain » vient du latin *foris* (« dehors ») et s'appliquait à ces commerçants venus du dehors, donc de loin.

suite d'une confusion linguistique, passeront à la postérité sous le terme erroné de mystères[1], lesquels illustraient, en cette période de l'année, la naissance du Christ. Parmi ces nomades, tous n'avaient pas le souci de rendre gloire à Dieu ; certains venaient profiter de ce que les bourgeois avaient les yeux fixés sur les marchandises exposées et les spectacles de divertissement ou d'édification pour les soulager de bourses qu'ils devinaient bien garnies tant la région messine était célèbre pour sa prospérité. Les tenanciers de taverne voyaient d'un bon œil cette animation qui, à force de vider leurs tonneaux, remplissait leurs escarcelles. Les hommes de foi comme ceux de loi, en revanche, se méfiaient de ces liesses populaires car, sous l'influence de l'alcool, les manants avaient tendance à multiplier les rixes et les désordres.

Transmis par le bouche-à-oreille, le désir de la comtesse de Saint-Martin d'organiser des réjouissances pour fêter le retour des croisés s'était propagé parmi ces nomades en route pour Metz. Certains s'étaient ainsi détournés de la cité épiscopale pour venir monter leurs échoppes ou leurs estrades dans ce village plus modeste, mais où les affaires promettaient d'être bonnes, tant ses habitants paraissaient heureux du retour imminent de leur jeune comte. Et puis, ce détour permettait d'échapper aux heures d'attente dans un froid vif auxquelles il fallait satisfaire pour être admis dans l'enceinte d'une ville où, plus qu'ailleurs, il convenait de montrer patte blanche et de payer de lourdes taxes – droit dit de tonlieu pour pouvoir circuler, droits d'étaux pour l'exposition des marchandises, et taxes directes sur les ventes. A Saint-Martin aussi, ces taxes avaient cours, mais leur taux était plus raisonnable.

---

1. Confusion entre *mysterium* (« office », « cérémonie ») et *ministerium* (« ministère »), due à un mauvais usage du latin par les hommes d'Eglise.

Les récits colportés par les compagnons de Geoffroy de Saint-Martin sur le comportement du comte au cours de leur périple en Terre sainte avaient contribué à faire naître de grandes espérances parmi les villageois. D'aucuns aspiraient déjà à le voir se mesurer aux meilleurs chevaliers locaux, qui ne manqueraient pas de se produire à l'occasion du tournoi de Noël, lequel se déroulerait comme chaque année dans un champ situé en bord de Moselle. La vaillance du jeune seigneur, mais surtout sa bonté et sa générosité tant vantées paraissaient annoncer des jours de paix et de prospérité autant pour ses sujets que pour ses vassaux.

Au château, un homme ne voyait pas d'un aussi bon œil le retour du comte. Le frère Otton avait ses raisons de faire grise mine. Il réalisait que l'ascendant qu'il avait réussi à prendre sur dame Agnès ne lui serait d'aucune utilité lorsque son fils reprendrait en main les affaires du comté. Geoffroy n'avait jamais dissimulé l'antipathie que lui inspirait le franciscain. Or, celui-ci était conscient d'avoir commis une erreur peu après le départ du jeune homme. Il avait mal jugé Isabelle. Il avait cru que, fraîchement émoulue de Remiremont, elle serait outrée de découvrir que son mari avait eu un enfant avec une ribaude. Il s'était imaginé qu'elle lui saurait gré de lui éviter de se laisser abuser par la belle prestance du chevalier et qu'il n'aurait, dès lors, aucun mal à la manipuler de manière à la soustraire à l'influence de son dominicain de frère, qui l'avait unie à un homme dépourvu de moralité et de piété. Hélas, cette effrontée avait l'âme aussi dépravée que son mari et elle avait retourné sa fureur contre celui-là même qui lui avait ouvert les yeux. Sous ses allures de colombe, la belle Isabelle dissimulait une nature de faucon. La mort de Garin, que le franciscain avait favorisée dans un esprit de pure charité chrétienne, s'était, en définitive, retournée contre lui, car la sainte-nitouche avait eu le temps d'embobiner le vieillard pour qu'il lui confie la gestion du comté en l'absence de Geoffroy. Finaude, elle avait réussi à évincer la vieille Agnès. Lorsque son mari serait de retour, elle ne manquerait pas de le monter contre le chapelain. C'en était fait de ses rêves d'abbaye. Il ne serait pas père abbé. Adieu la mitre et la pourpre. Jamais n'y suffirait l'argent qu'il avait soutiré au vieux comte Thierry, à la comtesse Agnès ou encore à l'un et l'autre, par ses prêches ou par ses ruses.

Le frère Otton avait pourtant surveillé avec attention les faits et gestes de la fausse ingénue. Il avait espéré trouver le moyen de la discréditer aux yeux de son mari. Hélas, Isabelle était encore plus rusée que lui, car il n'avait rien découvert qu'il pût retourner contre elle. Toutefois, Geoffroy n'était pas encore de retour, et des événements qui refusaient de se produire spontanément pouvaient parfois être provoqués. Il ne fallait pas perdre espoir. Il convenait, au contraire, de redoubler de vigilance et d'astuce.

Et si la situation ne se décidait pas à évoluer en sa faveur, il devrait se résigner à reprendre une vie d'errance dans l'espoir que le Seigneur mette sur sa route un lieu plus propice à l'établissement de l'abbaye qui lui apporterait enfin gloire et cardinalat. Une abbaye avant tout dédiée à la gloire de Dieu, bien sûr.

Depuis le retour des croisés, Irène avait perdu sa belle humeur. Elle avait d'abord tremblé à l'idée que Bohémond découvre son infidélité, mais sa crainte avait bientôt cédé la place à une profonde blessure d'orgueil. Connaissant le tempérament ardent de son mari, la jeune femme s'était attendue à des retrouvailles passionnées ; or s'il se montrait toujours prévenant, Bohémond gardait désormais avec elle des distances auxquelles il ne l'avait pas habituée. Lorsqu'elle lui en avait fait la remarque, le jeune chevalier lui avait assuré qu'elle n'avait pas lieu de s'inquiéter. La fatigue du voyage était seule responsable de son abattement. Irène, qui ne pouvait se satisfaire d'une si piètre excuse, en vint à soupçonner son mari d'en aimer une autre. Or, l'humain a encore moins d'indulgence pour les fautes d'autrui lorsqu'elles font écho aux siennes propres. Ulcérée, la jeune femme alla donc se consoler dans les bras de son amant, Simon Le Goff.

Pourtant, de même que dans le cœur d'Irène la colère avait succédé à l'inquiétude, une angoisse comme elle n'en avait jamais éprouvé chassa, en définitive, la colère. Une simple question à son mari suffit à faire basculer son monde dans l'épouvante.

— T'aurait-on dit du mal à mon sujet, Bohémond, que tu me prives de ton affection depuis ton retour ?

La question trahissait sa culpabilité et la crainte que son secret n'ait transpiré. Elle était décidée à affronter la fureur de Bohémond, mais rien n'aurait pu la préparer à la réponse qu'il lui fit :

— Oh, ma belle, que vas-tu imaginer là ? Crois-tu que je tolérerais qu'on médise de ma femme ?

Il marqua un temps, s'assura que nul ne pouvait les entendre, puis, s'approchant de sa femme, il ouvrit sa chainse[1] et dévoila sa poitrine.

— Vois ces taches sur ma peau, dit-il.

L'exhortation avait été inutile. Irène les avait vues et avait porté les mains à sa bouche pour étouffer un cri d'effroi. La réaction de son épouse avait balayé les derniers doutes de Bohémond et les faibles espoirs qu'il s'efforçait encore d'entretenir.

1. Du latin médiéval *camisilis* (« toile à chemises »), grande chemise de lin à manches longues et poignets serrés portée à même la peau.

— Dis-moi que ce n'est pas ce que je crains ? implora-t-il, comme pour conjurer le sort.

Irène demeura un long moment sans voix. Elle songeait qu'elle avait serré cet homme contre son cœur, qu'elle l'avait même embrassé... Une peur panique la submergea. Quand elle eut retrouvé un minimum de calme, elle murmura, d'une voix à peine audible :

— La lèpre.

— Tu en es sûre ?

Elle hocha la tête.

— Tu connais les herbes et les onguents, n'est-ce pas ? reprit le chevalier. Il y en a sûrement qui...

— Ma science ne va malheureusement pas aussi loin, mon Bohémond, soupira Irène.

Elle avait beau s'abandonner dans les bras du forgeron, la jeune femme n'en aimait pas moins son mari. Elle aurait voulu le prendre dans ses bras, lui caresser le visage, un geste simple qui avait l'art d'apaiser Bohémond en toutes circonstances. Hélas, elle ne trouvait plus la force de seulement s'approcher de lui.

— Il nous faut aller voir Margot, déclara-t-elle avec détermination. Sa science dépasse de beaucoup la mienne. Si quelqu'un peut quelque chose pour toi, c'est elle. Et puis, Margot n'est pas du genre à se répandre.

— Tu as raison, répondit Bohémond, prêt à s'accrocher à la plus petite lueur d'espoir. Je vais aller la voir sans plus attendre.

Après l'avoir longuement regardé dans les yeux, Margot demanda au chevalier de retirer bliaud et chainse. Quand Bohémond se retrouva torse nu, elle étudia avec gravité les éruptions squameuses qui s'étaient multipliées sur sa peau. Elle nota que celles-ci étaient relevées sur les bords et déprimées au centre. Elle observa aussi que les poils avaient blanchi par endroits.

— J'ai déjà vu des marques de ce genre.

— C'est la lèpre, n'est-ce pas ? s'inquiéta Irène.

La rouquine haussa les épaules.

— Qu'est-ce que ça change, le nom qu'on donne à un mal ?

— Pourquoi le Seigneur a-t-il choisi de me frapper ainsi ? Je ne me suis pas mal comporté en Terre sainte, se lamenta le chevalier, qui n'aurait pas tremblé se fût-il trouvé seul face à une armée de Sarrasins.

— Je doute que le Seigneur soit pour quelque chose dans ce qui vous arrive, messire.

— Ne blasphème pas, Margot, la coupa Irène. Tu sais bien ce que disent les prêtres. Si nous ignorons la cause de nos souffrances, Dieu, lui, la connaît.

Margot se récria :

— Qui blasphème, d'eux qui imputent au Seigneur la moindre de nos misères, ou de moi, qui crois Notre-Père miséricordieux et bienveillant ? Quel plaisir prendrait-Il à punir un honnête homme alors que le Christ, Son propre fils, remettait leurs fautes aux pécheurs repentis ?

— Oh ! fit Bohémond dans un soupir. Mon comportement n'a pas toujours été exemplaire, je dois bien en convenir.

— N'avez-vous pas prêté l'oreille aux propos du prêtre, lorsqu'il lit les Evangiles du haut de sa chaire, messire ? demanda la guérisseuse. Je me souviens de l'avoir entendu rapporter, un jour, ces propos de Jésus : « Ce ne sont pas ceux qui se portent bien qui ont besoin de médecins, mais les malades. Allez et apprenez ce que signifie : "Je prends plaisir à la miséricorde, et non aux sacrifices." Car je ne suis pas venu appeler des justes, mais des pécheurs. »

Le chevalier fronça les sourcils. Il n'était pas sûr de bien comprendre le sens de ces paroles du Christ. S'il respectait à la lettre les enseignements de l'Eglise, il n'était pas très porté sur les bondieuseries. Le moment était peut-être venu pour lui d'apprendre quelque prière. Comme si elle avait pu lire ses pensées, Margot reprit :

— Qu'importe après tout que vous deviez votre mal à Dieu ou au diable ! Dans un cas comme dans l'autre, la prière ne peut pas faire de mal. Quant à mes simples, je prends soin de les faire bénir et consacrer avant de réaliser mes potions et mes onguents. Quand je vais le solliciter, le père abbé de Saint-Martin m'accueille toujours avec beaucoup de gentillesse. Ainsi, la guérison – si guérison il y a – est, dans tous les cas, un don de Dieu.

Margot ne se souvenait pas d'avoir jamais entendu Bohémond, ni même Irène, parler autant du Seigneur que depuis qu'ils avaient pénétré dans sa chaumière. Il faut dire qu'elle-même avait bien changé au cours de ces deux dernières années. Il avait suffi du geste d'un homme qui lui avait fait confiance, d'un seigneur, qui lui avait donné la chance de s'amender, pour que Dieu pénètre en son cœur. En l'espace d'une nuit, pour ainsi dire.

— Messire, demanda Margot, en se mordillant la lèvre du bas, savez-vous quand le comte Geoffroy sera de retour ?

Le chevalier sourit. L'évocation de son ami chassait presque ses propres angoisses.

— Il ne devrait plus tarder, Margot. Il peut arriver d'un jour à l'autre. Tout dépend de l'évolution de l'état de son frère, Arnaud. Hélas…

— Si seulement vous l'aviez ramené ici… J'aurais peut-être pu… Au moins, j'aurais essayé. Les moines saignent, purgent… Ils font de leur mieux, mais le plus souvent cela ne contribue qu'à aggraver le mal. Mes herbes, en revanche… J'aurais tellement aimé pouvoir… Ils disent :

« Dieu l'a voulu », mais ils oublient que la Bible dit aussi : « Demandez, et l'on vous donnera. »

L'émotion de la jeune femme était telle que la malheureuse ne réussissait pas à achever ses phrases. Sa sincérité était si évidente qu'Irène, qui nourrissait pourtant une certaine réserve à l'égard de l'ancienne ribaude, avec laquelle elle soupçonnait son mari d'avoir eu des relations sexuelles, ne pouvait s'empêcher d'en être émue.

— Dites-moi, messire, demanda Margot, croyez-vous que notre jeune comte sera... satisfait à son retour ?

Le jeune homme comprit le sens de la question que Margot n'osait pas formuler clairement. Il tourna la tête vers l'enfant, qui les observait, assis sur le sol dans un coin de la masure, et s'en approcha. Bohémond sortit de sa poche un grelot et l'offrit au garçonnet, qui considéra longuement le jouet, l'agita, puis revint vers le chevalier et le gratifia d'un sourire.

— Merci, messire, dit-il.

Bohémond caressa la tête de Jérôme.

— Il sera content, Margot, déclara-t-il. Je puis te l'assurer. Il sera content et fier de toi.

Le visage de la jeune femme aux cheveux de feu s'illumina.

— Merci, Bohémond, dit-elle en oubliant toute réserve.

— Bohémond peut-il guérir ? s'enquit Irène.

L'ancienne ribaude posa une main sur l'épaule dénudée du chevalier.

— J'ai vu des hommes que tout le monde disait lépreux et qui avaient été mis au ban de la société retrouver une peau presque aussi pure que celle d'un nouveau-né [1].

— Tu ne crains pas...

---

1. Au Moyen Age, il n'était pas rare que des maladies de la peau soient confondues avec la lèpre, notamment le vitiligo ou le psoriasis invétéré.

Irène fit un geste vers la main de Margot sur l'épaule de Bohémond. La jeune femme sourit.

— Je fais confiance au Seigneur, dit-elle. Pas toi ?

— Tu peux quelque chose pour mon mari ? demanda Irène, en se gardant bien de répondre à la guérisseuse.

— Je vais lui appliquer un onguent qui a déjà donné des résultats dans des cas semblables. Tu en emporteras avec toi, Irène, et tu procéderas à trois applications par jour. Tu masseras soigneusement les endroits atteints de manière que l'onguent pénètre bien la peau. Lave-toi soigneusement les mains avant et après. Le reste appartient à Dieu.

Tandis que Margot étalait sa pommade sur la peau du chevalier, celui-ci laissa son regard parcourir la pièce. Dans son coin, l'enfant agitait inlassablement son grelot. Sa mère lui demanda d'arrêter. Elle avait besoin de calme pour prier le Seigneur.

— La prière fait partie du traitement, Jérôme, je te l'ai déjà expliqué.

L'enfant s'obstinait à secouer son jouet.

— Allons, dit Bohémond, écoute ta maman, Jérôme, ne fais pas le vilain.

— Oh, fit Margot, c'est pourtant ce qu'il est, messire [1].

Bohémond, pour masquer sa maladresse, déclara :

— La chaumière n'a jamais été aussi bien tenue, ni le champ aussi fertile. Oui, Margot, Geoffroy sera content.

— Je n'ai pas envie de renouer avec mon ancienne vie, soupira la jeune femme. Que Dieu me foudroie si un homme a partagé ma couche depuis le départ de notre jeune comte.

Elle rit et eut un mouvement de tête en direction de son fils.

---

1. « Ne pas faire le vilain » signifiait, littéralement, ne pas se comporter en paysan.

— Sauf ce petit homme-là, les nuits où l'orage l'envoyait chercher un abri dans les bras de sa maman.

Lorsqu'elle eut fini de soigner le chevalier, Margot alla chercher sur une étagère un pot en verre qu'elle remplit d'une crème au parfum suave. Elle la remit à Irène en lui conseillant de veiller à être seule avec son mari au moment des soins.

— Ne devrais-je pas informer la comtesse de mon état ? demanda Bohémond.

— A ta place, je m'en garderais, répondit la rouquine. Pour l'instant, tout au moins. Ne partage ton verre avec personne et lave-toi les mains avant de toucher la nourriture. Il sera toujours temps d'aviser si les lésions venaient à se propager au visage.

En se tournant vers Irène, elle ajouta :

— Il arrive que l'amour accomplisse des miracles, Irène. Ton mari a plus que jamais besoin de ton amour, n'oublie pas que c'est le plus beau don que Dieu ait fait à ses créatures.

Irène se détourna en rougissant. La voix et le regard de Margot semblaient l'accuser. Ce devait être un effet de son imagination, car il était impossible que la guérisseuse ait eu vent de sa liaison avec le forgeron.

12

Un curieux équipage

Cité gauloise de haute antiquité, Metz était déjà siège épiscopal au Ve siècle quand fut édifié un oratoire à saint Etienne. A en croire Grégoire de Tours [1], ce lieu fut le seul monument épargné lors du sac de la ville par les hordes d'Attila, roi des Huns, le 7 avril 451. Cette sombre journée tombant un samedi saint, il n'en fallut pas plus pour que les gens parlent de miracle. Toujours est-il que, dans la seconde moitié du Xe siècle, l'évêque Thierry Ier commandita la reconstruction du sanctuaire primitif. La basilique, financée par les empereurs Otton Ier et Otton II, fut construite perpendiculairement à l'édifice d'origine ; l'évêque Thierry II la consacra, le 27 juin 1040. En 1220, la basilique ottonienne opérait sa mue, laquelle ne s'achèverait qu'en 1520.

En cette matinée de décembre 1230, un groupe de maîtres bâtisseurs s'était regroupé sur le parvis autour d'une sculpture qui, de toute évidence, les intriguait. Taillé dans la pierre de Jaumont aux reflets dorés, un monstre tout en

1. *Histoire des Francs.*

longueur et grêle comme une belette paraissait sur le point de se jeter sur ces hommes aux mines graves.

— C'est un magnifique travail de la pierre que tu as réalisé là, Roland Fidélité, finit par déclarer une sorte de vieux sage à la courte barbe blanche et au crâne dégarni. Mais je n'en comprends pas l'utilité.

L'homme qui venait de se faire ainsi apostropher n'avait guère plus de trente ans. Ses cheveux longs et bouclés lui retombaient jusque sur les épaules. Sans en avoir conscience, il caressait avec amour son effrayante création de pierre. Roland sourit à l'ancien et dit, en levant les yeux vers le ciel :

— Il ne pleut pas aujourd'hui.

— Il fait trop froid pour ça. On ne va pas tarder à se prendre un bon coup de gel, observa un autre maître en soufflant sur ses mains pour les réchauffer.

— Tu as raison, Amalric, reprit Roland, mais, le plus souvent, le Seigneur déverse de grandes quantités d'eau sur cette bonne vieille terre de Lorraine. Or, ce sont justement ces pluies violentes qui nous contraignent à imprimer de longues pentes aux chéneaux. Et quand le ciel se vide, il vaut mieux ne pas passer à leurs points de chute si on ne veut pas se faire tremper. Eh bien, une rigole comme celle que je vous présente là prémunit contre ce type de désagrément. Il suffit d'en disposer à espaces réguliers tout au long des chéneaux pour réduire de véritables cataractes à de simples filets. Ainsi, les badauds ne se feront plus tremper.

Roland Fidélité nota avec satisfaction que les autres maîtres bâtisseurs paraissaient impressionnés par son explication.

— Mais là n'est pas le seul avantage d'un tel dispositif, poursuivit-il. Les passants ne seront pas seuls à ne plus se faire arroser. Songez aux constructions inférieures... ces petits filets ne seront pas de taille à les endommager, comme autrefois les cataractes.

— Voilà qui est très ingénieux ! s'exclama l'ancien. C'est une formidable trouvaille, Roland.

Le jeune maître secoua sa toison noire.

— Ne me flatte pas. Ce n'est pas moi qui ai imaginé ce dispositif. Les anciens Egyptiens y avaient déjà recours ; on le rencontre aussi dans les temples grecs, où l'eau passe le plus souvent par la gueule de lions. Pourtant, c'est mon maître, Laurent l'Ardéchois, qui m'a enseigné tout ça, quand nous travaillions sur le chantier de Laon, il y a dix ans ; en ce temps-là, j'étais encore un apprenti curieux des choses nouvelles.

— Pour ça, t'as pas beaucoup changé, nota un autre maître avec bonhomie.

— Mais pourquoi avoir donné à ta rigole les traits d'un monstre aussi hideux ? demanda un maître au visage rieur. Il est vraiment à faire peur.

Roland Fidélité leva les yeux au ciel.

— Tu as parfois de ces questions d'apprenti, Gontran.

Passant les doigts dans son abondante chevelure, il ajouta :

— Pour garder le mal à distance de la maison du Seigneur, voyons.

Perchés sur un amoncellement de planches, des enfants observaient la scène, une lueur d'émerveillement et de terreur dans les yeux.

— Roland, il s'appelle comment, ton monstre ? s'enquit un gamin.

— C'est une gargouille, répondit le tailleur de pierre.

— Voulez-vous filer de là, sales gosses ! gronda l'ancien. Vous n'avez rien à faire sur ce chantier !

Aussitôt, le groupe se dispersa avec des cris d'orfraie.

— Ils ne sont pas méchants, fit Roland Fidélité.

Il aimait bien ces gosses et leur curiosité. Il avait été l'un d'eux, autrefois, et qui savait si, parmi ceux-là, ne se trouvait pas un futur tailleur de pierre...

— Bien sûr que non, dit-il en riant, mais si on ne leur gueulait pas dessus de temps en temps, ils éprouveraient moins de plaisir à venir nous espionner.

Après leur fuite, les garnements s'étaient empressés de se regrouper. En cette période de Noël, la ville ne manquait pas de sources de distraction. En outre, ils n'avaient pas à courir très loin pour rencontrer des saltimbanques et, peut-être, des cracheurs de feu, dont les tours les fascinaient. Mais alors qu'il tournait l'angle de la rue et débouchait sur la place où les forains avaient installé leurs chariots, le grand dadais qui avait trois pas d'avance sur ses compagnons s'arrêta subitement et hurla :

— Une gargouille ! En chair et en os, les gars !

Lorsque ses camarades l'eurent rejoint, ils se figèrent à leur tour. Le chef de la bande s'exclama :

— C'est pas une gargouille, idiot. C'est un loup.

Il n'en resta pas moins interdit devant l'apparition. Ou plutôt devant l'homme qui accompagnait l'apparition et était encore plus formidable qu'elle. Grand, mince, avec des épaules solides, le meneur de loups portait un large bandeau qui lui masquait l'œil gauche ; une barbe drue mangeait son visage buriné par le soleil. Il portait une veste collante avec d'amples manches. Celle-ci était faite d'une peau tannée, dont les poils étaient usés en tant d'endroits qu'il eût été difficile de dire à quel animal cette fourrure avait autrefois appartenu.

— N'ayez pas peur de Fenrir, dit l'homme d'une voix douce qui contrastait avec son apparence. C'est un vieux solitaire fatigué, qui ne ferait pas de mal à un mouton égorgé. Croyez-moi, il n'a rien d'une gargouille.

Décidé à faire montre de son autorité, le chef de la bande lança :

— Bah, je suis sûr que tu ne sais même pas ce que c'est qu'une gargouille, l'étranger.

L'homme se dirigea vers un chariot et s'assit sur l'une des marches de bois qui y donnaient accès.

— Vraiment ? dit-il avec une lueur malicieuse dans les yeux. Voyons, une gargouille, mon garçon, ne serait-ce pas une créature fort méchante et bien laide, qui a fait beaucoup de mal partout où elle est passée ?

Ravi de l'occasion qui lui était offerte d'afficher sa supériorité sur le vagabond, le garnement répliqua :

— Tu parles ! Une gargouille, c'est rien qu'une rigole en pierre que les bâtisseurs accrochent aux chéneaux des cathédrales pour éviter que les passants se prennent une trempée quand ils passent dessous !

Le meneur de loups afficha une mine admirative.

— Je vois, dit-il, et dis-moi, elle a quelle forme, ta… rigole de pierre ?

— Elle a la forme d'un monstre terrifiant, répondit un autre gamin en tirant la langue à son chef.

Le meneur de loups se renversa en arrière et fit claquer ses mains sur ses cuisses.

— Nous y voilà ! s'exclama-t-il. Merci, mon grand, de cette précision. Et dis-moi, connais-tu le nom de ce monstre terrifiant ?

Il ne laissa pas le temps au marmot de répondre.

— Eh oui, poursuivit-il, cette rigole de pierre doit son nom au monstre qui l'a inspirée. La Gargouille !

— Qu'est-ce que tu veux dire ? demanda un blondinet à l'expression terrorisée. Ça existe vraiment, des gargouilles ?

L'étrange personnage lui sourit et l'invita à s'asseoir sur la marche en bois, près de lui.

— Je veux dire, expliqua-t-il d'une voix qui se teintait soudain de mystère, je veux dire que la rigole de ton ami a reçu le nom de la bête qui a inspiré sa forme. Une bête terrifiante, sortie tout droit des pages de l'Apocalypse de saint Jean...

— L'Apo... quoi ? coupa le blondinet.

Le meneur de loups rit en caressant la tête que le vieux loup solitaire venait de poser sur ses genoux, comme inconscient de la présence des enfants.

— Les gens de Rouen racontent que la Gargouille, jaillie de sous terre, jetait autrefois l'effroi dans leur ville et ses faubourgs.

— C'était quel genre de bête ? demanda un autre enfant.

— Un monstre terrible, ne l'ai-je pas déjà dit ?

— Ouais, mais elle ressemblait bien à quelque chose, c'te gargouille, intervint le chef. La rigole en pierre, elle est toute petite, bien laide, mais pas du genre à pouvoir jeter l'effroi dans une ville et ses faubourgs.

Le meneur de loups fit la moue.

— Si je vous dis à quoi elle ressemble, vous allez en perdre le sommeil.

D'une seule voix, les enfants lui assurèrent qu'il ne devait pas s'inquiéter pour eux. Après une hésitation emphatique, l'homme reprit :

— Soit, puisque vous le voulez, mais ne vous plaignez pas quand j'en aurai terminé. La Gargouille – la vraie, pas celle en pierre de votre cathédrale –, elle possède un corps énorme surmonté d'un millier de têtes, qui se meuvent de façon parfaitement indépendante les unes des autres. En réalité, son corps n'a pas de forme précise, de sorte que toutes les descriptions que nous en avons se contredisent. N'allez pas croire pour autant qu'elles soient fausses ou mensongères. Pas du tout ! C'est juste que la bête adapte sa morphologie… je veux dire sa forme, aux peurs profondes de ses victimes.

Il marqua un temps pour permettre aux garnements d'enregistrer l'information qu'il venait de leur livrer. Puis, se tournant vers le blondinet, il lui demanda :

— Toi, par exemple, qu'est-ce qui t'effraie le plus ?

— Moi ? fit le gamin, décontenancé. Ben, j'sais pas trop, m'sieur.

— Ne me dis pas que tu n'as peur de rien. Je ne te croirais pas. Nous avons tous peur de quelque chose. Fenrir lui-même, mon loup qui ne recule devant aucun ennemi, il lui arrive de connaître la peur. Parfois, la nuit, quand la lune est si ronde qu'elle donne au ciel l'apparence d'un gigantesque cyclope, Fenrir se met à hurler à la mort, tant il est terrorisé. Il sait, lui, que la nuit est le temps de tous les dangers, car les créatures de Dieu sont alors dépossédées d'elles-mêmes. Mais les nuits de pleine lune sont les pires ! Ces nuits-là, les diables et les sorcières sont de sortie…

— Ben, l'interrompit le gamin, désireux de mettre un terme aux frayeurs évoquées par le meneur de loups, moi, c'est les vipères qui grouillent dans les herbes des bois qui m'font peur. Y en a plein dans les bois du mont Saint-Quentin. J'aime pas ça du tout.

Le chef de la bande ricana.

— Eh bien, mon garçon, dit le meneur de loups, si la Gargouille avait croisé ta route, elle aurait pris l'apparence d'une vipère aux mille têtes pleines d'yeux avec une triple rangée de crochets venimeux dans chacune de ses gueules ; ce qui ne l'aurait pas empêchée d'avoir des poignards acérés en guise de griffes. Pour Fenrir, en revanche, elle aurait été cyclope aux mille têtes et aux yeux de feu, avec des fureurs de tigre.

L'homme s'interrompit pour contempler les yeux exorbités des gamins installés autour de lui.

— Mais elle vit où, la Gargouille ? s'inquiéta un gosse au visage maculé de suie.

L'homme, qui n'avait pas cessé de caresser la tête du vieux loup, tourna ses regards vers le mont Saint-Quentin, qui se dressait au loin.

— A ce qu'on raconte, elle vit non loin de monts couverts de sapins.

— Il y en a plein là-bas, des sapins, fit l'un des gosses en tendant la main dans la direction où s'était égaré le regard du conteur.

— Et elle se nourrit de quoi ? demanda le chef de la bande, d'un ton goguenard qui ne faisait plus illusion.

— Oh, pour ça, fit le meneur de loups, comme s'il se fût agi d'un détail insignifiant. La Gargouille n'est pas pire que les ogres. Comme eux, elle est friande de chair fraîche. Homme, femme, enfant, barbon... pour elle tout est bon, tant que c'est bien saignant. Cela dit, on prétend qu'elle goûte particulièrement le sang royal. Une vraie barbare, je vous dis, et qui se délecte de ses crimes. Elle aurait été enfantée par le Malin lui-même. Mais je ne fais que rapporter ce qu'on m'en a dit à Rouen.

La dernière phrase, proférée de manière à désamorcer ce qui avait été dit précédemment, produisit l'effet contraire sur les gamins. Si ce personnage étrange cherchait subitement à les rassurer, c'était sûrement parce que l'histoire était vraie et qu'il voulait endormir leur sagacité, mais ils ne s'en laisseraient pas accroire.

L'homme se leva et, tandis que le loup se redressait sur ses pattes, il ajouta :

— S'il est vrai que la vue de l'or fait perdre toute retenue à la Gargouille, on m'a assuré qu'il lui arrivait d'avoir des gestes touchants pour un joli garçon.

— Ce monstre ne doit pas se laisser attraper facilement, observa le chef de la bande, d'un ton soudain nettement moins assuré.

— Tu ne crois pas si bien dire. Elle a trompé les meilleurs limiers lancés à ses trousses, bassets ou chiens barbets. Combien de chasseurs intrépides, après avoir juré qu'elle tomberait sous leurs coups, n'ont-ils pas succombé sous les siens ? Il a fallu un miracle pour que la ville de Rouen en soit finalement débarrassée.

— La Gargouille est donc morte ? demanda le blondinet, le cœur à nouveau rempli d'espoir.

Le meneur de loups se gratta le crâne, sous son bonnet de fourrure.

— Je ne connais pas les détails de sa fin, tout ce que j'en sais, c'est qu'elle aurait été mise à mort dans la grande cour du palais, mais...

— Mais... fit le chœur des gamins.

— Mais... c'est qu'elle serait ressuscitée, ajouta le meneur de loups avec un soupir. Tel un phénix, le monstre serait revenu à la vie, de ses cendres mêmes.

— Oh !... fit encore le chœur des gamins.

— Toutefois... reprit le meneur de loups.

— Oui, dites, insista le chef de la bande.

— Toutefois, poursuivit l'homme sur un ton grave, il semblerait que l'expérience de la mort ait transformé la Gargouille. Elle se serait mise au service de Dieu tout-puissant. Cette créature fabuleuse, capable de se multiplier à l'infini, niche désormais dans les combles des églises et des cathédrales. De là, elle guette les envoyés du Malin, qui profitent toujours de la nuit et de la candeur des bons chrétiens pour les tromper et les détourner du droit chemin.

Le meneur de loups laissa ses yeux courir sur chacun des enfants. Lorsque l'un d'entre eux rencontrait son regard, un frisson le parcourait de haut en bas.

— Faites bien attention, mes amis. Ne désobéissez pas à vos parents et ne commettez aucune vilenie, sinon la Gargouille risquerait de venir vous tirer les pieds au milieu de la nuit pour vous emporter jusqu'au sommet de l'édifice. Là, elle vous transformerait en monstre de pierre. Si elle avait pour habitude de cracher le feu, vous vous mettriez à cracher l'eau du ciel.

Un rire tonitruant fit sursauter les enfants. Ils se retournèrent d'un bond et se trouvèrent face au frère Caribert, qui donnait libre cours à son hilarité.

Le loup contemplait le dominicain sans gronder, mais en découvrant ses crocs. Une caresse de son maître suffit à l'apaiser.

— C'est rien qu'une histoire, pas vrai, mon père ? demanda le chef de la bande, plus par besoin d'être rassuré que par conviction.

Le dominicain, qui dévisageait l'étranger, secoua la tête.

— Bien sûr que c'est une histoire, Félicien. Une fort belle histoire même, et… édifiante.

Le gamin, qui retrouvait un peu d'assurance, se retourna vers ses camarades.

— Vous voyez ? lança-t-il.

— Mais, reprit le dominicain, qui a dit qu'une belle histoire ne raconte pas une solide vérité ?

Un silence d'effroi saisit les gamins. Caribert se tourna vers le meneur de loups.

— On m'avait parlé d'un homme qui se promenait avec un vieux loup sur les talons, dit-il. Tout le monde insistait sur son apparence étrange, mais personne ne m'avait dit à quel point il était formidable conteur.

L'étranger rit à son tour et, revenant vers les gamins, il ajouta :

— Lorsque vous verrez les gargouilles de pierre accrochées à la façade de la cathédrale, songez à mon histoire et demandez-vous qui a été ainsi puni, et de quel méfait. Cela vous aidera, sans doute, à marcher dans le droit chemin du Seigneur.

Il conclut, en reprenant un ton sentencieux :

— Allez, filez, maintenant, et songez que si Dieu vous voit quand vous commettez des sottises, il sait aussi se montrer miséricordieux pour les repentis.

Tandis que les enfants reprenaient leur course, il se tourna vers le dominicain.

— Pourriez-vous m'indiquer la route de Saint-Martin ? demanda-t-il. Je ne suis pas de la région, mais on dit qu'il y a fête au village pour célébrer le retour du seigneur.

Le dominicain scrutait avec attention le visage de l'homme.

— Pourquoi voulez-vous aller à Saint-Martin ? Ici aussi, il y a des festivités, à l'occasion de la fête de Noël.

L'autre soupira.

— Fenrir et moi, on dormait dans le chariot, quand nous sommes arrivés aux portes de la ville. Nous avons voyagé avec un pied poudreux [1] de mes amis, mais il souhaite demeurer à Metz. Fenrir et moi, nous sommes donc contraints de poursuivre notre route à pied. Je doute que les autorités de la ville apprécient de voir un loup se promener en liberté dans leurs rues.

— Je comprends, fit Caribert. Allons, venez, je vais vous escorter jusqu'à la route de Saint-Martin. De là, vous trouverez facilement. Il suffit de marcher tout droit… Mais, dites-moi, comment vous appelez-vous, l'ami ?

— Je m'appelle Wulff, mon frère. Wulff, le meneur de loups.

---

1. Cette expression désignait les colporteurs, qui sillonnaient les campagnes avec leur pacotille.

13

Une confidence dangereuse

Sur la place du village de Saint-Martin, des marchands forains dressaient leurs étals et les enfants se pressaient avec de grands yeux ronds autour des pâtisseries et confiseries diverses. Ces friandises n'étaient sans doute pas meilleures que celles qui leur étaient servies en temps ordinaire, mais elles avaient le charme de la rareté et bénéficiaient d'un petit supplément d'allégresse procuré par l'atmosphère festive. Lorsque leurs yeux étaient repus, à défaut de leurs ventres, ils se précipitaient vers des hommes aux costumes chamarrés, qui installaient les tréteaux sur lesquels ils ne tarderaient pas à donner leurs représentations. Les troubadours du Midi avec leurs doux lais ne retenaient guère les marmots, mais charmaient les dames dans les regards desquelles des étincelles s'allumaient à l'écoute d'histoires d'amours impossibles qu'elles eussent désapprouvées si elles les avaient entendues rapportées à propos de leur comtesse ou d'une de ses dames de compagnie. Une princesse pouvait tomber amoureuse d'un hobereau dans une cour d'amour ; dans la cour du château, certainement pas.

A ces romances, les enfants préféraient de beaucoup les ménestrels, dont les récits étaient plus mouvementés. Les coups d'épée de Roland étaient tellement plus exaltants que les coups de cœur d'Yseult ou de Guenièvre. Et puis, ceux-là étaient accompagnés de jongleurs, qui assaisonnaient de farces et de drôleries leurs couplets héroïques.

L'un d'entre eux se faisait particulièrement remarquer. Sans être pour autant plus talentueux que les autres, il avait sur les talons un singe vêtu d'une cuirasse en fils de laine et sur la tête un casque de papier. Avec ses airs de chevalier fanfaron, il était d'une irrésistible cocasserie.

— C'est curieux, il me semble avoir déjà vu cette dégaine quelque part ! lança un gamin facétieux.

— Ouais, fit son compagnon en essuyant la morve que le froid lui mettait au nez. Il se pavane avec un air tellement suffisant que certains chevaliers venus pour le tournoi risquent de se reconnaître.

Le jongleur, qui les avait entendus, rit.

— Ne vous en faites pas pour Gauvain ! leur lança-t-il en désignant son singe, qui les gratifia aussitôt d'un beau salut, chapeau bas. Les gens se reconnaissent toujours dans les héros, jamais dans les ridicules ni les filous. Pourtant, les rues sont remplies de plus de filous et de ridicules que de héros !

Tout en parlant, le jongleur avait sorti de ses manches des petites balles de couleur qu'il lançait en l'air, sous les regards émerveillés des enfants et des adultes. Puis il fit disparaître les balles une à une derrière l'oreille du gamin que son nez tourmentait.

— Mince, elles sont où ? s'exclama le morveux.

— Dans tes poches, gredin. Je t'ai bien vu quand tu me les as volées ! s'exclama le jongleur avec un clin d'œil aux badauds.

— Moi, mais pas du... commença le gamin en enfonçant les mains dans ses poches.

S'il n'acheva pas sa phrase, c'est qu'il venait d'y trouver deux petites balles. Une rouge et une verte.

— Mais… je n'y suis pour rien… bafouilla-t-il. Je n'ai rien volé, moi.

— Ah, non ? fit le jongleur. Et celle que tu as glissée dans ta capuche ?

Sidéré, l'enfant constata qu'il y avait, en effet, une belle balle jaune dans sa capuche. Le jongleur se tourna vers le singe et ordonna :

— Messire Gauvain, arrêtez-moi ce vaurien !

Sans hésitation, le singe s'avança d'un pas martial vers l'enfant et enroula des chaînes en fils de laine autour de ses chevilles. Les gamins se tenaient les côtes, sauf le morveux, qui hésitait entre le rire et les larmes.

— Allons, messire Gauvain, reprit le jongleur, nous avons suffisamment ennuyé notre jeune ami. Libérez-le et présentez-lui vos excuses.

L'animal désenchaîna son prisonnier, lui sauta sur l'épaule et lui planta un gros baiser sur la bouche, ce qui entraîna un éclat de rire général. Le garnement, lui, se frottait les lèvres avec dégoût tandis que messire Gauvain se retournait avec une expression offusquée, qui provoqua de nouveaux rires. L'homme tendit sa coiffe au singe qui s'empressa de la faire circuler parmi les badauds, lesquels y déposèrent de bon cœur des petites pièces qui tintaient agréablement aux oreilles du jongleur. Voilà qui augurait bien de cette foire.

Vexé d'avoir servi de comparse malgré lui au jongleur, le morveux lança à la cantonade :

— Méfiez-vous, s'il est capable de remplir mes poches, il doit savoir vider les vôtres !

Ses compagnons le huèrent aussitôt et lui reprochèrent d'être mauvais joueur, mais plus d'un bourgeois enfonça la main dans la poche de son manteau pour s'assurer que sa bourse y était toujours bien au chaud.

Les enfants, eux, s'égaillaient déjà à la recherche de nouvelles distractions. Plus que jamais, le village était pour eux un vaste terrain de jeux. Près de l'abbaye, ils trouvèrent des artistes occupés à monter une scène de tréteaux et de planches, mais les garnements préférèrent aller surveiller l'installation des jeux de balles, de dés et de tir, tout en rivalisant dans l'évocation des succès passés de leurs pères aux jeux d'adresse ou de force.

Au château, Irène offrait un visage avenant à son mari et chacun pouvait voir que ces deux-là étaient amoureux comme avant leur séparation. Pourtant, il n'avait pas échappé à Isabelle que, depuis le retour de Bohémond, la jeune femme avait perdu ses manières guillerettes et virevoltantes. Ne pouvant se douter de ce qui lui conférait une gravité si étrangère à sa nature, la comtesse songeait au retour imminent de son mari et au fait qu'elle aussi risquait bientôt de se renfrogner.

Quand elle demandait à son amie ce qui la rendait morose, Irène soupirait.

« C'est un nouveau chapitre de mon existence qui s'est ouvert pour moi, depuis que Bohémond m'a été rendu, expliquait-elle. Il me faut, désormais, assumer plus de responsabilités. »

A d'autres moments, elle disait :

« Nous ne pouvons demeurer perpétuellement de petites cailles insouciantes. »

Mais son ton n'était guère convaincant et quand la comtesse voulait en savoir davantage, son amie se contentait d'un vague « Tu le sais bien. Sinon, tu verras, quand Geoffroy sera de retour ».

Si Irène redoublait de prévenance envers son mari, elle n'avait pas renoncé à son amant. Elle avait d'autant plus besoin des étreintes viriles du forgeron que l'état de Bohémond l'empêchait de seulement se blottir dans ses bras. Certes, les mains de Simon étaient rugueuses, son langage grossier et son haleine fétide, mais il avait une manière de la faire vibrer qui compensait largement ces désagréments. Entre ses bras puissants, Irène se sentait pareille à un luth sous les doigts d'un virtuose. Il lui arrivait d'en perdre jusqu'au sens des réalités. Bohémond ne lui avait jamais procuré un tel plaisir.

Il est vrai que dans ses prêches le frère Otton rappelait qu'il convenait de se méfier du Malin, qui aimait se dissimuler dans le sourire d'une femme. Un couple se devait de s'accoupler, répétait-il à l'envi, c'était son devoir de chrétien. Mais, ce faisant, il ne devait avoir qu'un seul objectif : la procréation. Le plaisir n'avait pas sa place dans un lit conjugal. Il n'y était qu'un intrus démoniaque et il convenait de le garder à distance. Ce thème revenait si souvent dans les homélies du franciscain qu'Irène le soupçonnait d'être obsédé par le sexe.

Elle n'oublierait jamais un échange qu'elle avait surpris, un jour, entre le frère Caribert et le vieux comte Garin. Ce dernier s'était plaint des sermons du chapelain et le dominicain lui avait répondu :

« Je crois que l'Eglise commet une erreur en préconisant le célibat aux prêtres. Plus ils seront nombreux à suivre cette injonction, plus les rapports charnels deviendront un sujet tabou ; les interdits ne cesseront de se multiplier. En renonçant au mariage, les prêtres se coupent de leurs ouailles. Ils ne seront plus en mesure de comprendre les problèmes des fidèles, et ne pourront donc plus les aider à les résoudre. Oui, je crois que le célibat des prêtres est une grave erreur. D'ailleurs, je suis convaincu que Rome ne tardera pas à s'en rendre compte et à revenir sur sa décision. »

Quel contraste entre les deux moines ! avait songé Irène. Elle s'en était ouverte à Bohémond, mais celui-ci lui avait rétorqué que ce n'était pas à un moine de remettre en cause l'autorité du pape. Certes, le frère Otton lui était profondément antipathique mais, sur ce point précis, il ne pouvait cautionner Caribert, même s'il éprouvait, au contraire, une vive sympathie pour le dominicain.

Cette déclaration, inattendue pour la jeune femme, n'avait pas empêché le chevalier de continuer à se gausser de la pudibonderie du chapelain. Pour autant, il n'avait jamais dérogé aux conseils de l'Eglise, qui prescrivait que lorsqu'un couple faisait l'amour l'homme devait obligatoirement se coucher sur la femme. Simon, lui, avait une imagination beaucoup plus riche et il ne se souciait pas des interdits de l'Eglise. Il ne voyait pas d'inconvénient à ce que sa maîtresse se juche sur lui durant leurs ébats, or Irène prenait dans cette position beaucoup plus de plaisir, sans songer que c'était justement ce dont l'Eglise voulait déposséder les femmes. Et plus elle prenait du plaisir, plus le forgeron lui en donnait et plus lui-même semblait en prendre.

Irène avait beau se reprocher son infidélité, elle était incapable de rompre avec Simon. Et puis, elle redoutait sa réaction si elle lui annonçait qu'elle ne voulait plus le voir. Si l'Eglise préconisait l'abstinence en certaines périodes de l'année, et notamment en ces veilles de Noël, où le jeûne courait sur une période de vingt jours, les amants n'en avaient cure. Leur désir était plus fort que la peur des flammes de la géhenne.

Depuis le retour de Bohémond, Simon faisait souvent des scènes à sa maîtresse. Il voulait savoir si elle entretenait de nouveau des rapports avec son mari. Quand Irène lui répondait que celui-ci ne l'avait pas seulement touchée, le forgeron se fâchait. Il ne pouvait croire que Bohémond, qui n'avait jamais été un ange, fût devenu chaste pour avoir approché le tombeau du Christ. Irène devait se répandre en serments pour réussir à apaiser son amant. Un jour, elle s'emporta :

— Je t'ai dit que je n'avais plus de rapports avec Bohémond et je ne t'ai pas menti, mais si tu continues à me harceler de la sorte, je vais finir par inventer des nuits torrides. Rien que pour te faire enrager.

Simon l'avait alors suppliée de lui pardonner. Il avait promis de ne plus recommencer. De toute façon, quel droit avait-il d'exiger qu'elle lui fût fidèle, quand il n'était même pas son mari ? Il n'était qu'un cuistre impudent, qui avait tout juste le droit de baiser le sol que foulait sa maîtresse.

— Je ne t'en demande pas autant, répondit Irène en l'attirant vers elle.

Mais les promesses avaient fait long feu. Simon n'avait pas tardé à soumettre la jeune femme à un nouveau feu roulant de questions. Ce fut dans un moment d'irritation extrême qu'Irène lui lança :

— De toute façon, même si j'éprouvais l'envie de faire l'amour avec Bohémond, comment le pourrais-je, vu son état ?

— Son état ? releva aussitôt le forgeron.

Irène regretta d'en avoir trop dit. En même temps, elle songea qu'en apprenant la maladie de Bohémond Simon comprendrait qu'elle lui disait la vérité. Quelle femme, toute amoureuse qu'elle pût être, aurait seulement accepté de partager la couche d'un lépreux et à plus forte raison de s'accoupler avec lui ? Elle parla donc des taches blanches sur le corps de son mari et de son état de langueur.

Quand elle en eut terminé, Simon la considérait avec une expression de stupeur, parfaitement muet.

— Tu comprends, maintenant, que toutes tes questions sont absurdes ? Me crois-tu quand je t'affirme que Bohémond ne m'a pas seulement touchée depuis son retour ?

Son amant ne l'entendait plus. Un mot, un seul, résonnait dans sa tête et couvrait tous les autres sons : Lèpre !

— Bohémond a la lèpre ?

— Surtout, ne t'en va pas le répéter partout, implora la jeune femme. D'ailleurs, nous ne sommes même pas sûrs que ce soit ça.

Simon bondit sur ses pieds. Il considéra son corps nu et eut l'impression de le voir se couvrir subitement de plaques blanches squameuses. Sa peau le démangeait. Il avait envie de se gratter au sang.

— Ton mari a la lèpre et toi, tu viens faire l'amour avec moi ?

Devant l'expression éperdue du forgeron, la jeune femme comprit qu'elle avait commis une erreur. Son aveu avait peut-être apaisé la jalousie de son amant, mais il avait provoqué chez lui une fureur encore plus grande. Elle regardait les énormes narines de Simon se dilater à la manière de celles d'un bœuf soumis à une charge trop lourde. Il était terrorisé et la peur lui faisait perdre tout contrôle.

— Comment as-tu osé...

— Osé quoi ? demanda Irène, qui s'efforçait de maîtriser les battements de son cœur. Je t'ai dit que je n'ai eu aucun contact avec Bohémond depuis son retour.

Elle se garda bien de parler des soins qu'elle lui dispensait trois fois par jour.

— Je ne partage même pas sa couche. Te l'ai-je assez répété ?

— Comment as-tu osé ? répéta le forgeron, sourd à toute justification. Et vous n'en avez parlé à personne... ? Mais c'est un crime !

Irène s'était rhabillée et, tout en parlant, elle prenait soin de se diriger vers la porte.

— Nous sommes allés consulter Margot. C'est elle qui en sait le plus, en matière de simples. On n'est même pas sûrs que ce soit la lèpre, te dis-je.

— Margot ! Une ribaude ? Cette sorcière serait capable d'envoûter le diable lui-même !

Irène ne pouvait savoir que son amant détestait la rouquine, depuis que celle-ci lui avait interdit la porte de sa chaumière.

— Bien sûr que c'est la lèpre ! Que veux-tu que ce soit ? Et tu n'as pas craint de me contaminer ? Espèce de traînée ! Je vais te faire voir...

Irène réalisa qu'elle n'atteindrait jamais la porte avant que Simon l'ait rattrapée. Son instinct de survie la poussa à faire face. Elle se planta devant le forgeron, les mains sur les hanches.

— Je ne vais rien voir du tout, déclara-t-elle. Si tu lèves la main sur moi, Bohémond te réglera ton compte lui-même. Prends garde ! Et si tu trahis mon secret, je dirai à tout le monde comment tu l'as découvert. Ne crois pas que j'aurai la moindre hésitation. De toute façon, si tu me trahis, je n'aurai plus rien à perdre.

La menace fit son effet. Le géant s'arrêta dans son élan et, tournant les talons, la jeune femme, qui n'en menait pas large, s'en alla en songeant qu'elle venait de se priver de plaisirs qui lui manqueraient encore longtemps. Toutefois, il n'était pas question qu'elle revoie Simon Le Goff. Il serait capable de la molester. Elle se reprocha son imprudence. Elle aurait dû anticiper sa réaction. N'importe qui aurait été terrifié, à sa place. Ne l'était-elle pas elle-même ? Ce n'est qu'en retrouvant l'animation des rues du village qu'Irène se mit à respirer plus librement.

Seul avec sa peur, Simon Le Goff fulminait. Comment avait-il pu se laisser impressionner par cette petite garce ! Il aurait dû lui donner une bonne leçon, au lieu de la laisser filer ainsi. Cela dit, s'il l'avait rossée, il aurait eu des ennuis non seulement avec Bohémond, mais aussi avec le comte Geoffroy, dès son retour. Il avait eu raison de maîtriser sa fureur. Mais elle ne perdait rien pour attendre. Pour l'heure, il fallait trouver le moyen de faire savoir que le chevalier avait la lèpre. On ne pouvait le laisser propager la maladie. Mais comment s'y prendre sans exposer sa relation avec Irène ? Si on apprenait qu'il couchait avec la femme de Bohémond, on le mettrait à l'écart lui aussi. Il ne pouvait courir ce risque.

Un sourire carnassier s'épanouit sur les lèvres du forgeron. Il connaissait le moyen de dévoiler la maladie du chevalier sans se compromettre. Il y avait un homme au château qui serait sûrement ravi de se débarrasser d'un proche du jeune comte. Or, il se trouvait que le frère Otton lui avait commandé un travail. Il se ferait un plaisir de le lui apporter lui-même plutôt que d'envoyer son apprenti, comme il l'avait tout d'abord envisagé.

14

Le chapelain et le forain

La mère de Geoffroy dut faire effort pour se relever de son prie-Dieu. Elle tourna un visage douloureux vers son confesseur, qui paraissait absorbé par la contemplation de sa badine de cuir sec. En réalité, l'idée de recourir à un châtiment corporel à titre de pénitence n'avait pas germé dans l'esprit du chapelain. C'était la « vieille folle » elle-même qui la lui avait suggérée, au temps déjà lointain où elle s'était mis en tête que son cœur se desséchait. Au début, le chapelain avait dû se faire violence pour lui donner satisfaction, mais il avait vite pris goût à ces séances de flagellation.

— Vous êtes de plus de plus exigeant avec moi, frère Otton, plaida dame Agnès d'une voix qui n'était guère qu'un souffle.

Le chapelain la dévisagea en fronçant les sourcils. Peut-être avait-il surestimé les forces de la vieille. Il ne manquerait plus qu'elle aille se plaindre à son fils lorsque celui-ci aurait repris en main les affaires du comté. Pourtant, ces séances de pénitence lui procuraient désormais un bien-être proche de l'extase. Seul Dieu pouvait dispenser une telle exaltation et s'il gratifiait ainsi les sens de son serviteur, n'était-ce pas que ce dernier lui était agréable ? Qu'il agissait pour la plus grande gloire du Très-Haut ? La réponse à cette question ne faisait aucun doute dans l'esprit du chapelain. Toutefois, il songea que les hommes étaient de moins en moins sensibles aux exigences du Seigneur. Un débauché tel que le comte Geoffroy devait même y être réfractaire. Le temps de la modération était peut-être venu. Mais le service du Seigneur ne devait-il pas passer avant tout ? Avait-on le droit de le sacrifier au profit d'une prudence tout égoïste ? Il soupira.

— Frère Otton, reprit la comtesse en se méprenant sur la réaction du chapelain, voilà je ne sais plus combien d'années que je livre mon dos à toutes les souffrances que vous jugez bon de m'infliger pour me permettre d'expier mes fautes... Je sais que je vous ai moi-même suggéré cette forme de pénitence. Mais, à l'époque, vous m'aviez confirmé que souffrir dans sa chair était le meilleur moyen de réchauffer un cœur froid.

Elle leva un regard implorant vers le franciscain.

— Mon cœur est toujours aussi froid, frère Otton. Mon fils va bientôt revenir, je devrais me réjouir, je devrais être émue, je devrais... je ne sais pas, moi, je suis mère, non ? Pourtant, je ne sens pas le moindre élan dans mon cœur. N'y a-t-il pas un moyen plus efficace que ces séances de flagellation ?

Le frère Otton exultait. Comment ne pas voir dans cette demande de la comtesse une réponse du Seigneur à son inquiétude ? Oui, il devait opter pour la prudence. Dieu lui-même l'y encourageait ! Oh, Seigneur, ton serviteur te remercie et te rend grâce.

— Savez-vous, ma sœur, que la ville de Metz possède un morceau de la croix du Christ ? demanda-t-il, sous le coup d'une inspiration soudaine.

— Bien sûr, répondit la vieille dame.

— Eh bien, il me semble que si vous pouviez la toucher, le Seigneur sentirait à quel point vous avez souffert pour expier vos fautes et il aurait à cœur de satisfaire votre prière.

— Il vous semble, frère Otton, reprit Agnès, qui n'avait toujours pas réussi à reprendre son souffle, mais en êtes-vous certain ? Je voudrais tellement pouvoir serrer mon fils dans mes bras et lui faire sentir l'amour que j'ai pour lui.

Le chapelain se redressa. Toute peur l'avait quitté. Dieu était avec lui.

— Je vous le dis, si vous avez la foi, Dieu entendra votre prière. Mais...

Le frère Otton sentait la présence de Dieu, comme jamais auparavant. Ce n'était plus lui qui parlait, c'était Dieu qui s'exprimait par sa bouche.

— N'oubliez pas d'accompagner votre démarche d'une offrande.

— Oh, bien sûr, dit la comtesse, soulagée par la perspective de voir sa prière exaucée sans avoir à subir une fois de plus la morsure du fouet de son confesseur.

— Euh... n'oubliez pas que vous êtes fille de Saint-Martin et non de Metz. Il est bien que vous apportiez quelque présent à la grande église qui possède le fragment de la croix de Notre-Seigneur Jésus, mais Dieu ne comprendrait pas que vous ne fassiez pas aussi un don à votre paroisse...

— Oh, mon père, le coupa la vieille dame avec une légère ironie, je ne vous oublierai pas, rassurez-vous.

Le frère Otton serra les poings. Comment pouvait-elle ainsi se gausser de lui ? Lui, le messager que Dieu avait choisi pour se faire entendre. En l'humiliant, c'était le Seigneur lui-même qu'elle humiliait.

— Attention, dit-il, ne négligez pas les paroles du Christ : « Si donc tu présentes ton offrande à l'autel, et que là tu te souviennes que ton frère a quelque chose contre toi, laisse là ton offrande devant l'autel, et va d'abord te réconcilier avec ton frère ; puis viens présenter ton offrande [1]. »

Son interlocutrice sourit. Il était clair que l'allusion du chapelain lui avait échappé.

— Oh, vous savez, frère Otton, je vis presque cloîtrée depuis si longtemps... je ne crois pas avoir pu blesser qui que ce soit.

Avec effort, elle se leva.

— Je vais faire préparer mon équipage et me rendre sans tarder à Metz...

— Votre équipage ? La pénitence est une affaire qui ne concerne que vous, ma sœur, gronda le chapelain, encore irrité par l'ironie de la vieille dame. C'est à pied que vous devriez vous rendre à Metz.

— A pied ? Mais... c'est si loin...

— Certains pèlerins marchent jusqu'en des lieux beaucoup plus éloignés. Votre foi serait-elle moins grande que la leur ?

— Non, frère Otton, mais je suis si lasse...

— Pourquoi vous précipiter ? dit-il avec une douceur affectée. Rien ne presse. Accordez-vous donc quelque repos. Le temps ne compte pas pour Dieu. Lorsque vous sentirez que vos forces sont revenues, alors vous saurez que Dieu vous a jugée prête à accomplir le pèlerinage.

— Et si mon fils revenait avant que j'aie trouvé la force de marcher jusqu'à Metz ?

— Faites confiance au Seigneur. Allons, je vous laisse. Mes devoirs m'appellent.

Sans plus un regard pour dame Agnès, le chapelain s'en alla. Il était transporté d'allégresse. Quelle sensation délicieuse que d'être habité par Dieu ! Il ne pouvait y avoir meilleur moment pour aller porter la bonne parole au-dehors de

1. Matthieu, 5, 23-24.

l'enceinte du château. Avec tous ces commerçants venus s'installer dans le village pour la foire, il devrait être en mesure de récolter une belle somme pour la construction de son abbaye. Celle qui lui vaudrait la pourpre. Et la reconnaissance du Seigneur.

Dame Agnès alla s'allonger sur son lit et donna libre cours à ses larmes. Son dos la faisait souffrir. Tout son corps la faisait souffrir. Son âme aussi.

Lothaire Amos avait disposé des bancs devant sa taverne ; sa salle n'était pas assez grande pour accueillir tous ceux qui venaient conclure des contrats devant un pichet de vin ou reprendre des forces après une négociation âpre. En effet, les commerçants qui s'étaient installés dans le village arrivaient de loin. Tous avaient des produits à vendre ; ceux qu'ils avaient emportés en démonstration, mais surtout ceux qu'ils conservaient dans leurs entrepôts, au pays, et pour lesquels ils espéraient trouver de gros acheteurs. Outre les draperies de Flandres, il y avait là des fourrures et de la cire de Russie et de Prusse, des épices d'Orient... Les vignerons lorrains n'étaient pas en reste et proposaient leur production dans l'espoir de voir leurs vins trôner sur les plus prestigieuses tables de Londres, de Cologne, de Genève, de Rome, et pourquoi pas de Constantinople ?

Wulff avisa une place libre en bout de banc. Il y déposa sa besace et s'assit après avoir fait signe à son compagnon de se coucher. L'aubergiste hésita à s'approcher.

— Sacré animal que t'as là, l'ami ! lança-t-il au meneur de loups. Il aurait pas faim, par hasard ?

Wulff sourit.

— Si tu as quelques charognes dans tes réserves, il serait sûrement ravi de t'en débarrasser.

L'autre se redressa.

— Dis donc, étranger, je ne conserve pas de charognes dans mes réserves.

— Non, tu les vends, pas vrai ? fit Wulff à la cantonade.

La remarque du meneur de loups fit s'esclaffer ses voisins et Amos lui-même joignit son rire aux leurs ; l'aubergiste savait qu'il est toujours préférable de se mettre du côté des rieurs plutôt que de s'offusquer d'une pique.

— Eh, l'ami, lança-t-il, tu m'as l'air de bien connaître la maison !

— Je connais surtout les grigous en ton genre, répliqua Wulff sans méchanceté. Allons, apporte-moi un pichet de vin et une pièce de viande pour Fenrir.

— T'as de quoi payer, au moins ?

— Ne t'en fais pas pour ça. Presse-toi plutôt, mon ami a faim.

Le vieux loup ouvrit un œil et son regard fit frissonner l'aubergiste.

— Tout doux, fit celui-ci, je vous apporte ça.

Tandis qu'il se retirait, Wulff observait avec amusement les hommes et les femmes qui encombraient les rues du village. Il était facile de distinguer les villageois des forains. Ceux qui étaient habitués à courir les routes avaient une lueur particulière dans le regard et une manière de porter le corps qui trahissaient une attention de tous les instants. Les sédentaires nourrissaient une défiance naturelle à leur encontre ; qu'il survienne un malheur dans un village et c'était parmi les étrangers qu'ils iraient en premier rechercher le coupable.

Une agitation du côté de la place du marché attira l'attention du meneur de loups. Un franciscain s'était mis en tête de haranguer la foule. Tout d'abord, nul ne lui prêta attention, mais l'homme savait faire porter la voix et ses propos étaient étudiés pour secouer les plus indifférents. De toute évidence, il avait l'habitude de débiter ses laïus et il s'y entendait pour trouver le point faible de ses auditeurs. Wulff remarqua, intrigué, que l'homme attirait plus particulièrement les gens du cru. Et, à en juger par leurs vêtements, les plus concernés étaient les vignerons.

L'aubergiste déposa sur le banc, à côté de cet étrange client, un pichet, un gobelet et une écuelle remplie d'une viande qui ne paraissait plus de toute première fraîcheur.

— Tu le serviras toi-même, dit-il en désignant le loup à l'étranger.

Celui-ci lança en l'air une pièce d'or qu'Amos saisit au vol.

— Garde la monnaie, dit-il.

Après avoir soumis la pièce au test de ses dents, l'aubergiste la rangea dans sa bourse avec une petite moue de satisfaction.

— Tu reviens quand tu veux, l'ami.

— Tu es bien aimable de me recevoir ainsi, dit Wulff. D'ailleurs, je trouve les gens de Saint-Martin particulièrement accueillants. J'ai traversé certains villages sous des volées de pierres. Ici, les gens s'écartent sur le passage de mon compagnon, mais ils ne font pas mine de vouloir me chasser.

L'aubergiste sourit.

— Va pas croire que les gens d'ici soient meilleurs que les autres, étranger, déclara-t-il. S'il ne tenait qu'à eux, tu connaîtrais, sans doute, le même sort qu'ailleurs. Seulement, les comtes de Saint-Martin ont toujours été très soucieux de charité chrétienne. C'est sous leur impulsion que le père abbé de Saint-Martin nous serine régulièrement qu'il faut faire bon accueil au mendiant qui frappe à la porte, car c'est peut-être Jésus venu mettre notre générosité à l'épreuve. Et depuis que le vieux comte est mort, ce n'est pas la jeune comtesse qui déroge à la règle.

— Elle est comment, cette jeune comtesse ? s'enquit Wulff.

— Oh, fit l'autre, je suis pas sûr que la Vierge Marie était plus belle qu'elle. D'autant qu'elle s'efforce d'être aussi juste et bonne que la mère de Notre-Seigneur Jésus. Tout le monde, ici, te dira la même chose. Malheureusement, je ne peux pas t'en dire beaucoup plus, car elle n'est pas du genre à fréquenter mon établissement.

Tout en écoutant l'aubergiste, le meneur de loups avait tendu l'oreille du côté où un groupe de plus en plus important se rassemblait autour du franciscain. Il pointa un doigt en sa direction.

— Celui-là, il semble avoir un discours bien différent, non ?

— Lui ? C'est autre chose, pour sûr. Le frère Otton est le chapelain du château. Il appartient à un ordre de frères mendiants, mais il est toujours à essayer de tirer de l'or de la poche des gens.

Le meneur de loups posa l'écuelle sur le sol, devant son compagnon.

— Tu as le droit de manger, Fenrir, mais surveille mes affaires. Compris ?

L'animal se redressa et examina le banc sur lequel Wulff avait déposé sa besace. Satisfait, il entreprit de vider son écuelle sans perdre les maigres biens de son maître des yeux.

— Avec un tel gardien, tes affaires ne craignent pas grand-chose, hein ? observa Amos.

Wulff rit.

— Je reviens, dit-il en se dirigeant vers le groupe agglutiné autour du franciscain.

— ... a dit : « A vous maintenant, riches ! Pleurez et gémissez à cause des malheurs qui viendront à vous. Vos richesses sont pourries et vos vêtements sont rongés par les teignes[1]. » Vous vous lamentez parce que les vendangeurs dévastent vos vignes ? Vous avez exigé des autorités civiles qu'elles vous en débarrassent. Elles n'y sont pas parvenues. Vous vous êtes tournés vers le frère Caribert... Les vendangeurs ont-ils disparu ?

Dans la foule, un homme lança :

— Le délai de sept jours est pas écoulé !

Le chapelain balaya la remarque avec cynisme.

— Soit ! Mais, dites-moi, pourquoi vous en remettre aux autres pour résoudre vos problèmes ? Pourquoi ne pas sonder votre cœur pour y reconnaître les fautes que vous avez commises ? Ne croyez-vous pas que Dieu serait plus sensible à un vrai repentir ? Ecoutez : « Le salaire des ouvriers qui ont moissonné vos champs, et dont vous les avez frustrés, crie, et les cris des moissonneurs sont parvenus jusqu'aux oreilles du Seigneur des armées[2]. »

— Mais j'ai toujours payé mes moissonneurs ! gronda le même homme.

Le chapelain darda son regard sur lui.

— Il n'est pire sourd que celui qui ne veut pas entendre. Ce n'est pas de moissonneurs humains qu'il est question ici, mais du service de Dieu.

Wulff songea que le chapelain était habile orateur, mais surtout astucieux bonimenteur.

— Que font les vendangeurs ? Ils saccagent vos vignes ? Soit. Mais encore ? Ils vous rappellent que « votre or et votre argent sont rouillés[3] », que si vous ne changez pas votre façon d'être, il ne vous restera bientôt plus rien.

Une femme s'écria :

— Que devons-nous faire ?

---

1. Jacques, 5, 1-2.
2. *Idem*, 5, 4.
3. *Idem*, 5, 3.

Le chapelain ferma les yeux en levant les mains vers le ciel.

— Le Seigneur m'a parlé. Depuis quand n'avez-vous plus élevé de monument à sa gloire ?

Personne ne se risqua à lui répondre.

— Je vois cette belle et bonne abbaye de Saint-Martin, mais elle se dresse là depuis des temps immémoriaux. Il est temps d'offrir à Dieu un nouveau sanctuaire. Il en a exprimé le désir. Le tort que vous causent les vendangeurs n'est qu'une confirmation de sa volonté. Allons, versez votre obole dans la bourse que je vais faire circuler parmi vous. Plus vous serez généreux, plus le Seigneur sera magnanime. Ensemble, nous œuvrerons à la construction d'une grande abbaye. Dieu le veut !

Le meneur de loups en avait assez entendu. Il se souciait peu de voir ces gens crédules enrichir un bonimenteur sans scrupules. Il retourna à la taverne.

— Brave Fenrir, murmura-t-il en caressant la tête de l'animal, si tu savais à quel point les hommes peuvent être des créatures pitoyables. Ta compagnie m'est souvent plus agréable que la leur.

Simon Le Goff avait suivi le prêche du chapelain avec amusement. Pourquoi attendre d'aller lui livrer sa pièce de ferronnerie pour l'entreprendre ? songea-t-il. La moisson d'offrandes récoltées par le franciscain semblait bonne, il serait d'humeur réceptive. Ainsi, Simon n'aurait pas à s'aventurer au château, où sa présence risquait d'inquiéter Irène. Il laissa le gros de la foule se disperser avant de s'avancer vers le moine.

— Frère Otton, dit-il en posant une main sur l'épaule du chapelain, j'aimerais vous entretenir d'une affaire de la plus haute importance.

Le franciscain sursauta. Il avait horreur de ce genre de familiarités. S'il n'avait pas senti sur lui les regards de gens à qui il venait d'extorquer une travée de son abbaye, il aurait repoussé cette main calleuse et sale. Au lieu de quoi, il s'efforça de faire bonne mine.

— Que puis-je pour vous, mon frère ?

Simon n'avait pas pris le temps de réfléchir à la manière dont il allait présenter les choses au moine. Il se reprocha d'avoir agi de manière impulsive. Mais il était trop tard pour revenir en arrière. Et peut-être que ce n'était pas plus mal, car pourquoi ne pas dire les choses de façon directe ? L'information était assez importante pour que le chapelain se soucie peu de savoir comment le forgeron se l'était procurée.

— Savez-vous que le chevalier Bohémond est lépreux ? demanda-t-il après s'être assuré que nul ne pouvait l'entendre.

Le franciscain ne put retenir un cri d'effroi. Le forgeron accentua la pression sur son épaule.

— Gardez votre sang-froid, Otton, ajouta-t-il avec une insolence qui laissa l'autre sans voix.

Il s'était fait un monde d'une démarche qui, en définitive, se révélait on ne peut plus simple. Le chapelain finit par demander :

— Comment le savez-vous ? En êtes-vous sûr ?

Une lueur sardonique s'alluma dans les yeux du forgeron.

— Oui, j'en suis sûr. On ne peut plus sûr. Quant à la manière dont je l'ai appris, c'est sans importance, pas vrai ? Ce qui compte, c'est qu'une telle information nous intéresse l'un et l'autre. Pour des raisons différentes. N'est-ce pas ?

En posant cette question, le forgeron songeait que le moment était crucial. Et s'il s'était trompé sur le compte du chapelain ? Ou si son information de la plus haute importance allait contrarier celui-ci plutôt que le servir... A vrai dire, il ne connaissait rien des véritables motivations d'Otton. Il le sentait cupide, mais...

— Tu ne te trompes pas, Simon, dit l'autre en adoptant le même ton de familiarité.

— Parfait ! s'exclama le forgeron, rassuré. J'ai rempli mon rôle, je vous ai informé. A vous de voir, maintenant, ce que vous pouvez tirer de cette information. Vous savez où me trouver, frère Otton. Pas vrai ?

Et il s'éloigna en direction de la taverne. Il avait bien mérité un pichet de vin.

Le chapelain le regarda partir. Comment cet homme qui n'entretenait pas de rapports d'intimité avec les gens du château pouvait-il savoir que Bohémond avait la lèpre ? Il prétendait en être sûr, mais comment vérifier qu'il ne se trompait pas ? Ou qu'il ne mentait pas ? Et, surtout, quel profit tirer d'une telle information ? Avec un rictus mauvais, Otton songea que le chevalier était un proche du comte Geoffroy, que son épouse était une intime de la belle comtesse. Si le forgeron avait dit vrai, il était difficile d'imaginer qu'Irène n'ait pas informé son amie de l'infortune de son époux.

En tout cas, se figura le chapelain, il ne devrait pas être difficile d'en convaincre chacun. Et alors... La peur de la contamination ne rend pas indulgent.

Mais la première chose à faire consistait à s'assurer que Bohémond était bien lépreux, ce qui ne serait pas tâche aisée tant que la maladie ne se manifesterait pas de façon visible ; cela risquait de prendre du temps, or le chapelain n'avait pas de temps à perdre s'il voulait discréditer la comtesse avant le retour de son époux.

Il reprit le chemin du château sans sentir sur son dos le regard du meneur de loups, qui glissa à son compagnon :

— Cet homme-là, vois-tu, Fenrir, il me fait l'effet d'être plus redoutable que le plus sanguinaire de tes congénères.

L'animal se redressa et regarda s'éloigner le franciscain, les canines retroussées.

— Patience, mon ami, dit Wulff. Un jour viendra peut-être où je te l'offrirai en pâture.

Le frère Otton s'approchait du pont-levis lorsque son visage s'éclaira. Pourquoi se creusait-il ainsi la tête pour trouver le moyen de révéler le mal du chevalier ? Dieu ne lui avait-il pas fait la grâce de son illumination ce matin même ? Il suffisait d'attendre. Le Seigneur ne manquerait pas de lui apporter une fois encore la solution à son problème. N'était-il pas l'instrument de la volonté divine ?

15

Un sermon, un aveu

En ce temps-là, Noël était synonyme de toutes les allégresses. Respectueuse de la tradition, Isabelle avait fait dresser dans la salle commune du château un sapin dont les rameaux étaient ornés de fruits divers. Cet antique symbole de fertilité remontait, en réalité, aux fêtes païennes et à des temps lointains où le solstice d'hiver célébrait la renaissance du soleil. En 354, l'Eglise, désireuse d'éradiquer ces coutumes barbares, avait fixé au 25 décembre la naissance du Christ. En cette région de Lorraine proche de la Germanie, il se racontait que vers la fin du VIIe siècle saint Boniface, moine évangélisateur, avait fait abattre un chêne pour démontrer aux druides germains que leur arbre sacré ne l'était pas. En s'abattant, le chêne avait tout écrasé, à l'exception d'un petit sapin. Le moine avait aussitôt crié au miracle et décrété que le sapin serait, désormais, consacré à l'Enfant Jésus.

Depuis son installation au château, la jeune comtesse avait pris l'habitude d'assister à une représentation du *Mystère de Bethléem*, qu'une troupe composée essentiellement de villageois proposait chaque année sur le parvis de l'église abbatiale, la veille de Noël.

Ce jour-là, lorsqu'elle arriva sur la place du marché, son attention fut attirée par un curieux spectacle. Un homme vêtu de peaux d'animaux et accompagné d'un vieux loup rassemblait autour de lui une bande de marmots, que l'animal ne paraissait pas effrayer le moins du monde. Celui-ci était assis contre la cuisse de l'étranger, la tête posée sur ses genoux, à la manière du plus paisible des chiens de berger. L'homme, lui, avait le teint buriné, la barbe drue et un bandeau qui lui couvrait l'œil gauche. Sa mise était sauvage, pourtant il y avait dans le regard qu'il posait sur les enfants une telle douceur qu'il en paraissait presque aussi charmant que le plus élégant des ménestrels.

Sa voix, elle, possédait la qualité envoûtante de celle des meilleurs trouvères, ces inventeurs[1] d'histoires qui charmaient les plus puissants. Les enfants ne s'y trompaient pas et l'écoutaient avec des étoiles dans les yeux.

— Le loup n'a pas toujours été craint de l'homme, expliquait Wulff. A Rome, il se raconte qu'en des temps très lointains deux enfants avaient été abandonnés sur les rives du Tibre. Or...

— Pourquoi on les avait abandonnés ? demanda un petit curieux.

Wulff prit un air grave qui amusa la comtesse.

— Hum... c'est une histoire terrible, mon garçon. Un roi avait été dépossédé du trône par son frère, or ce roi avait deux fils et l'usurpateur craignait que ceux-ci ne veuillent, un jour, se venger. Il avait donc ordonné qu'on les noie, mais les soldats chargés de cette tâche odieuse n'avaient pas eu le cœur de tuer des nourrissons, aussi ils les avaient déposés sur la berge, bien emmaillotés dans un panier d'osier.

---

1. Le mot « trouvère » désigne, en réalité, celui qui trouve, l'inventeur.

— Et le loup, dans tout ça ? demanda un autre gamin, qui n'avait que faire des digressions.

Isabelle rit. Le meneur de loups leva la tête et croisa son regard. Il resta un long moment à contempler la comtesse, qui lui parut encore plus belle qu'on ne le disait.

— Alors, insista l'enfant en tirant l'homme par la manche.

Wulff rit à son tour.

— Le loup, reprit-il, j'y viens, jeune impatient. Les frères n'étaient pas encore sevrés et, quand la faim tenailla leur estomac, ils se mirent à pleurer. Leurs cris étaient si perçants, si puissants, qu'ils éveillèrent l'attention d'une jeune louve. Or, il se trouve que, le matin même, des hommes avaient tué ses petits. Assoiffée de vengeance, la mère au cœur blessé se précipita dans la direction des vagissements ; elle était bien décidée à infliger aux hommes une souffrance égale à celle que ceux-ci lui avaient fait subir. Œil pour œil, enfant pour enfant ! Même si la tristesse lui avait coupé l'appétit, les deux nourrissons feraient son repas.

Wulff approcha un visage menaçant de ses petits auditeurs, auxquels étaient venus s'adjoindre quelques adultes.

— Le terrible animal était déterminé à ne faire qu'une bouchée des marmots.

Isabelle avait beau connaître l'histoire, elle écoutait, attentive.

— Finalement, elle ne les a pas tués, pas vrai ? s'enquit un blondinet, désireux d'être rassuré au plus vite.

— Non, mon grand, répondit Wulff, qui se redressa avec un large sourire, elle ne les a pas tués. Quand elle a vu ces petits êtres affamés tendre les mains vers son ventre, elle en a été bouleversée. Elle s'est remémoré ses propres petits et son instinct maternel l'a aussitôt inclinée à présenter ses mamelles aux petits d'homme. Dans son cœur d'animal féroce, l'amour avait eu raison du désir de vengeance. Aussi longtemps qu'ils ont eu besoin de lait, les frères ont été nourris par la louve, laquelle veillait sur eux comme elle aurait veillé sur sa portée.

— Et qu'est-ce qu'ils sont devenus, quand ils ont été grands ? s'enquit un garnement tout en se curant consciencieusement le nez.

— Eh bien, nourris de lait de louve, ils sont devenus de grands et solides gaillards et, dès qu'ils l'ont pu, les frères, qu'on appelait Romulus et Remus, sont allés égorger le méchant roi qui avait, autrefois, ordonné leur mort.

— Mais, lança un sceptique, comment ils ont pu savoir que le roi avait voulu les tuer, puisqu'ils avaient été élevés par la louve ? C'est quand même pas elle qui a pu le leur raconter, hein ?

Isabelle et Wulff rirent. Leurs regards se croisèrent à nouveau et le meneur de loups fut frappé par la spontanéité et la candeur de la comtesse. Il ne put prolonger son examen, car la jeune femme détourna les yeux vers les enfants. Il le regretta. Il avait cru déceler un soupçon de mélancolie dans ce regard si clair.

— Ça, mon garçon, dit-il en revenant à son tour vers le petit sceptique, c'est une autre histoire, dans laquelle n'intervient aucun loup. Elle n'est donc pas de mon ressort. Il vous faudra trouver quelqu'un d'autre pour vous la conter.

Isabelle décrocha une bourse de sa ceinture et la tendit au conteur.

— Tu m'as enchantée avec ton histoire, étranger. Sois-en remercié.

Wulff bondit sur ses pieds et s'inclina devant la comtesse.

— Ce sera toujours un honneur pour moi, gente dame, de charmer d'aussi jolies oreilles.

La comtesse posa un regard intrigué sur cet homme, qui venait de lui faire la cour d'une manière si subtile qu'elle ne pouvait pas le remettre à sa place sans risquer d'être accusée de vanité. Elle lui rendit son salut et reprit sa route.

Le meneur de loups la suivit des yeux un long moment. Mais les enfants voulaient de nouvelles histoires et il dut reporter son attention sur eux. Il ne vit donc pas qu'Isabelle de Saint-Martin s'était retournée pour le regarder à son tour.

— Vous êtes insatiables, dit-il tandis que des badauds déposaient de menues pièces dans la sacoche de cuir fatigué qu'il avait déposée à ses pieds.

De retour au château, la jeune femme nota une grande effervescence dans la cour. Les chevaliers invités au tournoi de Noël arrivaient toujours plus nombreux et il convenait de les loger le mieux possible. Isabelle s'était déchargée de cette tâche ingrate sur l'intendant du château, qui semblait s'en tirer à merveille.

A peine arrivée, elle vit le frère Otton venir vers elle, plein d'une bonhomie qui ne présageait rien de bon.

Force était à Isabelle de reconnaître que, depuis peu, le franciscain offrait à son entourage un visage particulièrement amène, au point que les plus crédules en seraient venus à voir dans cette métamorphose un miracle de Noël ; les sceptiques, quant à eux, se demandaient quel mauvais coup il mijotait. En réalité, si le frère Otton était à ce point ravi, c'était parce que le Seigneur n'avait pas tardé à lui indiquer comment révéler publiquement le mal dont souffrait Bohémond. Le chapelain doutait d'autant moins du caractère divin de la révélation qu'elle lui avait été dispensée pendant son sommeil.

Le matin suivant, l'aube était encore jeune quand il était allé trouver la comtesse. Il l'avait félicitée d'avoir offert une messe de requiem aux familles endeuillées par l'expédition en Terre sainte.

« Mais, madame la comtesse, avait-il ajouté, ne croyez-vous pas qu'il serait bon d'organiser, maintenant, un office pour exprimer au Seigneur notre gratitude au nom des familles dont il a permis la réunion ? Dieu s'est montré généreux en ne prélevant pas un tribut trop lourd parmi nos chevaliers. Nous avons pleuré les morts, ne serait-il pas juste de lui rendre grâce pour les survivants ? »

La comtesse n'avait pu que reconnaître la justesse d'une telle proposition. Le chapelain s'était aussitôt engagé à se charger de l'organisation de la cérémonie.

« Vous avez tant à faire avec la préparation du tournoi », avait-il observé.

« Se peut-il que le rapace se soit subitement découvert un cœur de colombe ? avait ironisé Béatrice quand Isabelle lui avait parlé de l'initiative du franciscain.

— Le loup se cache parfois sous la dépouille de la brebis qu'il vient d'égorger », avait noté la comtesse, incapable de se départir de son antipathie à l'égard du chapelain.

La jeune femme se demandait donc quelle pouvait bien être la cause de la métamorphose du frère Otton lorsque celui-ci l'apostropha dans la cour du château :

— Votre frère, dit-il sur un ton presque joyeux, m'a fait savoir qu'il assisterait, ce soir, à notre messe d'action de grâce.

— Voilà une nouvelle qui ne peut que me réjouir, répondit Isabelle.

Le franciscain leva les mains vers le ciel.

— Il y a trois jours une messe de requiem, ce soir une messe d'action de grâce, et dans trois jours l'office de Noël... Notre chapelle aura rarement connu autant de réjouissances en un temps aussi court.

— On ne saurait qualifier de réjouissance un requiem, observa la comtesse.

Le chapelain prit une expression grave.

— Voyons, madame la comtesse, les morts pour lesquels nous priions alors ont perdu la vie au service du Seigneur. Ils se trouvent à sa droite, aujourd'hui. Le chrétien ne peut que se réjouir.

— Vous avez raison, dit Isabelle en le plantant là.

Le frère Otton regarda la comtesse s'éloigner en se frottant les mains avec jubilation. Il était certain que son plan ne pouvait faillir, puisque c'était le Seigneur lui-même qui le lui avait inspiré. Le franciscain sourit en songeant que Dieu savait parfois se montrer bien retors pour arriver à ses fins.

Les chevaliers venus participer au tournoi de Noël, qui débuterait quelques heures après la messe de minuit et verrait se mesurer les plus valeureux vassaux du comte, seraient aussi présents, ce soir. La disgrâce de la jeune comtesse serait totale. D'autant plus que le comte Geoffroy brillait par son absence.

La chapelle était pleine. Caribert avait pris place au premier rang à côté de sa sœur et de dame Agnès, que la liesse générale n'avait pas gagnée. Après sa visite à la grande église de Metz, où elle avait été autorisée à toucher le fragment de la croix du Christ, la vieille dame ne sentait aucun changement en elle. Bientôt, son fils serait de retour et son cœur lui paraissait toujours aussi sec. Avant de gagner la chapelle, elle s'était arrêtée dans le petit cimetière où reposait Gautier, le bâtard, sous une pierre tombale des plus simples. Pour la première fois depuis des lustres, elle avait versé des larmes.

« Gautier, avait-elle murmuré au milieu de ses sanglots, je n'ai pas su t'accueillir au sein de notre famille comme ton père et Geoffroy le souhaitaient. Comme je l'aurais dû. Pourtant, tu n'as pas été un mauvais fils. Au contraire. En dépit de ma froideur et des humiliations que je t'ai infligées, tu ne m'as jamais manqué de respect. Tu as été le meilleur frère que j'aurais pu souhaiter pour Geoffroy. Tu l'as aidé à devenir un homme de cœur, noble et généreux. Tu n'étais pas responsable si ton père avait engrossé une servante, et j'ai refusé de le comprendre. En cette soirée d'action de grâce, je viens implorer ton pardon. Je sais qu'il est trop tard. Seulement, tu es auprès de Notre-Seigneur et, si tu veux bien intercéder pour moi, je suis sûre qu'il entendra ta prière. Si tu ne le fais pas pour moi, je t'en conjure, fais-le pour ton frère. Implore Dieu d'arracher mon cœur à l'étau de glace qui l'étreint. J'ai autant à me faire pardonner de Geoffroy que de toi. J'aimerais accueillir mon dernier fils les bras ouverts, le cœur vibrant et chaud d'amour. Le frère Otton a eu raison de me rappeler les paroles du Christ : "Si donc tu présentes ton offrande à l'autel, et que là tu te souviennes que ton frère a quelque chose contre toi"... Si quelqu'un a quelque chose contre moi, c'est toi. Aussi, entends la prière qui monte de mon âme plutôt que les pauvres mots qui sortent de ma bouche, Gautier, tu sauras que je suis sincère. Que Dieu t'ait en sa sainte protection... mon fils. »

Le frère Otton commença l'office à l'heure de vêpres [1]. A quelques jours de Noël, il avait tenu à rappeler les circonstances de la naissance de Jésus – l'annonce faite à Marie, la marche de Joseph et Marie jusqu'à Bethléem, en Judée, la naissance de l'enfant dans la crèche –, le tout sur un ton de grande douceur et avec un art de la narration qu'auraient pu lui envier les meilleurs trouvères. Caribert lui-même fut surpris d'entendre le chapelain s'exprimer de la sorte.

1. Dans les monastères, cet office marquant le début de la soirée était célébré entre 17 et 19 heures.

Otton se sentait transfiguré. Il ne doutait pas que c'était le Seigneur qui s'exprimait par sa voix. Le Seigneur pour qui le rappel de la Nativité n'était, en l'occurrence, qu'un préalable destiné à alimenter l'atmosphère de piété qui favoriserait le véritable objet de cette célébration. Le franciscain faisait effort pour ne pas regarder trop ostensiblement le chevalier Bohémond, installé au deuxième rang, au milieu des vassaux venus participer au tournoi de Noël.

Isabelle se réjouissait de le voir dans d'aussi bonnes dispositions, à tel point qu'elle en venait à se reprocher ses réticences, surtout lorsque, au lieu d'évoquer les feux de l'enfer comme il en avait l'habitude, le frère Otton se mit à parler des bienfaits dispensés par Jésus tout au long de son existence. De la bonté qu'il répandait autour de lui comme un semeur ses graines ; du message d'amour qu'il avait tenu à partager avec ses ennemis autant qu'avec ses amis.

— Si Dieu a choisi de faire naître son fils dans une étable, ce fut pour rappeler aux puissants que le salut vient parfois des humbles. Que les plus beaux palais ne séduisent pas autant le Très-Haut qu'un cœur habité par l'amour du prochain.

Dame Agnès ne put retenir un sanglot. Pourquoi le Seigneur ne daignait-il pas verser un peu de cet amour dans son cœur ?

— Ce fils qu'il nous a envoyé s'est employé sans relâche à soulager les souffrances des êtres sincères. Certains ont tenté de prendre l'apparence d'une brebis, alors que leur cœur était celui d'un loup. Jésus n'a pas été dupe. Envers ceux-là, il savait se montrer sans merci.

Caribert fronça les sourcils. Le frère Otton s'apprêtait-il à retomber dans son péché mignon ? A renoncer à son apologie de l'amour, pour faire à nouveau frémir son auditoire ? Voilà qui eût été déplacé en cette période de Noël. Il fut vite rassuré.

— Sans merci, et pourtant, poursuivait le chapelain, les plus grands pécheurs eux-mêmes trouvaient grâce à ses yeux s'ils étaient habités d'un repentir sincère. Songez à cette fille publique qui lui lava les cheveux de ses larmes... A l'occasion de cette messe d'action de grâce, destinée à remercier le Seigneur d'avoir réuni des familles séparées, je voudrais vous inviter, mes frères et mes sœurs, à sonder votre cœur. Demandez-vous si vous êtes dignes de toucher le vêtement du Christ avec l'espoir qu'il vous accorde la guérison de vos maux. Car, je vous le dis, celui qui a péché n'est pas perdu. Jésus l'a bien dit : « Ce ne sont pas ceux qui se portent bien qui ont besoin de médecins, mais les malades. »

Caribert sourit. Peut-être avait-il mal jugé le franciscain. Bohémond, lui, frémit en entendant des mots qui faisaient écho à ceux prononcés par Margot, dans sa chaumière, le jour où, avec Irène, il était allé requérir son aide.

— Souvenez-vous que Jésus a rendu la vue à l'aveugle, à Jéricho. N'est-ce pas un don merveilleux qu'il a fait à cet homme ? Pourtant, je vous le dis, la cécité des yeux n'est rien, comparée à celle du cœur. Jésus a guéri le paralytique, mais ne sommes-nous pas tous paralytiques lorsque notre main refuse de se tendre vers celui qui nous demande l'aumône ? Croyez-vous que cette paralysie-là se guérisse aussi facilement ? Des miracles de Jésus, je pourrais vous en citer à n'en plus finir. Mais, dites-moi, était-ce pour impressionner la foule qu'il agissait de la sorte ? Etait-ce pour montrer aux hommes qu'il possédait un pouvoir surnaturel, qui en faisait un être hors du commun ? Bien sûr que non, Jésus n'avait d'autre objectif que d'éveiller notre conscience. De nous faire mesurer la magnificence de l'amour que Dieu nous porte...

Le chapelain marqua un temps, comme s'il voulait permettre à chacun de méditer le sens profond de ses paroles. En réalité, il s'apprêtait à porter le coup qu'il espérait fatal. Celui qui discréditerait la comtesse et, par la même occasion, son frère. Celui qui ferait de lui le sauveur des Saint-Martin et qui, à ce titre, lui vaudrait la gratitude du comte Geoffroy dès son retour, ou, s'il ne revenait pas, celle de la vieille folle, qui retrouverait alors son autorité en tant que dernière représentante de la lignée. Or, celle-là, Otton savait comment la manipuler. Somme toute, il avait eu raison d'aider le vieux Garin à trouver le repos éternel. La décoction qu'il avait réussi à lui faire absorber pendant près d'un mois n'avait pas laissé la moindre trace. Nul n'avait soupçonné quoi que ce soit. Une preuve que, déjà à cette époque, Dieu guidait les gestes de son serviteur.

— Oui, mes frères et mes sœurs, reprit-il, Jésus est né pour assurer notre salut. Mais ce salut, son Père ne nous en fera don que si nous nous en montrons dignes. Pour cela, je vous invite à regarder en vous-mêmes. Etes-vous dignes du salut divin ? Nul ne peut le savoir sinon vous-mêmes. Vous et Dieu, qui lit en tous les cœurs. Si je vous demande cet effort particulier, c'est que cette messe d'action de grâce nous rappelle le souvenir de ceux qui sont morts, en Terre sainte, les armes à la main. Ils sont, aujourd'hui, aux côtés du Seigneur, puisque c'est en son nom qu'ils combattaient. Mais… demain, certains d'entre vous entreront dans la lice, les armes à la main, eux aussi. Seulement, ce ne sera pas au nom du Seigneur qu'ils livreront combat. Or, nous savons qu'un accident peut se produire… Mais ce que nous nommons « accident » est-il un acte fortuit ou la punition infligée par Dieu à un cœur impur ? Demandez-vous donc, chevaliers, si vous ne risquez pas de subir le châtiment divin. Et vous, épouses ou parents de ceux qui entreront dans la lice, demandez-vous si par vos péchés vous ne mettez pas en danger la vie des êtres qui vous sont chers. Car il arrive que ce soit à travers ceux que nous aimons que Dieu nous punisse. Vous pouvez cacher vos fautes aux hommes. Vous pouvez vous les cacher à vous-mêmes. Mais vous ne pouvez pas les cacher à Dieu, qui sait tout. Souvenez-vous de ces paroles du Christ : « Il n'y a rien de caché qui ne doive être découvert, ni de secret qui ne doive être connu[1]. »

Il marqua un temps. Son regard parcourut l'assistance et s'arrêta brièvement sur Bohémond, qui était blême. Otton lui sourit avec cette douceur qu'il affectait depuis le début de la cérémonie. Il était heureux. Jamais les mots ne lui étaient venus aussi aisément. Il n'était plus tout à fait lui-même. Il était un peu... oui, Dieu !

— En revanche, si votre cœur est pur, si vous ne cachez rien, si vous n'avez pas de secret honteux, Dieu aura merci de vous, qui que vous soyez. Puissant ou miséreux. Grand ou petit. Bien portant ou malade... Ainsi, songez à ce lépreux qui se prosterna devant Jésus : « "Seigneur, lui dit-il, si tu le veux, tu peux me rendre pur." Jésus étendit la main, le toucha et dit : "Je le veux, sois pur." Aussitôt, il fut purifié de sa lèpre[2]. » Que serait-il advenu de ce lépreux s'il n'avait pas eu la foi ? S'il avait eu un secret honteux dans son cœur ? Je vous le dis, il aurait pourri jusqu'à ce que ses membres, un à un, se détachent de son corps. Son corps aurait pourri sur terre, mais ce n'est pas là le pire. Son âme aurait pourri dans l'au-delà. Pour l'éternité !

— Non !

Le cri avait retenti comme le tonnerre.

— Frère Otton !

Le chevalier Bohémond, plus pâle que le cierge qui brûlait au pied de l'autel, s'était levé. Cet homme, dont les chevaliers présents connaissaient la bravoure, tremblait tel un enfant pris en faute.

---

1. Matthieu, 10, 26.
2. *Idem*, 8, 2-3.

— Frère Otton, répéta-t-il, la voix brisée. Je vous en conjure, rendez-moi pur.

Le franciscain exultait. Son plan produisait le résultat escompté.

— Messire, dit-il avec une fausse humilité, je ne suis pas le Christ et, que je sache, vous n'êtes pas lépreux...

— Si !

Ce seul mot claqua comme un cri de détresse dans la chapelle médusée.

— Si, frère Otton, je suis lépreux.

Et, sans plus de retenue, le chevalier dévoila sa poitrine. Irène poussa un cri et s'effondra, sans connaissance. Tandis que Béatrice se portait à son secours, Isabelle et Caribert se regardaient avec incrédulité. La comtesse s'efforçait de faire comprendre à son frère qu'elle ignorait tout de la maladie du chevalier. Dans la chapelle, c'était la consternation. Une longue cacophonie suivit la confession de Bohémond.

— J'ai rapporté ce mal de Terre sainte. Je n'en ai parlé à personne. A personne, répéta-t-il, avec l'espoir qu'Irène, qui reprenait ses sens, serait en état de comprendre le message qu'il lui adressait. J'ai cru pouvoir cacher mon mal. Garder mon secret ! Mais il me ronge de l'intérieur, plus sûrement que les plaies ne corrompent mes chairs...

Le franciscain serra les poings. Il était impossible que Bohémond n'ait pas confié sa détresse à quelqu'un. Il devait avoir parlé de sa maladie à sa femme ; Irène avait dû, à son tour, en informer la comtesse. Il ne pouvait en être autrement, songeait Otton, irrité. Sinon, à quoi aurait servi tout le mal qu'il venait de se donner pour amener le chevalier à se dénoncer ? Dieu l'avait guidé tout au long de son sermon. Il ne pouvait l'abandonner maintenant.

— Vous prétendez avoir gardé un tel secret par-devers vous ? fit-il. Est-ce possible ? Quel homme pourrait ainsi souffrir dans sa chair et n'en parler à personne ? Dieu vous regarde, chevalier. « Il n'y a rien de caché qui ne doive être découvert »... Rappelez-vous les paroles du Christ !

Bohémond l'avait bien compris, mais jamais il ne compromettrait la femme qu'il aimait. Son amour pour Irène était plus fort que sa crainte du courroux divin.

— Non, déclara-t-il d'un ton déterminé, je ne me suis confié à personne. Je demande pardon à tous de ma dissimulation.

Un malaise courait dans les travées de la chapelle. Chacun n'avait qu'une envie, s'éloigner au plus vite du lépreux. Le chapelain était furieux de se voir ainsi frustré de sa victoire. Subitement, une pensée lui traversa l'esprit. Dieu ne l'avait pas abandonné. Il lui suggérait une manière de remporter une victoire encore plus éclatante. Il n'avait qu'à étendre les mains, les poser sur l'épaule dénudée de Bohémond et dire : « Va, tes péchés sont remis. » Le miracle s'accomplirait. Dieu ne s'était-il pas incarné en lui ? Comme dans le Christ, autrefois. Tout le monde verrait les stigmates du mal disparaître un à un de la peau du chevalier. Ils sauraient qu'Otton était l'envoyé de Dieu. Ils ne pourraient rien lui refuser...

Le chapelain contourna l'autel. Il marcha droit sur le chevalier. Il était enveloppé d'une aura divine. Son visage irradiait. Il leva une main. Il vit alors qu'elle tremblait. Les stigmates de la lèpre sur le corps de Bohémond le terrifiaient. Il avait beau se sentir habité par le Très-Haut, son délire était moins puissant que sa peur. Et puis, Jésus lui-même n'avait-il pas connu la peur dans le jardin des Oliviers ? Il se contenta de tracer le signe de la croix devant le chevalier. Sa lâcheté augmenta sa fureur.

— Conformément aux termes de la loi, annonça-t-il, nous devrons procéder au plus tôt à la cérémonie de séquestration.

Et, pour dissimuler son dépit, le frère Otton se tourna vers le dominicain.

— Frère Caribert, acceptez-vous de vous charger de cette mission délicate ?

Le dominicain se leva. Il éprouvait la plus vive sympathie pour Bohémond, mais il connaissait son devoir.

— J'accepte, dit-il. Et je suis d'accord avec vous. Nous devons agir au plus vite. Allons ! *Ite, missa est…* Il nous faut préparer la chapelle pour la cérémonie de séquestration. Qu'on emmène le chevalier Bohémond dans le donjon, où il demeurera isolé en attendant qu'on vienne le chercher. Accompagnez-le, frère Otton, et priez pour son âme.

Le chapelain fulminait. Ce Caribert était décidément démoniaque. Lui imposer la proximité d'un lépreux, n'était-ce pas là un aveu de sa haine ? Ce dominicain était habité par le Malin, c'était une évidence.

Irène avait repris ses esprits et regardait son mari. Ses yeux étaient lourds de larmes de gratitude, mais elle n'en était pas moins incapable d'un quelconque geste de réconfort. Bohémond se tourna vers le dominicain et le remercia d'une manière non équivoque. Si Caribert tenait à ce que la cérémonie se déroule au plus vite, c'était pour lui permettre de quitter le château au milieu de la nuit, quand le village serait endormi. Ainsi, il n'aurait pas à subir l'humiliation des regards et des commentaires.

16

La séquestration du lépreux

Irène, la tête posée sur les genoux de la comtesse, avait épuisé son content de larmes et s'était endormie sous les caresses de réconfort de son amie.

— J'aurais aimé lui apporter quelque consolation, murmura Isabelle à l'intention de Béatrice. Malheureusement, les mots ne pèsent pas lourd en pareille circonstance. Rien ne changera le fait que Bohémond va être exclu de la société à un moment où il aurait besoin de soins et de réconfort.

— Il représente un danger pour les autres, observa Béatrice, et Irène a eu tort de dissimuler son mal.

Isabelle se tourna vivement vers son amie.

— Ne répète à personne ce qu'elle vient de nous avouer, ordonna-t-elle. Et surtout pas à cet horrible Otton.

— Pour qui me prends-tu ? fit la gouvernante, offusquée.

— Pardonne-moi, dit la comtesse. Cette histoire me bouleverse. J'ignore par quel maléfice Otton a eu connaissance de l'infortune du chevalier, mais je suis convaincue qu'il savait fort bien ce qu'il faisait. Son sermon n'avait d'autre but que d'amener Bohémond à confesser...

— Allons, la coupa Béatrice, ne le diabolise pas. Il m'est profondément antipathique, comme à toi, mais quel moyen aurait-il eu de savoir ?

— Geoffroy qualifiait Otton de « fouine ». Notre bon chapelain a pu laisser traîner ses oreilles et...

Elle s'interrompit.

— Oh, et puis, c'est sans importance, conclut-elle, résignée. Qu'il ait su ou non ne change rien aux faits. Bohémond est lépreux et doit être exclu. Pauvre Irène.

— Pauvre Bohémond, ajouta Béatrice.

Isabelle se prit à songer au malheureux, condamné à passer la nuit dans la partie la plus inhospitalière du château. Elle se remémora un incident qui datait de quelques jours seulement après son arrivée à Saint-Martin. Les innombrables corridors de sa nouvelle demeure, plus sombres les uns que les autres, lui faisaient l'effet d'un labyrinthe, et il lui arrivait de cauchemarder qu'elle se perdait et qu'il se passait des jours et des jours avant qu'on la retrouve. Ce matin-là, elle s'était bel et bien égarée en se trompant d'escalier. Elle avait ainsi débouché dans la seconde cour, celle dont le donjon donnait l'impression de vouloir se lancer à l'assaut du ciel. Cette tour sombre et inquiétante constituait presque un château dans le château. Isolée par un pont-levis en fer, qui aboutissait à une porte étroite, elle était entourée de fortifications plus impressionnantes encore que celles qui se dressaient à l'extérieur de la bâtisse. Une peur irraisonnée s'était emparée d'elle. Elle avait été sur le point de céder à la panique quand Geoffroy était apparu. Il l'avait aperçue à travers une fenêtre et en avait déduit qu'elle s'était égarée.

« A moi aussi, cette tour fait froid dans le dos », avait-il observé.

Isabelle n'en avait rien cru, mais elle avait apprécié qu'il ne se soit pas moqué d'elle.

Geoffroy lui avait expliqué que des prisons se cachaient dans les profondeurs de ce roc imprenable.

— J'espère qu'ils ne l'ont pas fait dormir dans une cellule, soupira-t-elle à l'intention de Béatrice.

— Une cellule lui serait, de toute façon, plus douce que la demeure qui sera bientôt la sienne pour le reste de ses jours, murmura la gouvernante.

Pendant ce temps-là, Caribert s'activait dans la chapelle. Le dominicain tenait à accomplir la sordide cérémonie avant que sonnent matines [1], à l'abbatiale. Lorsque tout fut prêt, il s'accorda le temps de prier pour le jeune chevalier, qui aurait sûrement préféré la mort au service de Dieu à la vie que lui réservaient les hommes.

— Pourquoi, mon Dieu ? Pourquoi devons-nous traiter ainsi un homme en souffrance ? Il n'y a pas si longtemps, les lépreux vivaient au cœur de la communauté, sans avoir à subir d'ostracisme. On faisait montre à leur égard de charité, de compassion, de pieuse sollicitude... Le roi Baudouin IV lui-même était lépreux, ça ne l'a pas empêché de régner et d'infliger des revers au grand Saladin. Pourquoi ne pouvons-nous témoigner de la même mansuétude envers un pécheur dont le cœur est foncièrement bon ?

Le dominicain baissa la tête et se frappa la poitrine à trois reprises. Ce fut d'une voix sourde qu'il poursuivit :

— Pourquoi lui ? Pourquoi lui, Seigneur, et pas moi ? Vous savez, vous, que j'ai commis un crime abject. J'ai beau faire de mon existence une expiation de tous les instants, jamais je ne me le pardonnerai. Voyez, je prospère et tous me respectent. Mais, moi... moi, je me méprise. Ah ! Seigneur, quel sort me réservez-vous dans l'au-delà, si vous

1. Première prière de la journée, elle intervient vers 2 heures du matin.

vous montrez aussi impitoyable envers Bohémond ? Il m'arrive de ressentir un profond désarroi face à vos décrets, mon Dieu. Aidez-moi à voir clair. Je sais que je suis indigne de vous recevoir, mais dites seulement une parole...

Un bruit interrompit sa prière.

— Je vois que vous avez terminé les préparatifs de la cérémonie, observa le père Otton en s'agenouillant à côté du dominicain.

Caribert se demanda ce que le chapelain avait pu surprendre de son monologue. De toute façon, c'était sans importance. Un jour, son crime éclaterait à la face du monde entier. Aujourd'hui ou plus tard...

— Je priais Dieu de m'éclairer, dit-il. Je lui confiais ne pas toujours comprendre ses décrets.

— Il ne nous revient pas de chercher à comprendre, frère Caribert, dit le chapelain avec une douceur inhabituelle. Nous sommes là pour servir le Seigneur, pas pour le questionner.

— Ne vous avais-je pas demandé de rester auprès de Bohémond et de prier pour lui ? interrogea le dominicain, irrité par l'hypocrisie du chapelain.

— J'ai prié pour lui, et puis j'ai songé à la cérémonie qui nous attend et au fait que, pendant des jours, nous avons côtoyé un lépreux sans protection, parce que celui-ci a préféré dissimuler son état plutôt que songer à son prochain. Quel égoïsme ! Un égoïsme criminel. Voilà qui nous rappelle, si nécessaire, la faiblesse de la nature humaine.

— Je vois, fit le dominicain sans autre commentaire.

La lune était haute dans le ciel quand le chevalier Bohémond fut introduit. Isabelle serrait la main de Béatrice. Elle tremblait. La chapelle où avait été bénie son union avec Geoffroy était toute tendue de noir. Les cierges brûlaient, noirs eux aussi ; des écussons à tête de mort avec des tibias en sautoir reposaient sur les candélabres. La cloche sonnait. Lente. Lugubre. Plus encore que pour les funérailles du vieux comte Garin. Caribert chantait le *Libera*. Ensuite, il entonna le *Dies irae*. La jeune comtesse, frémissante, se demandait pourquoi Otton, qui détestait Caribert, lui avait demandé de procéder à la cérémonie. Sûrement pas parce que lui-même était trop bouleversé pour s'en charger. De toutes les personnes présentes, il était le seul à n'afficher aucune compassion. Il se tenait droit, le regard fixe. Impitoyable. Isabelle le trouvait plus odieux que jamais.

Une fois le cantique terminé, Caribert fit signe à Bohémond d'approcher de l'autel. Là, devant l'assemblée réunie pour la circonstance, le chevalier dut se dépouiller de ses vêtements, lesquels furent aussitôt livrés aux flammes. Caribert, le visage blême et douloureux, remit au chevalier une longue robe noire surmontée d'un capuchon percé de deux trous à hauteur des yeux. Lorsqu'il s'en fut revêtu, Caribert lui tendit la cliquette que tout lépreux devait agiter dans ses déplacements afin d'avertir les passants de son approche et de leur permettre de s'écarter de sa route. Béatrice observa que la main de Caribert tremblait.

En sortant de ses appartements, la comtesse était allée frapper à la porte de dame Agnès, mais celle-ci avait refusé de l'accompagner à la chapelle.

« Dieu entendra aussi bien ma prière d'ici, avait-elle dit. Si tant est que… »

La vieille dame n'avait pas achevé sa phrase. Pas plus qu'elle n'avait fourni d'explication à son refus, mais Isabelle avait remarqué que ses yeux brillaient. Des larmes ?

L'office achevé, un cortège silencieux escorta le chevalier jusqu'à son ultime demeure. Ainsi que Caribert l'avait espéré, le chemin était désert, comme les champs environnants, et la procession arriva à destination sans avoir fait la moindre rencontre. Au sommet d'un coteau, une misérable cabane avait été creusée dans le roc une dizaine d'années plus tôt, pour accueillir un lépreux, qui avait succombé au bout de six années de souffrances solitaires. C'était là que Bohémond logerait, désormais.

Les hommes comme les femmes marchaient tête basse, épaules affaissées. Seuls le frère Otton et Bohémond avançaient tête droite. Le visage du franciscain exprimait la satisfaction faussement humble de l'homme fier de contribuer à accomplir la volonté divine. A travers les orifices de sa capuche, les yeux de Bohémond brûlaient d'un feu intérieur, expression de la détermination du guerrier que rien jamais n'abattrait.

Caribert entonna le *Requiem* d'une voix grave, qui conférait au chant une solennité émouvante, même pour qui ne comprenait pas le latin.

« Donne-leur le repos éternel, Seigneur, et que la lumière éternelle les illumine… Exauce ma prière, toute chair ira à toi. »

Le silence enveloppa l'assemblée. Comme le dominicain demeurait immobile, le frère Otton ramassa une poignée de terre et la lui tendit. Caribert la contempla un bref instant avant de lever sur le chapelain un regard dans lequel celui-ci, stupéfait, lut de la pitié. Puis, ignorant la main tendue, le dominicain se baissa, ramassa un peu de terre et la jeta sur les pieds du lépreux.

Une fois accompli ce geste qui marquait la fin du rituel, tous se détournèrent et reprirent le chemin du château sans oser prononcer un mot d'adieu. Seules Isabelle, Béatrice et Irène attendirent Caribert, qui ne se décidait pas à quitter le lépreux. Le chapelain s'arrêta après avoir fait quelques pas et observa la scène sans compassion.

— Que Dieu t'ait en sa sainte protection, Bohémond, dit le dominicain en posant une main sur l'épaule du lépreux.

Tous les jours, ta femme viendra t'apporter des provisions. Elle les déposera au pied du chêne, au bas du coteau. Je sais que tu voudras la voir, lui parler, mais ne t'approche pas d'elle.

Il ajouta, d'une voix plus faible :

— Pas trop près, en tout cas.

— Rassurez-vous, mon père, je ne veux pas qu'Irène ait à souffrir plus encore. J'attendrai sagement que mes membres tombent en putréfaction, puisque tel est mon lot. Ensuite, je rendrai mon âme à Dieu, s'il n'est pas trop dégoûté de la recevoir et s'il estime que j'ai suffisamment payé mes fautes.

— Tes fautes ! releva le dominicain d'une voix forte. Sache que s'il est un responsable de ton mal, c'est ce voyage que tu as entrepris, et qui vous a obligés à vivre dans des conditions insalubres. Ne te crois pas fautif, mon ami.

Le frère Otton ne put s'empêcher d'intervenir :

— Allons, frère Caribert, dit-il avec un air de componction, comme vous, j'ai beaucoup d'affection pour le chevalier Bohémond, mais nul ne peut nier que ce mal est une punition divine, qui frappe ceux...

Caribert le coupa :

— Je vous en prie, Otton ! Taisez-vous et effacez de votre visage cette expression d'exaspérante satisfaction, qui donnerait à penser que vous avez accompli quelque haut fait. Il n'en est rien. Nous trouver réduits à isoler un homme malade prouve seulement notre incapacité à fournir un remède à son mal. Mais aussi, et surtout, notre manque de charité chrétienne. Quant à prétendre qu'il s'agisse d'une punition divine...

Caribert tourna les talons et entreprit de redescendre le coteau sans chercher à dissimuler sa mauvaise humeur. Irène hésitait. Tremblante, elle regardait cette ombre noire qui avait été son mari. Bohémond lui fit signe de suivre les autres. Isabelle s'approcha et prit le bras de son amie. Après avoir échangé un long regard de compassion avec le chevalier, elle entraîna Irène, que ses jambes soutenaient à peine.

Lorsqu'ils arrivèrent au bas du coteau, ils aperçurent le meneur de loups assis au pied du chêne où Irène devrait, chaque jour, venir déposer les repas de son mari. Wulff regardait s'approcher le petit groupe sans curiosité particulière. Béatrice accrocha Caribert par la manche.

— Cet homme me fait peur, dit-elle.

Le dominicain posa avec douceur une main sur elle.

— Pourquoi, chère Béatrice ? Vois, même les loups deviennent doux comme des agneaux en sa présence. Et n'as-tu pas remarqué comme les enfants semblent se plaire en sa compagnie ? Je parie que nous en rencontrerons, avant longtemps, qui n'attendent que notre départ pour venir quêter de lui quelque histoire…

— Justement ! S'il les avait envoûtés ?

— Madame de La Bresse n'a pas tort, frère Caribert, glissa le chapelain. Cet homme a des allures de Sarrasin.

Caribert haussa les épaules. Puis reprit à l'intention de Béatrice :

— Allons, cet homme ne vous fait pas penser à quelqu'un ? Moi, voyez-vous, il m'évoque un certain Italien. Fils de bonne famille, quoique roturier, il aimait la vie facile et prenait plaisir à guerroyer contre les nobles de sa ville. Et puis, un songe lui vint et il renonça à ses nuits d'orgie. Plutôt que d'épouser la gloire, il décida d'épouser Dame Pauvreté ; il s'était souvenu des paroles du Seigneur : « Dans votre ceinture, ne glissez ni pièce d'or ou d'argent, ni piécette de cuivre. En chemin, n'emportez ni besace, ni tunique de rechange, ni sandales, ni bâton [1]. » Et ce brave homme, canonisé depuis et connu sous le nom de saint François d'Assise, a créé un ordre monastique dont notre cher frère Otton est un membre éminent... en tout cas représentatif, corrigea le dominicain avec perfidie. Or, chère Béatrice, ce bon saint François parlait lui aussi avec les loups.

— J'ai entendu un récit que cet étranger racontait aux enfants du village, glissa la comtesse. Je puis vous assurer que seule son apparence est... sauvage.

Caribert regarda sa sœur avec curiosité. Il lui avait semblé percevoir un trouble dans sa voix.

— Moi aussi, je l'ai entendu, dit-il, sa prose est raffinée et édifiante. Ce n'est certes pas le Malin qui s'exprime par sa bouche.

— Le Malin choisit parfois des voies détournées pour nous attirer dans ses rets, susurra le chapelain.

— Sur ce point-là, je ne puis que vous donner raison, frère Otton, conclut Caribert en regardant le franciscain dans les yeux.

Ulcéré, celui-ci pressa le pas.

Si le meneur de loups avait entendu ce qui se disait à son propos, il n'en laissa rien paraître ; en revanche, il salua fort respectueusement la comtesse et ceux qui l'accompagnaient.

Le chapelain ne supportait pas de s'être ainsi fait railler à portée d'oreilles de ce suppôt de Satan. Les autorités de l'Eglise étaient-elles à ce point aveugles qu'elles ne voyaient pas que leur chasseur d'hérétiques, ce Caribert de malheur, était le premier à mériter leurs foudres ? Il était indigne de sa charge. Oh, bien sûr, il avait réussi à charmer les puissants notables de la riche ville de Metz. Mais c'étaient son apathie, son laxisme, sa complaisance coupable qui lui valaient sa

1. Matthieu, 10, 9-10.

popularité. Pas le zèle qu'il mettait à accomplir la tâche qui lui avait été confiée par des prélats de plus en plus coupés de la réalité quotidienne.

J'ai commis une erreur en ne m'intéressant pas à lui plus tôt, songea le chapelain. Il est temps de me procurer des informations sur son compte. Quel bonheur d'avoir surpris sa prière du matin ! Décidément, le Seigneur est toujours généreux pour ceux qui le servent avec constance et détermination. Mais comment découvrir la nature de ce crime qui pèse sur sa conscience ? Un crime impuni ! Hélas, l'Eglise, aujourd'hui, ne sait parler que de miséricorde ; elle oublie que le Christ a dit clairement qu'il était venu apporter le glaive et armer la main du fils contre le père... Ah, Seigneur, je serai ton glaive ! Je sais qu'une fois encore tu me donneras les moyens de te servir.

Un sourire carnassier aux lèvres, le chapelain n'avait qu'à fermer les yeux pour voir son abbaye sortir de terre et Dieu lui-même poser le chapeau de cardinal sur son crâne. Oui, il réaliserait son rêve, et alors, le monde verrait comment on sert Dieu ! Il leur montrerait. Il les ferait marcher droit. Ils seraient forcés de reconnaître sa supériorité et, ce jour-là, ils comprendraient que le chapeau de cardinal était encore trop petit pour lui...

17

L'autre face de Noël

Simon Le Goff venait à peine d'allumer les feux de la forge qu'il vit la silhouette du chapelain se découper à la porte de son antre. Son visage demeura impassible. Il tenait une pièce d'acier serrée entre les mâchoires énormes d'une pince au manche interminable qu'il maniait comme si elle n'eût pas pesé plus qu'un fétu. Il contempla le frère Otton, puis plongea la pièce d'acier dans un baquet d'eau, faisant naître un brouillard crépitant derrière lequel disparut le franciscain. Quand la vapeur d'eau se fut dissipée, il fit signe à son visiteur de le suivre.

Entre les deux hommes, Gaspard sautait sans interruption pour activer les grands soufflets de la forge. L'apprenti était en sueur.

— Je dois m'entretenir avec le frère Otton d'une commande pour le château ! lui lança Le Goff. Si à mon retour le feu a baissé, tu auras de mes nouvelles. Compris ?

L'adolescent hocha la tête tout en continuant ses sauts. Son mouvement envoya quelques gouttes de sueur sur le bras du forgeron, qui lui flanqua une gifle sonnante avant d'entraîner le chapelain dans son arrière-boutique.

— Je reviens du mont Saint-Quentin, annonça Otton sans se perdre en circonlocutions. Bohémond a reçu sa cliquette.

— Comme c'est triste, observa le forgeron. Un si brave garçon.

— Oui, et qui avait su se faire aimer de tous. Une grande perte pour le château. Pourquoi l'as-tu dénoncé, Simon ? demanda le chapelain sans transition.

Le Goff éclata de rire.

— Pour une raison que tu ne comprendrais pas, frère Otton. Et, en tout cas, que tu n'apprécierais pas.

Le visage du chapelain s'éclaira subitement. Simon avait beau dire, il venait de comprendre.

— Tu couches avec sa femme, pas vrai, dit-il en portant à ses lèvres la coupe de vin que lui tendait le forgeron.

— Tu veux m'entendre en confession ? ironisa celui-ci.

Le chapelain se signa.

— Les voies du Seigneur sont impénétrables, Simon. Il arrive que Dieu pousse un homme à commettre un péché pour servir ses propres desseins. Il va de soi qu'en de telles circonstances le péché est pardonné avant même d'avoir été commis.

— Voilà des paroles réconfortantes, frère Otton, fit le forgeron, sarcastique.

Le chapelain eut une petite moue qui se voulait de connivence, mais qui n'arrivait pas à masquer sa répugnance à devoir traiter avec un rustre doublé d'un insolent. Le Goff, lui, n'avait cure de la susceptibilité du chapelain ; il le méprisait, comme chacun au village. Mais si leurs intérêts respectifs devaient se rejoindre... Les voies du Seigneur étaient bel et bien impénétrables.

— Et maintenant ? demanda Simon.

— Compte tenu de la manière dont ils ont expédié la cérémonie au milieu de la nuit, je doute que la comtesse tienne à rendre publique la séquestration du chevalier.

— Et tu comptes sur moi pour compenser sa discrétion. Pourquoi ?

Le frère Otton prit le temps de réfléchir à la question qui lui était posée.

— Très honnêtement, je n'en sais encore rien.

— Tu es un bien curieux bonhomme, ricana le forgeron. Tu exiges des réponses, mais tu refuses d'en donner. Tu crois vraiment que ça peut marcher comme ça avec moi ?

— Je ne refuse pas de te répondre, Simon. Je t'ai fait la seule réponse qui me soit possible. Vois-tu, je suis au service du Seigneur ; c'est lui qui me dicte comment agir et quand. En revanche, il ne me dit pas toujours pourquoi. Moi, j'obéis. Lui sait !

— Je vois, murmura le forgeron en songeant qu'en définitive le franciscain était peut-être un tantinet fou.

— J'aurai besoin de toi à l'avenir, déclara Otton. Je veux savoir si je puis compter sur ton dévouement et ta discrétion.

— Ça dépend pour quoi, répondit le forgeron.

L'autre eut un geste d'irritation.

— Je n'en ai pas encore la moindre idée. Mais c'est sans importance. Est-ce que je peux compter sur toi ?

— Ouais, ouais, fit l'autre. Tu peux compter sur moi.

— Ah ! Autre chose. Que penses-tu de ce meneur de loups, celui que nous a amené la caravane des forains ?

Décontenancé, le forgeron eut un geste vague.

— Moi, les histoires de jongleurs, c'est pas mon truc. Cela dit, il ne fait de mal à personne et les gosses semblent s'amuser en sa compagnie.

— Je ne l'aime pas.

— Pourquoi ?

Le chapelain eut un nouveau geste irrité.

— Pourquoi ? Pourquoi ? Je te l'ai dit, c'est Dieu qui guide mes actions, mes goûts et mes dégoûts. S'il me dicte de ne pas aimer cet étranger, je ne l'aime pas. C'est aussi simple que ça.

Le forgeron secoua la tête. Les quelques doutes qu'il lui restait venaient de se dissiper. Cet Otton de malheur était cinglé.

— Bien, dit-il. Et alors ?

— Les gens sont heureux pour l'instant. Ils s'apprêtent à célébrer Noël, en songeant déjà à cette fête licencieuse de carnaval, que l'Eglise aurait dû interdire depuis longtemps [1]. Ils n'ont aucun mal à écouter les prescriptions des comtes de Saint-Martin, répétées benoîtement par la comtesse Isabelle, une écervelée. Ils font bon accueil à l'étranger et à son loup, sans voir ce qui devrait leur sauter aux yeux. Ce Wulff est un suppôt de Satan. Il charme les enfants pour mieux les envoûter. N'as-tu pas remarqué qu'une fois la nuit tombée il se rend dans la forêt, et que là il reprend sa forme initiale, celle d'un loup à taille humaine ?

— Ben, non, admit le forgeron, incrédule.

— Mais si, voyons, mon brave Simon, tu l'as remarqué et tu en as été tellement choqué que tu vas en parler autour de toi. Il est possible que dans un premier temps les gens te rient au nez. Ils ont l'esprit à la fête. Mais... le carême dure depuis longtemps et les corps fatiguent. Maintenant, Bohémond est frappé de la lèpre, le comte Geoffroy, dont le retour est annoncé depuis plusieurs semaines, n'arrive pas... N'as-tu pas constaté que depuis la venue en ville de ce meneur de loups tout se délite dans notre village ?

Le forgeron se gratta le sommet du crâne un instant, puis, dans un ricanement, déclara :

---

1. Il faudra attendre près de trois siècles pour que l'Eglise interdise purement et simplement les débordements de ces fêtes qui avaient perdu leur utilité dès lors qu'elles avaient rempli leur fonction : faire oublier les fêtes païennes d'antan.

— Mon cher Otton, j'avoue que je ne l'avais pas remarqué, mais maintenant que tu le dis... Il est évident que seul Dieu peut t'avoir gratifié d'un tel don de clairvoyance.

— Ce n'est pas tout, Simon. La comtesse est venue en personne au village pour écouter ce Wulff. Depuis, elle ne tarit plus d'éloges à son sujet, à tel point que son frère, ce cher Caribert, est lui-même tombé sous le charme. Sous le charme, tu entends... ? C'est donc bien qu'il y a envoûtement, et donc... satanerie !

— Oh là ! le coupa le forgeron. Je veux bien propager la nouvelle de la séquestration de Bohémond, je veux encore bien évoquer les sabbats nocturnes de ce Wulff, mais de là à dénigrer la comtesse...

— Qui te dit de la dénigrer ? Tout ce que veut le Seigneur, c'est que nous aidions ses brebis à ouvrir les yeux. Tu ne diras pas de mal de la comtesse. Au contraire. Tu pourrais même parler de la bonté d'âme de cette jeune et belle personne, dont la miséricorde s'étend jusqu'aux créatures les plus suspectes aux yeux du Seigneur.

— En somme, tu veux que je la perde en lui tressant des louanges.

— Je vois que je ne m'étais pas trompé à ton sujet, Simon. Tu es un garçon subtil et intelligent.

— Epargne-moi tes flatteries, le moine, et dis-moi pourquoi tu veux perdre notre jeune comtesse, sinon tu te débrouilleras sans moi. Tu vois, à moi, elle me plaît bien, cette belle personne miséricordieuse.

Le visage du franciscain se ferma. Il resta un long moment impavide. En définitive, il poussa un soupir et son visage se détendit. Le Seigneur lui avait soufflé la réponse qui conviendrait au forgeron.

— Il y a beaucoup d'or à gagner à la déchéance de la comtesse, Simon.

— Ah ! Voilà enfin des paroles que je suis en mesure d'apprécier à leur juste valeur, mon cher Otton !

Le forgeron ne demanda pas au franciscain de préciser sa pensée. Il y avait peu de chances qu'il en obtienne une réponse. Otton vivait au château, il connaissait la place de l'intérieur et, il avait beau dire, le service du Seigneur n'était pas le premier de ses soucis.

Contrairement à son habitude, Simon Le Goff quitta la forge au beau milieu de la matinée. Il se dirigea vers le parvis de l'église, où devait se dérouler une représentation du Mystère de la naissance du Christ. Il repéra des hommes avec lesquels il avait pour habitude de jouer aux dés chez Lothaire Amos. Il s'approcha de Raymond, le boulanger, et après les salutations d'usage lui dit, avec un soupir :

— Quelle tristesse, ce qui vient d'arriver à ce brave Bohémond, pas vrai ? On ne pourra plus lui faire suer son argent aux dés.

— Qu'est-ce que tu veux dire, Le Goff ?

— Quoi ? Vous ne savez pas ? Mais le chevalier Bohémond a rapporté la lèpre d'outre-mer !

— Qu'est-ce que tu racontes là ? demanda Martin, le marchand de drap.

— Figure-toi que, cette nuit, ils ont procédé, dans la chapelle du château, à une cérémonie de séquestration dont le meilleur ami de notre jeune comte a fait les frais. Dorénavant, ce n'est plus l'épée au côté que tu le verras courir les bois, c'est en agitant sa crécelle !

— Mince, dit Raymond en faisant signe à Lothaire Amos d'approcher.

— T'as entendu, l'ami ? Bohémond a rapporté la lèpre de Terre sainte.

L'aubergiste se gratta le menton.

— Dommage, c'était un bon client, qui ne regardait pas à la dépense. Et puis un brave gars aussi.

— Pourquoi la comtesse a-t-elle tenu à nous cacher ça ? demanda perfidement le forgeron. Dites, les gars, ça serait quand même pas parce qu'elle sait que si son mari ne rentre pas, c'est que lui aussi… ?

Il laissa sa phrase en suspens. Martin, le drapier, secoua la tête. Une ride profonde creusait son front.

— Ben, faut reconnaître que ça ne serait pas impossible, fit-il entre ses dents.

Le forgeron tendit la main en direction du meneur de loups, assis sur une borne de la place, au milieu d'une multitude de gamins.

— Vous avez remarqué que depuis que ce type se balade avec son loup dans le village il n'arrive plus que des malheurs ? Je serais pas surpris si on apprenait qu'il a emprunté le même chemin que la troupe du comte.

— Et alors ?

— Et alors ? Et s'il avait empoisonné les puits d'eau où nos chevaliers se sont abreuvés, hein ? Vous savez bien que les juifs ne se gênent pas pour le faire.

— Si c'était le cas, Bohémond ne serait pas le seul à avoir attrapé la lèpre, observa Raymond.

— Qui dit qu'il sera le dernier ? Pour l'instant, il est le premier ou… le deuxième. Moi, je dis que le premier, c'est peut-être bien notre jeune comte. Dieu l'ait en sa sainte protection. Décidément, notre comtesse est bien bonne, mais s'il faut compter sur elle pour protéger le village, on a du souci à se faire, non ?

— Là, tu y vas fort, lâcha Amos.

— Ouais, n'empêche que depuis qu'elle est là, le vieux comte Garin, qui était solide comme un roc, est mort, dame

Agnès a perdu la tête et jusqu'aux paraiges de Metz, qui n'ont pourtant pas hésité à exiler leur évêque, qui mangent dans la main de ce dominicain, Caribert… qui se trouve être le frère de la comtesse. Vous savez que je n'aime pas le chapelain du château, mais il n'a pas tort quand il prétend que le diable se cache souvent dans le sourire d'une jolie femme. Croyez-moi, je sais de quoi je parle.

Le forgeron sursauta en sentant un contact humide et froid sur sa main. Il fit un bond de côté en découvrant qu'il s'agissait du museau du loup.

— N'ayez pas peur, dit Wulff. Il est inoffensif… enfin, aussi longtemps que je n'en décide pas autrement.

Simon Le Goff demeura interdit. Il n'y avait pas un instant, le meneur de loups était perdu au milieu de la foule, à au moins dix mètres d'eux, et voilà qu'il surgissait dans son dos. Le forgeron n'eut pas le temps de réagir à la remarque de l'étranger, car celui-ci s'éloignait déjà, suivi par son animal de malheur.

— Qu'est-ce que je vous disais ? Cet homme est diabolique. Il se déplace… je sais pas comment, mais pas à la manière d'un chrétien.

Le boulanger hocha la tête.

— Je l'avais dit à ma femme, j'aime pas trop voir les gosses traîner en sa compagnie. Un loup a beau être doux comme un agneau, il n'en demeure pas moins un loup, et son instinct peut toujours se réveiller.

La nouvelle de la maladie du chevalier Bohémond se répandit comme une traînée de poudre dans le village. Le récit propagé par le forgeron et répercuté par les uns et les autres passionnait plus que les ballades et tensons des ménestrels, les lais des troubadours ou les facéties des singes des jongleurs. Quand les villageois regagnèrent leurs chaumières après avoir assisté à un beau mystère, ils étaient d'humeur maussade et certains commençaient déjà à poser sur Wulff et son compagnon un regard qui n'avait plus rien de bienveillant.

18

Le bonheur des uns

Recroquevillé dans le fond de la caverne, Bohémond songeait qu'il avait fait son devoir. S'il n'en éprouvait aucun réconfort, il n'en avait pas plus de regret. Au lieu de se lamenter sur son sort, il remerciait le ciel d'avoir permis qu'Irène ne fût pas inquiétée. Pour l'heure, il s'efforçait de ne pas tourner ses regards vers l'avenir. A quel avenir pouvait bien aspirer un être contraint de fuir la société des hommes ? Plus d'étreintes avec la femme aimée, plus de beuveries avec des frères d'armes, plus de longues chevauchées au côté de son ami Geoffroy, à la poursuite d'un cerf ou d'un sanglier. Hélas, s'il avait su préserver son secret quelques jours de plus, il aurait pu faire en sorte de mourir dans la lice. Périr de la main d'un ami lui eût été plus doux que ce pourrissement lent et implacable. Mais non, l'ami qui lui aurait ôté la vie, ignorant le soulagement procuré, se serait toujours reproché ce qu'il aurait pris pour sa propre maladresse. Tout était bien ainsi.

Le soleil était haut dans le ciel, en ce second jour de réclusion. Pour autant, il ne parvenait pas à réchauffer la terre sur laquelle s'était abattu un froid si vif qu'il faisait gémir la pierre de la caverne. Bohémond n'était même pas conscient qu'il tremblait de tout son corps sous la morsure du gel. S'il leva la tête, ce fut parce que sa nouvelle demeure se trouva subitement plongée dans une obscurité plus dense encore, comme si un nuage avait entièrement masqué le soleil.

Une ombre se dessinait dans l'étroite ouverture de la caverne.

— Passe ton chemin, manant, gronda-t-il. Il n'y a rien à voir ici.

Et il agita sa cliquette.

— Garde ça pour les autres, lança la voix moqueuse de Margot, et approche-toi, Bohémond. Ici, au moins, il y a de la lumière.

Décontenancé, le chevalier obéit sans même poser de questions. Avec les rayons du soleil qui l'éclairaient par-derrière, la chevelure de la rouquine donnait l'impression d'une couronne de flammes autour de son visage.

— Que tu es belle, Margot, ne put-il se retenir d'observer. Tu l'es plus encore qu'avant notre départ.

Il n'y avait rien d'ambigu dans le ton du chevalier et la jeune femme ne s'y trompa pas.

— Merci, dit-elle avec une douce mélancolie. Grâce à Geoffroy, j'ai eu, depuis votre départ, une vie comme je n'en avais pas connu depuis que je suis née. Il faut croire que ça a joué en ma faveur.

Elle contempla le reclus des pieds à la tête.

— Toi, par contre, on ne peut pas dire que ta nouvelle vêture te rende plus séduisant.

Bohémond rabattit sa capuche sur ses yeux.

— Tu ne devrais pas être ici, Margot. Tu le sais bien.

— Je suis guérisseuse, le coupa-t-elle. Si je ne visitais que les bien portants, mon don et mes connaissances ne me seraient pas d'une grande utilité

— Tu as un enfant...

— Qui se porte à merveille, merci, enchaîna-t-elle. Allons, je ne connais peut-être pas mon alphabet, mais je ne suis pas idiote pour autant, Bohémond. Je sais ce que je fais. Je n'ai aucune envie de perdre mon petit Jérôme. D'abord, Geoffroy ne me le pardonnerait pas. Maintenant, fais-moi plaisir et retire cette robe noire qui ne te sied pas du tout.

— Tu es folle. Si...

— Bohémond, j'ai froid, alors je t'en prie, ne me fais pas perdre mon temps. J'ai hâte de retrouver la bonne chaleur de mon foyer, où m'attend Jérôme. Allons, obéis vite ! Qui serait assez stupide pour s'aventurer jusqu'ici ? Dégage ta poitrine, je veux voir ta peau.

Il y avait une telle autorité dans la voix de la jeune femme que le chevalier fit passer sa robe noire par-dessus sa tête.

— Bon Dieu, ce qu'il fait froid, dit-il en réalisant qu'il grelottait.

La rouquine haussa les épaules et examina attentivement le torse du reclus.

— Irène t'a bien appliqué l'onguent que je lui ai remis, n'est-ce pas ?

— Trois fois par jour, jusqu'à la veille de ma réclusion.

— Tu peux te rhabiller, ordonna la guérisseuse. Il ne manquerait plus que tu prennes froid.

Elle fit un pas hors de la caverne et ramassa un paquet sur le sol.

— Ensuite, tu enfileras ça par-dessus ta robe.

Bohémond ne se fit pas prier pour repasser sa robe noire, mais Margot retint sa main quand il voulut rabattre la capuche sur son visage.

— Pas tant que je serai là. J'aime voir le visage des gens à qui je m'adresse. D'autant que tu es plutôt agréable à regarder, ajouta-t-elle en lui administrant une petite claque moqueuse sur la joue.

Le chevalier découvrit avec surprise une peau de loup dans le paquet que lui avait remis la jeune femme.

— Quelqu'un m'a confié ça pour toi. Quelqu'un qui se trouvait dans la forêt, la nuit de ta séquestration, et qui les a vus te conduire ici...

— Hum, fit le chevalier. C'est bien généreux de sa part. Tu le remercieras pour moi.

— Tu le remercieras toi-même dans quelques jours.

— Qu'est-ce que tu veux dire, Margot ?

La rouquine se planta devant le chevalier et lui saisit le visage à deux mains.

— Ecoute, Bohémond, le mal dont tu souffres n'est pas ce que les gens appellent « lèpre ». Ne me demande pas ce que c'est, moi je ne suis pas savante avec les noms des maladies. C'est à peine si je connais ceux des herbes que j'utilise dans mes potions. Mais ce que je puis t'assurer, c'est que dans quelques jours, une semaine, peut-être deux, toutes ces taches auront disparu de ta peau. Tu en conserveras une légère décoloration par endroits, mais rien de plus. Tu pourras, alors, rentrer au château... et pas de nuit, cette fois.

Bohémond écoutait la jeune femme sans savoir s'il rêvait ou s'il était devenu fou.

— Que racontes-tu, Margot ? Tu...

— Je viendrai tous les jours t'apporter une tisane de ma préparation, le coupa une fois encore la guérisseuse, qui sentait vivement la morsure du froid. Tu devras la boire bien chaude et tu auras le droit de faire la grimace, car elle est horriblement amère, mais je ne permettrai pas que tu en laisses une goutte, sinon je te la ferai avaler en te pinçant le nez.

— Tu es sérieuse ? demanda le chevalier, qui n'osait se laisser aller à espérer.

— Tu sais, je n'ai pas changé fondamentalement. J'aime toujours autant rire et faire des farces, même si je n'en ai plus aussi souvent l'occasion. Mais pas avec des sujets de cette gravité. Tu seras guéri pour accueillir les rois[1]. Attends-moi ce soir. Je t'apporterai ta tisane, et n'oublie pas ce que je t'ai dit. Tu boiras mon calice jusqu'à la lie, mon garçon.

Elle s'apprêtait à repartir, mais quelque chose la retint. Elle se mordit la lèvre.

— Bohémond, dit-elle, méfie-toi de ce franciscain.

— Bah ! Je ne le porte pas dans mon cœur, mais dans le fond, ce n'est pas un si mauvais bougre...

— Ne crois pas ça, Bohémond. C'est un être impitoyable. S'il veut te faire avaler quelque remède pour ton mal, ne le prends pas. Tu m'entends ?

— Que veux-tu dire, Margot ? demanda le chevalier, intrigué.

La guérisseuse secoua sa toison de feu.

— Rien de plus que ce que j'ai dit.

— Toi, tu sais quelque chose que j'ignore. Parle !

— N'insiste pas, Bohémond. Je parlerai, mais à Geoffroy.

Sans ajouter un mot, la jeune femme tourna les talons et redescendit prestement le coteau. Bohémond fronça les sourcils. Il n'aimait pas du tout ce qu'il venait d'entendre. Il aurait dû retenir Margot.

Bah ! C'est une tête de mule, se dit-il. Je n'en aurais rien tiré, si elle était décidée à se taire.

Margot s'en retournait le cœur léger vers la chaumière de Scy où Jérôme devait commencer à trouver le temps long. Le petit était obéissant et sa mère ne doutait pas de le trouver sagement occupé à jouer près de l'âtre, mais elle savait qu'il n'aimait pas qu'elle sorte sans lui. En général,

1. Allusion aux Rois mages, fêtés le 6 janvier.

qu'il pleuve ou qu'il neige, elle l'emmenait dans toutes ses tournées, même quand elle allait cueillir des simples, mais, ce matin, elle n'avait pas voulu lui faire courir de risques. Elle se doutait que Bohémond n'avait pas la lèpre, mais tant qu'elle n'avait pas examiné à nouveau sa peau, elle ne pouvait en être tout à fait sûre.

Lorsque Wulff arriva au village, il remarqua que les têtes se retournaient sur son passage, mais il n'y lisait plus aucune bienveillance. Certains enfants gardaient même leurs distances. A l'expression qu'il vit dans leurs yeux, il comprit que les marmots ne faisaient qu'obéir, à contrecœur, aux instructions de leurs parents. Il se dirigea vers l'Arbalète. Là, il s'installa sur un des bancs à l'extérieur de la taverne et demanda à Lothaire Amos de lui apporter un pichet de vin, du pain et du jambon. Les bancs étaient désertés, tant la température avait chuté brutalement. La prédiction faite par Caribert à sa sœur s'était vérifiée, et avec le froid les vendangeurs avaient disparu des vignes, au soulagement des vignerons.

— On ne va pas tarder à voir tomber la neige, observa-t-il.

— Bah, répliqua Amos, ça fera le bonheur des gosses et de belles batailles de boules !

Le meneur de loups secoua la tête sans se départir de sa gravité.

— Le temps se gâte, ajouta-t-il avec un geste circulaire sur le sens duquel l'aubergiste ne se trompa pas.

Lothaire Amos s'assit sur le banc à côté du meneur de loups.

— Des bruits courent qu'il pourrait se gâter encore beaucoup plus. Je vous l'avais dit, les gens d'ici ne sont pas meilleurs que ceux d'ailleurs.

— Tiens donc ! fit Wulff.

— Le jeûne touche à sa fin. Il est temps ! Les hommes ont les nerfs à cran. Et puis, il y a cette succession de malheurs : Bohémond et sa lèpre... le comte, dont le retour était annoncé pour avant Noël et qui ne revient toujours pas...

— Il reste quelques jours avant Noël.

— Ouais, mais pour l'instant les gens constatent surtout qu'il brille par son absence. Ça commence à faire beaucoup...

— Et tout ça depuis que vous êtes arrivé dans le village !

La voix avait tonné dans le dos de Wulff, qui ne prit pas la peine de se retourner. Le loup, en revanche, s'était dressé et découvrait ses crocs au forgeron, qui contourna le banc par l'autre côté.

— C'est ce que disent les gens, ajouta-t-il comme pour nuancer l'agressivité de son ton.

— Et, bien sûr, vous ne partagez pas leur avis, n'est-ce pas ? fit le meneur de loups très sérieusement.

— Moi ? dit Simon en perdant contenance face à l'assurance paisible de l'étranger. Ben, moi, je ne sais pas quoi penser. Normal, non ?

— Il y en a même pour affirmer que, la nuit, vous gagnez la forêt et que là, vous vous transformez en loup, ajouta l'aubergiste avec une pointe d'ironie dans la voix.

Wulff écarquilla les yeux.

— Je croyais que Saint-Martin était un village chrétien. J'ignorais qu'on y entretenait ces superstitions païennes...

— C'est pas des superstitions, répliqua le forgeron, qui essayait de reprendre le contrôle de la situation. C'est des diableries. Le Malin, il prend les apparences qu'il veut.

Le meneur de loups secoua la tête d'un air entendu.

— Demandez au frère Otton, ajouta le forgeron, à qui la décontraction de Wulff faisait perdre ses moyens.

Ce disant, il adressa un signe à ses amis le boulanger, le drapier, le boucher et d'autres, qui observaient la scène à distance.

— Eh, les gars, pas vrai que le frère Otton a parlé de diableries ?

Les hommes se rapprochèrent et Wulff se trouva bientôt entouré par une cacophonie menaçante.

— Vous ne devriez pas rester là, suggéra Amos avec calme.

Wulff secoua la tête.

— Allez faire un tour du côté de l'abbatiale, ajouta l'aubergiste. Le père abbé est un saint homme.

— Je vais suivre votre conseil, dit Wulff. Pour l'instant. Mais sachez que je n'ai pas l'intention de vivre caché.

L'hostilité qui s'était fait jour autour du meneur de loups ne tarda pas à trouver un écho au château. Simon ayant fait rapport au chapelain, celui-ci commenta l'incident au cours de la soirée, alors que les vassaux du comte Geoffroy partageaient un banquet dans la salle commune. Isabelle écouta les commentaires des uns et des autres. Des commentaires qui ne présageaient rien de bon. Elle finit par prendre la parole :

— Mon Dieu. Dire que nous sommes à la veille de célébrer la naissance du Christ...

Elle n'avait pas élevé la voix, pourtant son intervention plongea la salle dans un silence subit. Elle laissa passer un moment qui parut interminable à chacun avant de reprendre la parole :

— Je croyais les seigneurs de Lorraine pieux et charitables. Je m'aperçois que, comme tant d'autres croyances, ce n'est que fable et légende.

Sa voix était empreinte d'une grande tristesse, dépourvue d'agressivité, ce qui eut pour effet de dissiper d'emblée l'hostilité ambiante.

— J'ai entendu ce « démon », dit-elle. Je n'ai pas eu le sentiment que c'était le diable qui s'exprimait par sa bouche.

Le chapelain joignit les mains.

— Dieu nous prenne en pitié, murmura-t-il. « Ils viennent à vous en vêtements de brebis, mais au-dedans ce sont des loups [1] »...

— Frère Otton, intervint dame Agnès, nous savons que vous avez un faible pour saint Matthieu, mais au moins ce meneur de loups, que je n'ai pas encore eu l'occasion d'entendre, ne cherche pas à se faire passer pour une brebis, lui.

Le chapelain demeura interdit. Où la vieille avait-elle trouvé l'audace de s'adresser à lui sur ce ton ? Et en public, qui plus est.

— Avez-vous songé que sous sa fourrure de loup cet homme cachait peut-être un cœur de brebis ? poursuivit-elle.

— Dame Agnès, enchaîna la comtesse, je souhaiterais vous permettre d'entendre cet étranger qui, croyez-moi, est meilleur conteur que bien des ménestrels que nous avons écoutés ces derniers jours.

Dame Agnès tourna un regard lumineux vers sa bru.

— Oh, ma chère Isabelle, dit-elle, il fait trop froid pour que je m'aventure au-dehors. Je ne bougerai pas d'ici tant que les...

— Pourquoi vous aventureriez-vous au-dehors, mère ? l'interrompit la jeune comtesse avec douceur. Nous allons faire venir cet homme à nous. Cela vous donnera l'occasion, messeigneurs, de juger par vous-mêmes de la nature démoniaque de cet étranger, qui a la bonté de distraire les enfants

1. Matthieu, 7, 15.

du village avec des histoires emplies de piété chrétienne... selon moi, et selon l'avis autorisé de mon frère.

Otton fulminait. Ce Wulff était capable d'embobiner tous ces imbéciles. Sans même avoir prononcé le moindre mot, n'avait-il pas déjà réussi à dresser la vieille contre lui ? Se pouvait-il que Dieu l'abandonne de si misérable façon ? Non ! Il en était sûr, Dieu n'abandonnait jamais ses serviteurs.

— Madame la comtesse, annonça au même instant l'intendant du château, un groupe de moines demande l'hospitalité pour la nuit. Ce sont des franciscains.

— Dites-leur de se joindre à nous. Ils partageront notre repas.

Alors que l'intendant avait tourné les talons, la comtesse le rappela :

— François, d'où viennent ces franciscains ?

— Ils viennent de Sion, madame la comtesse.

— De Sion ! s'exclama Isabelle. Dites-leur qu'ils sont doublement les bienvenus.

Elle se tourna vers Béatrice et, battant des mains telle une petite fille, elle ajouta :

— Nous allons avoir des nouvelles du pays. Il y a si longtemps...

Personne ne prêtait plus attention au frère Otton, sinon dame Agnès. Elle fut la seule à voir l'expression réjouie de son confesseur. Il exultait. Une fois encore, Dieu répondait à son appel : parmi les frères qui venaient demander l'hospitalité des Saint-Martin, il s'en trouverait bien un pour l'éclairer sur le passé de cet odieux Caribert.

19

Le malheur des autres

Comme tous les jours depuis le confinement de son mari, Irène quitta le château après none. Elle portait le panier dans lequel elle avait rangé les victuailles qui aideraient Bohémond à ne pas se sentir réduit tout à fait au rang d'animal. Au menu, des pâtés, du jambon et un gravé de menus oiseaux que le cuisinier avait préparé spécialement à l'intention du chevalier.

« Votre mari adore ces petits oiseaux que je fais revenir dans du lard fondu et que je mouille d'un bouillon de viande épaissi de pain rassis émietté, avait-il expliqué à la jeune femme. Et dites-lui bien que je n'ai pas oublié, après avoir filtré le verjus, d'y ajouter de la cannelle et du gingembre. »

Jusqu'à la comtesse, qui lui faisait remettre des pichets de vin pour aider Bohémond à lutter contre l'ennui de la solitude. Irène était émue par la gentillesse que chacun témoignait à son mari.

Tout en se dirigeant vers le coteau de la séquestration, elle se demandait de quoi sa vie serait faite, dorénavant. Combien de temps devrait-elle ainsi parcourir ce trajet du château au vieux chêne ? Elle frissonna, et ce n'était pas à cause du froid. Elle songea que si Caribert lui avait imposé cette tâche, c'était sans doute parce qu'il avait deviné qu'elle savait pour Bohémond, et qu'il avait voulu lui infliger une pénitence, sans pour autant la désigner à la vindicte générale. Voilà qui partait d'un sentiment généreux. Pourtant, Irène se demandait si ce trajet quotidien n'était pas le pire châtiment. Une manière de rappel que sa vie n'était plus désormais qu'un long chemin sans espoir entre un château et un arbre.

Elle approchait du vieux chêne sans sentir, posé sur elle, le regard de Simon Le Goff. Si on lui avait posé la question, Irène aurait bien dû reconnaître qu'elle pensait toujours autant au forgeron : si son amant ne s'était pas montré aussi violent avec elle lors de leur dernier rendez-vous, elle serait déjà retournée vers lui ; au moins, ses journées auraient eu un sens. Par bonheur, elle savait que personne ne lui poserait une telle question. Nul ne pouvait se douter de son écart de conduite. Un sourire ourla ses lèvres – le premier depuis la nuit tragique. Irène venait de songer que, dans quelque temps, Simon verrait bien que Bohémond ne l'avait pas contaminée. Il réaliserait qu'elle ne lui avait pas menti et qu'elle ne lui avait fait courir aucun risque. Alors, ce serait lui qui reviendrait vers elle. Elle le bouderait un peu, pour commencer, par coquetterie, mais pas trop longtemps, et, bientôt, tout rentrerait dans l'ordre. Cette seule pensée lui rendit un peu d'allant.

Le forgeron ne ressentait pas le froid. Pourtant, il y avait plus d'une demi-heure qu'il était installé dans son fourré à surveiller le chêne, où il savait que sa maîtresse ne tarderait pas à venir déposer le panier de son mari. La garce lui manquait. Certes, il lui en avait voulu d'avoir mis sa vie en danger, mais, après une ou deux nuits blanches à ressasser sa colère, il en était venu à se laisser convaincre par les rumeurs qui filtraient du château, selon lesquelles, depuis le retour des croisés, une distance s'était installée entre

Bohémond et sa femme. Irène elle-même s'en était plainte. Elle avait soupçonné son mari d'en aimer une autre. Peut-être même une de ces prostituées qui s'attachaient aux troupes de croisés en route pour la Terre sainte. Une telle éventualité n'aurait surpris personne, tant le goût du chevalier pour les femmes était connu. Bien sûr, depuis qu'il avait révélé son mal, ceux qui hier se gaussaient de l'infortune d'Irène en éprouvaient aujourd'hui des remords et plaignaient l'infortunée jeune femme.

C'était le deuxième jour que Simon observait Irène lorsque celle-ci apportait le viatique de son mari. Il était clair que la proximité du lépreux angoissait la jeune femme, car elle prenait soin de s'assurer que son mari n'était pas à proximité du chêne avant d'aller y déposer sa charge. Ensuite, elle adressait un signe de la main rapide en direction de la caverne et repartait, sans lambiner cette fois. Le forgeron avait remarqué qu'elle ne se risquait pas à emporter le panier vide, une autre évidence de sa peur de la contagion. Allons ! Il avait réagi sous le coup de la peur. Pourquoi se priver plus longtemps de plaisirs dont le manque le rendait fou ?

Simon s'apprêtait à sortir de sa cachette, quand une voix connue apostropha sa maîtresse, qui s'en retournait déjà.

— Tu comptes laisser les paniers s'empiler ici pendant combien de temps ? demanda Margot.

Irène sursauta. Simon Le Goff se figea.

— J'ai peur, murmura la jeune femme. Et si...

— Tu sais, moi, ça fait mes affaires, la coupa Margot, avec malice. Lorsqu'il y en aura une montagne, je louerai une charrette et j'irai vendre tes paniers au marché. Je devrais en tirer un bon prix...

— Personne ne voudra t'acheter des paniers touchés par un lépreux, se défendit l'épouse de Bohémond.

— Ma pauvre Irène, soupira la guérisseuse. Ton mari n'a pas la lèpre... Dans deux semaines, c'est à peine s'il restera trace de son mal sur sa peau.

— Que dis-tu ?

— Tu m'as bien entendue. Je suis allée voir Bohémond, hier. J'ai examiné sa peau, comme je l'avais fait quand vous êtes venus me consulter...

— Tu es certaine de ce que tu avances là ?

Simon Le Goff eut le sentiment que sa maîtresse venait de lui sortir les mots de la bouche.

— Si j'en suis certaine ?

Le visage de la jeune femme aux cheveux de feu était rayonnant. Le forgeron, lui, avait blêmi. S'il était établi que le chevalier n'était pas lépreux, sa séquestration n'aurait plus lieu d'être. Les gens étaient tellement dévots qu'ils ne manqueraient pas de parler de miracle. Pas sûr que ça fasse les affaires d'Otton. Le forgeron s'en moquait, en réalité. En revanche, Bohémond ne tarderait pas à retrouver la liberté d'aller et venir. Et ça, il ne s'en moquait pas, car l'isolement dans lequel il avait été condamné à vivre pour le restant de ses jours n'avait sûrement pas contribué à développer son amour de l'humanité. Par ailleurs, si le froid qui l'assaillait dans sa caverne était vif, il ne devait pas l'être au point d'avoir gelé son esprit. A sa place, le forgeron savait qu'il aurait mis ses journées à profit pour réfléchir. Le chevalier n'était pas homme à tuer les heures à coups de prières. Il en serait, ainsi, venu à la conclusion que le sermon du chapelain avait été orienté délibérément pour l'amener à se trahir. Or, Otton n'avait pu découvrir son secret par lui-même, à moins d'une improbable confession d'Irène. Donc, quelqu'un avait dû le renseigner.

Simon Le Goff n'avait pas besoin de pousser son raisonnement plus avant pour comprendre que l'avenir risquait de se gâter sous peu pour Otton et pour lui. Il devait agir sans perdre de temps.

Margot avait récupéré le panier vide et raccompagnait Irène vers le château. L'esprit du forgeron avait la capacité de fonctionner à plein régime lorsqu'il était soumis à une tension extérieure.

Simon Le Goff attendit que les femmes fussent sorties de son champ de vision. Ensuite, il attendit de ne plus entendre la terre glacée craquer sous leurs pas. Enfin, il attendit que Bohémond descende récupérer son panier.

Le ciel se couvrait et le forgeron commençait à sentir le froid s'insinuer sous son épais manteau de cuir doublé de fourrure de renard, or Bohémond ne se décidait toujours pas à venir chercher ses victuailles. Après avoir poussé un juron, Simon Le Goff sortit de son fourré. Sa décision était prise. Somme toute, ce n'était pas plus mal. Il ramassa le panier et se dirigea vers la caverne. Il s'en trouvait à trois pas quand il entendit le son caractéristique de la cliquette du lépreux. Il se figea.

— Salut, Simon ! lança le chevalier. Tu ne devrais pas te risquer jusqu'ici. N'as-tu pas entendu dire que je suis lépreux ?

Le forgeron hocha la tête.

— Qui ne l'a pas entendu, Bohémond ? Et crois-moi, on en a tous été bien attristés. Raymond déplorait déjà de ne plus pouvoir jouer aux dés avec toi. Seulement, j'ai aussi entendu autre chose, aujourd'hui...

Simon avait beau faire le fanfaron, il n'en menait pas large. Il n'aimait pas s'adresser à une gueule de caverne sombre devant laquelle sa respiration elle-même prenait un aspect fantomatique.

— Tiens donc ? fit Bohémond.

— Ouais, tu n'as pas la lèpre.

Une ombre se dessina dans la pénombre de la roche. Ombre noire sur fond noir. On avait beau ne pas croire au Malin, il y avait là quelque chose de diabolique. C'est en tout cas ce que pensait le forgeron.

— Je t'ai apporté ton panier. Si j'en juge par l'odeur, tu vas te régaler.

Le chevalier, enveloppé dans sa robe noire, sa capuche rabattue sur le visage, s'avança un peu plus et le forgeron commença à se détendre.

— Tu veux partager mon repas ? proposa Bohémond avec ironie.

Le forgeron eut une hésitation qui ne dura que le temps d'un souffle sur ses mains.

— Pourquoi pas ? Je parie que c'est pas tous les jours que j'aurai l'occasion de manger le genre de petits plats que ta femme te fait préparer.

Le chevalier avait ouvert le panier.

— Un gravé de menus oiseaux ? Hum, en effet, tu vas te régaler, Vulcain. Tiens, va me chercher quelques brindilles, on va allumer un feu, histoire de réchauffer tout ça.

20

Un loup au château

Un murmure d'effroi parcourut l'assemblée lorsqu'un loup pénétra dans la salle de banquet. Caribert avait pris place à côté de sa sœur. Elle lui avait dépêché Béatrice à l'aube avec mission d'expliquer à son frère qu'elle comptait sur sa présence au dîner auquel elle avait invité le meneur de loups pour tenter d'apaiser les esprits.

— Tiens, lança le dominicain, voilà mon vieil ami Fenrir !

— Pour vous servir, monseigneur, dit Wulff, qui s'avançait sur les talons de son compagnon.

Caribert vit que l'étranger avait pris soin de troquer sa pelisse élimée contre un long manteau en peau de renard, qui ne manquait pas d'allure. Le bandeau qui recouvrait son œil gauche avait été remplacé par un simple carré de cuir maintenu par une cordelette nouée à l'arrière du crâne. De toute évidence, Wulff avait tenu à soigner sa mise pour répondre à l'invitation de la comtesse, devant laquelle il s'inclina avec beaucoup d'élégance. Le dominicain, que sa sœur avait eu le temps d'informer de l'hostilité croissante des villageois envers l'étranger, était impressionné par la décontraction de ce dernier.

— Savez-vous, Wulff, dit-il, que vous semez la terreur dans ce bon village de Saint-Martin et jusque parmi cette noble assemblée ?

Un nouveau murmure parcourut la salle, mais celui-ci résonnait comme une dénégation aux propos du dominicain. Isabelle songea que l'entrée en matière de son frère était subtile. Ces valeureux chevaliers n'aimaient pas s'entendre traiter de poltrons.

— Croyez bien que j'en suis le premier marri, répondit le meneur de loups. Mon compagnon et moi ne souhaitons rien de plus que distraire les enfants... ainsi que tous ceux qui ont gardé un cœur d'enfant et aiment les belles histoires de loups, ajouta-t-il avec un regard de connivence à la comtesse qui n'échappa pas au dominicain.

— Si votre compagnon est pacifique, lança le chapelain, qui avait pris soin de s'installer parmi les moines venus de Sion, pourquoi lui avoir donné un nom aussi terrible ? Fenrir, n'est-ce pas un monstre, dont une prophétie prétend qu'il détruira la Terre ?

— Sans doute, répondit Wulff, mais c'est une prophétie païenne. Quelle valeur peut-elle donc avoir pour des chrétiens ?

— Mais pourquoi Fenrir ? insista un chevalier venu de Metz. Le chapelain a raison, pourquoi un nom aussi terrible si votre compagnon est pacifique ?

— Justement, messire ! rétorqua Wulff. Mon compagnon est si doux et si pacifique que, si je ne l'avais pas affublé d'un tel nom, le plus petit roquet se serait permis de le narguer.

L'hilarité suscitée par cette réponse fit comprendre à la comtesse que le meneur de loups venait de mettre les rieurs de son côté. Elle décida de pousser plus avant son avantage :

— Wulff, sachez que notre chapelain, le bon frère Otton, qui vous a permis de nous expliquer l'origine du nom de votre compagnon, prétend que vous seriez un envoyé du diable...

Un rire en appelant un autre, le franciscain comprit que son combat contre le mal serait rude, ce soir.

— Mais que me reproche-t-il, au juste ? demanda Wulff avec une candeur qu'Isabelle jugea amusante.

— Il paraît que la nuit vous gagnez la forêt et que là, vous vous transformez en loup pour converser avec votre compagnon.

Wulff pencha légèrement la tête de côté pour examiner le franciscain avec une expression de surprise. Otton sentit son sang se glacer. Ce regard était bien celui du Malin. Il devait trouver le moyen de le confondre, sans quoi ce meneur de loups aurait sa peau ; il en était convaincu.

Seigneur, assiste ton serviteur... supplia-t-il intérieurement.

— Me transformer en loup ? fit Wulff. Hélas ! J'avoue que la compagnie des hommes me fait parfois regretter de n'être pas capable de ce genre de... diableries. Quant à converser avec mon compagnon, cela ferait-il de moi un suppôt de Satan ? Voyons, j'avoue que j'aime passer la nuit dans la forêt, même si par ce froid je préfère la proximité d'un âtre.

— Alors, où passez-vous vos nuits, Wulff ? demanda le frère Otton.

Le meneur de loups écarta les mains et prit les chevaliers à témoin.

— Messires, il y a là des dames. Comprenez qu'il vaut mieux laisser certaines questions sans réponse.

Les hommes rirent sans retenue ; les femmes, elles, cachèrent un sourire faussement offusqué derrière leurs mains. Béatrice observa que son amie était la seule à ne pas avoir apprécié la saillie de son invité.

— Allons, poursuivit Wulff, il est vrai qu'il m'arrive de parler avec mon loup, mais je puis vous assurer que jamais il ne m'a répondu. Du moins, pas ainsi que nous l'entendons, nous, chrétiens. Je veux dire : pas avec des mots.

Se tournant vers les franciscains venus de Sion, Wulff lança :

— Allons, nous avons ici des moines itinérants ! Frères, chacun d'entre vous a sûrement déjà voyagé seul, n'est-ce pas ?

Les franciscains opinèrent.

— Bien. Prétendrez-vous, mes bons moines, qu'après avoir passé plusieurs jours dans la solitude vous n'avez pas éprouvé le besoin de vous adresser à quelqu'un ?

Sans leur laisser le temps de répondre, Wulff enchaîna :

— Oh, je sais, vous allez me rétorquer que vous n'êtes jamais seuls, car vous avez toujours le loisir de vous entretenir avec Dieu. Mais si je vous faisais pareille réponse, vous m'accuseriez de blasphème. Un chrétien désireux de parler à Dieu ne doit-il pas passer par l'un de ses intermédiaires dûment agréés par l'Eglise ?

Les moines opinaient du chef avec bonhomie.

— Eh bien, moi, conclut le meneur de loups, quand je suis seul et que la compagnie humaine me manque, je parle à Fenrir. En vérité, il possède un avantage qui me le fait préférer à la compagnie des hommes... et même de certaines femmes : lui ne me contredit jamais.

Le frère Otton se jura de ne plus ouvrir la bouche aussi longtemps que ce jongleur ferait son numéro. Ce soir, il perdait une bataille, mais il ne perdrait pas la guerre. Dieu n'était-il pas à ses côtés ? En lui ?

— Lorsque j'errais en Italie, du côté de la petite ville de Gubbio, reprit Wulff de son ton de conteur, j'ai eu la chance de rencontrer un homme qui avait connu le fondateur de votre ordre, mes bons moines. Il m'a raconté comment un loup, un loup énorme et sanguinaire, avait fait son apparition dans la campagne environnante, à l'époque où François d'Assise résidait dans leur ville. Ce loup était un véritable monstre que la dévoration des brebis, des veaux et même des chevaux ne suffisait pas à repaître. Encore lui fallait-il de la chair humaine. Les femmes ne laissaient plus sortir leurs enfants ; elles-mêmes refusaient de mettre le nez à l'extérieur. C'en était au point que les hommes devaient aller chercher l'eau au puits. Une véritable expédition, qu'ils n'entreprenaient d'ailleurs qu'en bande et armés jusqu'aux dents...

Un grand rire confirma le frère Otton dans sa conviction qu'il ne servirait à rien de chercher à démontrer l'imposture de ce sorcier.

De son côté, Caribert observait avec amusement le meneur de loups, qui racontait son histoire en déambulant avec une nonchalance presque insolente dans la salle de banquet. Le dominicain nota qu'à chaque fois qu'il passait devant un chevalier Wulff le regardait droit dans les yeux. Il devait trouver drôle de voir que ces preux avaient, en l'écoutant, le même regard émerveillé que celui des enfants des rues. Otton, lui, demeurait coi. Satisfait, Caribert se tourna vers sa sœur pour lui en faire la remarque, mais pas un son ne franchit ses lèvres. Isabelle était, elle aussi, sous le charme de Wulff, mais son frère eut l'impression que les qualités de conteur du meneur de loups n'en étaient pas la seule cause.

— Vous en conviendrez, nobles chevaliers, une telle situation ne pouvait pas durer, poursuivait Wulff. Le frère François, que sa sainteté Grégoire IX n'avait pas encore canonisé [1], prit ces braves gens en pitié, comme je suis sûr que votre chapelain l'eût fait s'il avait été à sa place.

Isabelle pouffa derrière sa main.

1. François d'Assise fut canonisé en 1228.

— Donc, le frère François décida de marcher sus au monstre. Chacun s'employait à l'en dissuader, mais un saint, même s'il n'est pas encore canonisé, est un homme entêté – s'il ne l'était pas, il céderait aux multiples tentations dont le Malin s'emploie à parsemer son chemin et il n'aurait jamais l'occasion d'être canonisé...

Wulff se frappa le front.

— Pardonnez mes digressions, nobles gens, mon esprit est prompt à s'égarer. Donc, François marcha sus au monstre. Celui-ci se précipita droit sur l'audacieux, tous crocs dehors. Que fit alors le frère François ? demanda-t-il en s'arrêtant devant le chapelain, qui demeura muet.

Avec un froncement de sourcils, le conteur se tourna vers Isabelle. Il secoua la tête, comme pour marquer sa surprise de n'obtenir aucune réponse à une question aussi simple.

— Voyons, frère Otton, insista Wulff, qu'eussiez-vous fait à sa place ?

Le chapelain ne daigna toujours pas répondre.

Wulff poussa un soupir sonore et se dirigea vers la comtesse.

— Bonne dame, peut-être avez-vous un saint à votre table, car le frère Otton paraît aussi entêté que le bon saint François.

Le meneur de loups et Isabelle échangèrent un regard non dépourvu de complicité. Caribert vit sa sœur rougir ; il reporta son attention sur Wulff et fut surpris de constater que dans ses yeux l'émotion avait remplacé le rire. L'effet fut si fugace que le dominicain se demanda s'il n'avait pas rêvé. Wulff s'était déjà retourné vers le centre de la salle et il traça dans l'air un signe de croix.

— François fit le signe de la croix, voyons, dit-il à peine son geste achevé. Aussitôt, le loup se figea. Le saint homme lui demanda alors pourquoi il terrorisait ainsi son monde.

Wulff s'approcha de son vieux loup, qui à son arrivée était allé se coucher aux pieds du chapelain, et s'adressa à lui comme saint François avait dû s'adresser au monstre de

Gubbio. Le loup se redressa et bâilla, ce qui déclencha l'hilarité.

— Je vois, fit le meneur de loups, avec une expression dépitée. Eh bien, le loup de Gubbio, lui, s'efforçait d'impressionner le frère François, mais le signe de croix tracé dans l'air par le saint avait dressé entre eux un mur plus infranchissable que l'enceinte la plus solidement fortifiée. Sans se départir de son calme, François expliqua au loup qu'il avait commis trop de méfaits et que les hommes ne pouvaient pas lui pardonner d'avoir tué des créatures faites à l'image de Dieu.

Wulff regarda autour de lui. Tous les yeux suivaient ses moindres gestes, toutes les oreilles ses moindres mots. Il prit un air navré.

— Je vois que je vous lasse, nobles gens…

Il ne tint pas compte du murmure de dénégation qui parcourut l'assemblée.

— Je vais donc abréger mon histoire.

Nouveau murmure. De désolation, celui-ci.

— Après avoir sermonné le loup, François lui expliqua qu'en dépit des ravages qu'il avait causés Dieu était disposé à lui accorder son pardon si, de son côté, il s'engageait à ne plus lui déplaire.

Le loup se leva et vint se placer à côté de son maître.

— Eh bien, oui, messires et gentes dames, le monstre promit et tint sa promesse.

Wulff s'était mis à parcourir la salle dans un sens puis dans l'autre, tout en poursuivant son récit. Fenrir ne le quittait plus d'un pas.

— Les habitants de Gubbio se trouvèrent soulagés et purent retourner à leurs activités en toute tranquillité… les femmes, elles, en éprouvèrent quelque regret, car il leur fallut à nouveau puiser l'eau et la rapporter au logis. Quant à François, il avait hérité d'un compagnon plus doux qu'un agneau. En effet, à dater de ce jour, il eut beau faire, le loup s'attacha à ses pas, où qu'il décidât d'aller.

Wulff s'arrêta et tendit la main vers son compagnon, qui vint la lui lécher. Le conteur prit un air piteux et fut salué par un tonnerre d'applaudissements. Il attendit, tête baissée, que le silence fût revenu.

— Tout cela pour expliquer à cette noble assemblée, reprit-il, que saint François lui-même parlait avec les loups, et qu'à en croire Sa Sainteté Grégoire IX il n'en était pas pour autant un suppôt de Satan.

La jeune comtesse se leva.

— Je te remercie, Wulff, pour ce récit aussi distrayant qu'édifiant. En tout cas, en ce qui me concerne, tu m'as entièrement convaincue. Je suis sûre que mon frère lui-même, qui a pourtant la charge de traquer l'hérésie, ne trouvera rien à redire à ton récit, pas plus qu'à ton comportement depuis ton arrivée dans notre région.

Caribert opina d'un mouvement de la tête.

— En conséquence, continua la comtesse, je t'accorde le droit d'aller et venir sur mes terres à ta guise, sans que nul puisse entraver ta liberté ou porter la main sur ta personne en aucune manière que ce soit. Qu'on se le tienne pour dit et que ma décision soit rendue publique.

Le meneur de loups s'inclina devant la jeune femme.

— Et maintenant, sache que tu m'as mise en appétit. Joins-toi à nous pour partager ce repas. Viens donc t'asseoir à côté de moi. Qu'on lui fasse de la place.

La soirée s'acheva dans la bonne humeur. Seul le frère Otton enrageait. Sa fureur ne dura que le temps d'une nuit. Les moines franciscains de Sion lui avaient annoncé leur intention de repartir dès l'aube. Le chapelain s'était proposé pour leur faire un brin de conduite. Le moment venu, il prit soin de marcher de concert avec le moine le plus âgé.

— Frère Marcel, dit-il quand ils eurent quitté le château. J'imagine que vous avez dû être ravi de revoir Isabelle de Sion...

— Je ne puis dire que je l'ai connue. Elle était toute petite quand elle a quitté Sion, dit le vieux franciscain.

— N'est-il pas merveilleux de constater qu'elle n'ait pas été perturbée outre mesure par le malheur qui a secoué son enfance ? demanda perfidement le chapelain.

— Je ne vois pas de quoi vous voulez parler, répondit sèchement le moine.

Le chapelain jubilait intérieurement. La réaction du frère Marcel avait été si vive qu'on y trouvait la confirmation qu'il savait, sans le moindre doute, à quel malheur son compagnon faisait allusion.

— Allons, vous savez bien, frère Marcel, insista Otton. Je parle du crime odieux commis par son frère. Le dominicain Caribert.

— Caribert ? Son frère ? Vous êtes fort mal renseigné, frère Otton. Isabelle de Sion est enfant unique. Caribert ne peut pas être son frère...

— Frère Marcel, pourriez-vous m'en apprendre plus sur ce malheur qui...

— Frère Otton, le coupa le vieux moine, laissez le passé dormir tranquillement. Le plus important n'est-il pas que la comtesse Isabelle soit heureuse et épanouie ? Je vous avouerai qu'elle m'a fait une très agréable impression. Je me suis bien gardé d'évoquer le passé avec elle. Je n'ai aucune envie de le faire avec vous. J'en ai déjà trop dit.

— Je comprends, mon frère, je comprends, fit le chapelain sans insister.

Il en savait cependant plus qu'il ne l'avait espéré. Ainsi, Dieu continuait à le guider...

21

Intermède

Lorsqu'il regagna le château, le frère Otton était d'excellente humeur. Il remarqua une vive animation dans la salle commune. Les chevaliers chantaient et paraissaient célébrer un événement heureux.

— Serait-ce Noël que vous fêtez ainsi ? demanda-t-il avec une bonhomie qui le surprit lui-même.

— Non, chapelain, lui lança un chevalier venu participer au tournoi. Il est encore trop tôt. En réalité, nous nous réjouissons du retour du comte Geoffroy.

Le franciscain blêmit.

— Le comte est revenu ? demanda-t-il.

— Pas encore, mais cela ne saurait tarder. Les frères de Sion, qui sont repartis ce matin, en ont informé la comtesse.

— Mais comment se fait-il qu'ils ne m'en aient rien dit ? Et comment ont-ils pu en être informés ?

— Frère Otton, intervint la comtesse sur un ton dépourvu d'aménité, le frère Marcel, membre de votre ordre, a quitté Tours en compagnie de mon mari. Celui-ci serait déjà parmi nous s'il n'avait fait halte à l'invitation de son allié, le comte de Bar.

Le visage du franciscain s'éclaira.

— Voilà une nouvelle qui embellit notre journée, annonça-t-il en se frottant les mains. Madame la comtesse, croyez que rien ne saurait me rendre plus heureux.

Isabelle regarda le chapelain s'éloigner d'un pas allègre. Il paraissait aussi ravi qu'il le prétendait. Elle en fut surprise.

— Quel curieux personnage, dit-elle à Béatrice. Je ne l'ai jamais vu d'aussi bonne humeur, pourtant le retour de mon mari ne devrait pas le réjouir. Geoffroy ne l'a jamais porté dans son cœur. Or, j'ai le sentiment que dame Agnès commence elle-même à prendre ses distances avec son protégé.

— Peut-être est-il las de notre compagnie et aspire-t-il à découvrir d'autres cieux, ironisa la gouvernante.

Après avoir quitté la comtesse, le chapelain se rendit chez dame Agnès.

— Allons, comment allez-vous, ce matin, mon enfant ? demanda-t-il.

— Je me sens reposée, dit la vieille dame. Je crois que mon corps est plus dispos depuis que vous ne brisez plus mon dos à coups de fouet.

— Sans doute, mais qu'en est-il de votre âme ? fit le franciscain, cauteleux. Vous savez que je n'ai jamais eu d'autre préoccupation que son salut.

La vieille dame se contenta de secouer la tête.

— Dites-moi, reprit le frère Otton, le contact de la sainte Croix a-t-il contribué à réchauffer votre cœur, comme nous l'avions espéré ?

Dame Agnès considéra longuement le chapelain, comme si elle cherchait à déterminer s'il était sérieux ou s'il se gaussait.

— Je l'ignore, frère Otton, finit-elle par articuler d'une voix lasse. En revanche, je crois que mon âme est comme mon corps ; elle va mieux. Figurez-vous que je suis allée faire la paix avec Gautier avant de venir assister à cette triste messe, qui a vu notre cher Bohémond…

Elle agita la main, comme si ce geste devait lui permettre de chasser l'évocation d'un fait qui l'attristait.

— Bien, enchaîna le frère Otton. Voilà qui est de bon augure. Vous voyez que mes conseils ne sont pas aussi vains que d'aucuns le prétendent.

Agnès soupira.

— Frère Otton, dit-elle, j'ai toujours eu beaucoup d'affection pour vous, vous le savez, mais j'en viens à croire que vous manquez totalement de compassion. Vous paraissiez tellement réjoui à la perspective de confiner un malheureux qui souffre d'un mal si terrible…

— Réjoui ? fit Otton, décontenancé. En aucun cas. J'avais beaucoup d'estime, et même de sympathie pour ce jeune chevalier. Si j'ai pu vous paraître satisfait, dame Agnès, c'était uniquement de faire mon devoir, sans plus. Car mon devoir n'est rien d'autre que le service du Seigneur.

La vieille dame secoua la tête.

— Et tous ces coups que vous m'avez infligés pendant de longues années, étaient-ils bien nécessaires ?

Le franciscain sentit une sueur glacée lui courir le long de l'échine. Son unique soutien n'allait quand même pas lui faire défaut au moment précis où il en avait le plus grand besoin ?

— Dame Agnès, dit-il, j'ai bien conscience d'avoir été exigeant – à votre demande, je le rappelle, et puis, je suis toujours plus exigeant avec les êtres qui me sont chers. Mais sachez que je n'ai jamais eu qu'un seul souci : le service du Seigneur – et je n'en aurai jamais d'autre. C'est Dieu qui me dicte ce qu'il convient de faire. Ainsi, n'avez-vous pas fait la paix avec Gautier, que vous détestiez depuis le premier jour ? Ne voyez-vous pas que cette démarche indique un réchauffement de votre cœur ?

— Je ne sais pas, frère Otton. Je ne sais pas. Pour être honnête, je dois dire que si je me suis tournée vers Gautier, ce fut en pensant à moi plus qu'à lui. Je suis allée le prier d'intercéder auprès du Seigneur pour que celui-ci m'aide à accueillir mon fils avec amour.

Le chapelain s'approcha de la vieille dame et posa sur son épaule une main qu'il voulait affectueuse.

— Si vous saviez comme vous me rendez heureux, dame Agnès. Même si le monde entier devait me tourner le dos... même si vous deviez me tourner le dos, je n'en serais pas moins un homme comblé. Vous avez prié Dieu de vous aider à accueillir votre fils. Quel merveilleux acte d'amour ! Ne voyez-vous pas... ne sentez-vous pas que votre cœur s'est libéré de l'étau de glace qui l'étreignait ? Je ne fais que reprendre vos propres mots, mon enfant.

— C'est drôle, frère Otton, c'est comme si ma prière avait eu pour effet de réchauffer également votre cœur.

Le chapelain baissa la tête.

— Peut-être avez-vous raison, dame Agnès, mais... se pourrait-il que votre cœur, maintenant qu'il s'est réchauffé, vous permette de me voir sous un jour différent ? Plus conforme à une réalité dépouillée des préjugés d'autrui ?

— Peut-être... Je vous demande pardon, frère Otton, si je me suis montrée injuste envers vous.

— Allons, mon enfant, je suis à votre service et, je le répète, je n'ai d'autre souci que le salut de votre âme. Je n'aspire nullement à la reconnaissance.

Le franciscain prit congé, rassuré. Il allait franchir le seuil de la chambre de sa protectrice quand celle-ci le rappela :

— Frère Otton, pouvez-vous me jurer que vous n'avez jamais pris plaisir à ces séances de flagellation ?

La nuit avait été glaciale, mais le soleil commençait à se lever à l'horizon. Le loup courait devant Wulff, la truffe au vent. Soudain, il se figea. Son compagnon tendit l'oreille, puis imita le hurlement du loup à trois reprises. Il laissa passer un temps et lança deux nouveaux hurlements. Aussitôt, un groupe d'individus vêtus eux aussi de peaux de loup surgit des bosquets et l'entoura. Parmi ces hommes aux mines patibulaires se trouvait une femme. Wulff s'avança vers elle.

— Bohémond n'est pas lépreux, déclara Margot.

Le meneur de loups ne trahit aucune émotion.

— Les franciscains ont parlé à Otton, ce matin, annonça un homme. J'étais dans le fossé, près du château – un vrai coup de chance. Ils ne m'ont pas vu. Le plus vieux a confié au chapelain qu'Isabelle de Sion n'avait pas de frère.

— Pardon ? demanda Wulff, qui perdit son habituelle impassibilité.

— C'est ce qu'il a déclaré. Aussi vrai que je suis là. Un drame aurait frappé la famille, il y a longtemps de ça. La comtesse Isabelle n'en conserve apparemment aucun souvenir, car elle était trop jeune à l'époque. Le moine n'a pas voulu en dire plus, au grand dam du chapelain.

Un autre homme-loup intervint à son tour :

— Les franciscains ont annoncé l'arrivée imminente du comte Geoffroy. Ils ont dit à la comtesse avoir voyagé en sa compagnie depuis Tours jusque chez le comte de Bar, où il a fait halte.

— Je vois.

Wulff se gratta la barbe.

— Les villageois commencent à gronder contre Fenrir et moi, dit-il. Bientôt, ils ne se contenteront plus de nous lancer des regards noirs. Mais j'ai encore besoin d'un peu de temps.

— Ne sais-tu pas tout ce qu'il te faut pour agir ? demanda Margot.

— Non, fit le meneur de loups, rêveur. A vrai dire, je découvre que j'en sais moins que jamais.

— Le tournoi débutera le jour de Noël, Wulff, dit un homme-loup. Il durera trois jours.

— Vous croyez que je l'ignore ? Je vous ai dit que j'ai encore besoin de temps.

Les autres demeurèrent silencieux.

— Allons, dit-il avec la détermination d'un homme qui vient de prendre une décision, ne vous en faites pas, mes amis. Nous agirons au troisième jour du tournoi. Je vous le promets. Et, ce jour-là, nous entrerons au château par la grande porte.

Puis il se tourna vers la femme aux cheveux de feu.

— Quant à toi, Margoton, veille sur Bohémond. Il serait capable de commettre une bêtise, maintenant qu'il sait qu'il n'est pas lépreux.

Le groupe se sépara sans remarquer un manant affalé au bord du chemin à une trentaine de mètres de là. D'où il était, l'homme n'avait pu entendre ce que se disaient les hommes-loups. En revanche, il les avait vus, aussi clairement qu'un ivrogne pouvait les voir.

22

Un meurtre

Simon Le Goff avait passé la majeure partie de sa matinée à l'Arbalète. Il guettait le chapelain. Quand Otton voulait le trouver, il lui suffisait de se présenter à la forge, rien de plus simple. Mais si lui désirait s'entretenir avec le chapelain, il n'avait d'autre choix que d'attendre. Cette situation l'exaspérait. Il n'avait aucune envie de se rendre au château.

— T'as pas l'air bien, lui lança Amos en déposant un nouveau pichet de vin devant le forgeron.

— Bah ! Le jeûne ne m'a jamais réussi, dit le forgeron. Et puis, je ne serais pas surpris si ce fils de Satan m'avait lancé un sort. Je me sens tout drôle depuis qu'il traîne dans le coin.

— Tu veux parler du meneur de loups ? Tu n'as pas entendu le héraut du château ? Il est sous la protection de la comtesse, désormais. Celui qui portera la main sur lui…

— J'ai des oreilles, Amos, grogna le forgeron. N'empêche que…

Il n'eut pas l'occasion d'achever sa phrase. Un homme poussa la porte de la taverne et s'affaissa sur un banc.

— Sers-moi à boire, Amos ! lança-t-il, à bout de souffle.

— Tu m'as l'air d'avoir déjà bu plus que ton saoul, Grégoire, et puis, je t'ai prévenu, je ne régale plus. Tu auras à boire quand tu m'auras payé ce que tu me dois.

— Ecoute, Amos, si tu me sers, je te raconterai ce que j'ai vu dans le bois, ce matin.

L'aubergiste leva les yeux au ciel.

— Les histoires d'ivrogne ont cessé de m'intéresser depuis que le vieux Léon a prétendu avoir vu la relique de saint Martin trinquer avec le père abbé au pied de l'autel de l'abbatiale...

— Je suis saoul, c'est vrai, mais pas à ce point-là, Amos. Moi, ce que j'ai vu, ça concerne pas un saint. Plutôt un démon.

Le Goff fronça les sourcils en poussant son pichet vers l'aubergiste.

— Sers-lui à boire, dit-il. J'aime ça, moi, les histoires de diables.

Amos haussa les épaules et remplit un gobelet qu'il alla déposer devant l'ivrogne d'un geste si brusque que du vin se répandit sur la table. Grégoire l'essuya d'un doigt qu'il porta à ses lèvres avec délectation.

— Faut pas gâcher, déclara-t-il, sentencieux.

Puis il prit son verre et alla s'installer à côté de son bienfaiteur, qu'il remercia d'une tape sur le bras.

— Je vais te raconter, Simon, dit-il, parce que t'es mon ami, mais lui, là... Amos, il saura rien. Rien !

— Vas-y, Grégoire, je t'écoute, et veille à m'en donner pour mon argent.

— Attends, Simon, tu vas voir. Cette nuit, j'ai un peu forcé sur la bouteille, à tel point qu'en rentrant chez moi je me suis écroulé dans l'herbe. Je me souviens de rien, sinon que la rosée du matin elle-même n'a pas réussi à me réveiller. T'imagines. J'aurais pu crever gelé... Quand j'ai ouvert les yeux, j'ai bien cru que j'étais en enfer. A dix mètres de moi, une centaine de loups, debout sur leurs pattes de derrière comme des hommes, faisaient des mines, qui n'avaient rien de chrétien. Et qui était là, à leur tête ?

— Wulff ! s'exclama Le Goff en bondissant sur ses pieds.

— Quoi, Simon, t'étais là, toi aussi ? demanda l'ivrogne.

— Idiot, c'était pas difficile à deviner. Dis donc, t'es sûr qu'ils étaient cent ?

L'autre hésitait.

— Ben, tu sais, j'étais pas très clair. Je les ai pas vraiment comptés...

— C'est ça, il y en avait même pas dix, hein, l'ivrogne ?

Grégoire s'empressa de remplir à nouveau son gobelet, de crainte que le forgeron ne regrette sa générosité.

— En tout cas, dix ou cent, ils étaient féroces et pas chrétiens.

Le forgeron se grattait le menton. Il devait absolument voir le chapelain. Il se pencha sur l'ivrogne et lui glissa à l'oreille :

— Toi, tu finis le pichet si ça te fait plaisir, mais après, je veux que tu ailles partout raconter ton histoire. Il faut que les gens sachent. Tu comprends ?

L'autre opina du chef.

— Sûr que je comprends. Et t'as raison, faut que les gens sachent, Simon.

Le forgeron s'apprêtait à s'en aller, quand l'ivrogne lui agrippa la manche.

— Et, Simon, c'est pas tout. Les hommes-loups, ils étaient pas seuls.

— Ah bon ?

— Y avait une femme avec eux. La Margot !

Amos s'approcha alors de l'ivrogne.

— Margot ? Toi, tes histoires d'hommes-loups, j'en ai rien à foutre, mais tu vas pas attirer des ennuis à la Margot. Compris ? Sinon, je te jure que t'auras affaire à moi. C'est une brave fille. Elle fait beaucoup de bien, alors pas touche, hein ?

— T'énerve pas, Amos, fit Simon. La Margot, c'est une brave fille, mais...

— Il n'y a pas de « mais », Simon, fit l'aubergiste sur un ton sans réplique. Je ne crois pas que le comte serait heureux qu'on lui cause des ennuis, à la Margot. Oublie pas que c'est lui qui l'a installée dans sa chaumière de Scy.

Le visage du forgeron s'illumina.

— Mais personne ne songe à lui faire des ennuis, Amos. Te mets pas dans un tel état.

Le forgeron jeta quelques pièces sur la table et sortit. S'il devait se rendre au château pour parler à ce maudit Otton, il se rendrait au château !

Par bonheur, le diable était de la partie. Sur le parvis de l'abbatiale, il aperçut le frère Otton en discussion avec le père abbé. Le forgeron s'arrangea pour se placer dans le champ de vision du franciscain qui, dès qu'il l'aperçut, parut soucieux de mettre un terme à son entretien. Lorsque les moines eurent pris congé, le chapelain indiqua d'un mouvement de tête à son complice qu'il le retrouverait à la forge, mais Simon ne l'entendait pas de cette oreille. Il l'apostropha sans plus attendre :

— Frère Otton, j'ai à vous parler.

L'autre ne réussit pas à dissimuler son irritation de se faire interpeller de la sorte en public.

— Savez-vous ce que Grégoire a vu, ce matin, dans la forêt ? Un conclave de loups ! Et qui dirigeait cette diablerie ? Ce Wulff, qui bénéficie de la protection de notre comtesse.

— La malheureuse ! s'exclama le franciscain en se signant. Elle est si bonne qu'elle ne voit pas le mal quand il crève les yeux...

Il laissa sa phrase en suspens, se reprit :

— Cela dit, mon cher Simon, c'est une accusation grave que vous portez là. Une accusation qui demande à être étayée…

Le chapelain saisit le bras de son complice.

— C'est quoi, cette histoire ? demanda-t-il d'une voix à peine audible.

Avant que l'autre ait pu répondre, il ajouta, sur le même ton :

— Une histoire qui m'arrange bien.

— Aucune importance, répondit le forgeron sur le même ton. La nouvelle se répandra d'elle-même dans le village. Il y a plus sérieux. Venez…

Il entraîna le chapelain vers la forge. Là, il ordonna à son apprenti d'aller brûler un cierge à l'église.

— J'ai l'impression qu'on m'a jeté un sort, déclara-t-il avant de s'enfermer avec le chapelain.

— Te voilà soudain bien pieux, ironisa celui-ci.

— Ecoute-moi, Otton. Tu vas te débrouiller pour envoyer des hommes d'armes au chêne où la femme de Bohémond dépose son panier avec les victuailles pour son homme.

— Pourquoi veux-tu que…

— Parle pas tant, chapelain. Il n'y a pas de temps à perdre. Dans le fourré, en contrebas du chemin, ils trouveront le corps d'Irène.

Le franciscain blêmit.

— Elle a été égorgée, précisa le forgeron.

— Tu l'as…

— Ecoute, ce n'est pas le moment de faire le dégoûté. Tu dois être le premier à trouver son corps, parce que si ce n'est pas toi, ceux qui la trouveront risquent de ne pas voir les traces qui désignent son assassin.

— Les traces… ?

Le franciscain avait subitement le sentiment que le monde se dérobait sous ses pas.

— Ouais, les traces. Regarde au pied du petit sapin, à droite du corps. Tu y trouveras l'arme du crime. Et... adieu Bohémond !

— Quoi, ce serait Bohémond qui...

— C'est en tout cas ce qu'on va leur faire croire.

Le chapelain leva les mains pour arrêter le discours du forgeron.

— Je ne m'attendais pas à un meurtre. Tu as... Mais pourquoi ? C'était inutile.

— Quoi, un meurtre peut se justifier s'il est utile, c'est ça ? Alors, dis-toi que celui-ci l'était doublement. Bohémond n'est pas lépreux.

— Qu'est-ce que tu racontes ?

— J'ai surpris une discussion entre Irène et Margot. La ribaude était catégorique. Dans deux semaines, tout au plus, il ne subsistera plus la moindre plaie sur la peau de Bohémond. Tu as envie qu'il vienne te demander pourquoi tu l'as piégé ? En tout cas, moi, je ne veux pas courir le risque qu'il cherche à comprendre ce qui lui a valu sa séquestration. J'ai tué Irène pour qu'elle n'aille pas raconter à son mari que j'étais son amant. Elle en aurait été capable. Je n'ai pas été particulièrement tendre avec elle, la dernière fois qu'on s'est vus. Je l'ai tuée aussi pour te débarrasser de Bohémond.

— Je ne comprends pas.

— L'arme du crime est un couteau, dont tu n'auras aucune peine à démontrer qu'il appartient à Bohémond.

— Mais pourquoi aurait-il assassiné sa femme ?

— Parce qu'elle lui a avoué que j'étais son amant.

— Elle lui a avoué...

— Ça m'étonnerait, mais c'est ce qu'on va leur faire croire. Toi, tu dois t'arranger pour que les gens d'armes découvrent son corps. Tu te débrouilles comme tu l'entends. Moi, je serai au château quand tu reviendras. T'as bien une vieille serrure à réparer, non ? Quand j'apprendrai la nouvelle, je m'effondrerai. Je serai au désespoir. Je verserai des larmes de sang. Bref, j'avouerai mon crime... je parle de l'adultère, pas du meurtre. Pour le reste, à toi de jouer, chapelain.

— Mon Dieu ! s'exclama le franciscain.

— Comme tu l'as dit : il arrive que Dieu pousse un homme à commettre un péché pour servir ses propres desseins. Moi, ce que j'ai retenu, c'est qu'alors, le péché est pardonné avant même d'avoir été commis.

Le franciscain retrouvait peu à peu ses esprits.

— Tu as sans doute raison, dit-il. Il n'est pas impossible que Dieu t'ait poussé à accomplir cet acte odieux, dont, de toi-même, tu aurais été, j'en suis sûr, incapable. Oui, Dieu recourt parfois à des mesures extrêmes pour arriver à ses fins.

— En tout cas, toi, envoie des hommes d'armes au chêne. Il ne faudrait pas que ton retard nous fasse perdre notre avantage.

— Tu as raison, Simon.

Et le chapelain s'en fut en observant une fois encore que les voies du Seigneur étaient décidément impénétrables. Tout en s'éloignant, il songea qu'il serait plus sage de faire appel à des hommes d'armes de la ville. Les gens des Saint-Martin étaient trop dévoués à la comtesse, qui n'avait jamais dissimulé son affection pour le chevalier, et il ne se trouverait pas un homme au château pour croire que Bohémond aurait pu tuer sa femme.

23

Une chute pas si malencontreuse

Comme cela lui arrivait lorsqu'elle était nerveuse, Isabelle fit seller son palefroi et prit la direction de la forêt. L'annonce du retour imminent de Geoffroy par le frère Marcel avait ravivé ses inquiétudes. Certes, celui-ci était attendu depuis l'arrivée au château de son messager, mais, au fil des jours, il avait acquis une qualité presque irréelle, qui le rendait moins angoissant. La jeune femme n'avait toujours pas réussi à résoudre ses contradictions. Et puis, un nouvel élément ajoutait à son émoi.

Dès que, pour la première fois, ses yeux s'étaient posés sur l'étranger au loup, elle avait ressenti un trouble qu'elle ne s'expliquait pas. Il n'était pas beau à proprement parler, surtout avec ce bandeau qui lui mangeait une partie du visage. Ses vêtements n'étaient que des guenilles dépourvues d'élégance. Encore que le manteau de peaux de renard qu'il portait lors de sa visite au château lui donnât un air de mâle assurance qui ne le desservait pas. Et puis, comme son frère le lui avait si souvent répété quand elle était enfant, l'apparence n'était pas l'élément le plus fiable sur lequel juger un homme. Et dès que Wulff prenait la parole, nul ne pouvait se soustraire à son charme.

Isabelle était honnête avec elle-même, concernant ses émotions. Or, elle ne pouvait nier avoir éprouvé un véritable plaisir à converser avec Wulff au cours de ce dîner. Il était un merveilleux conteur, qui avait l'art d'agrémenter ses histoires d'une dose d'humour et de bonhomie. Elle avait également été surprise de trouver en lui un être raffiné, ce que sa mise n'avait pas permis de suspecter. Elle lui en avait fait la remarque. C'était le seul moment où il avait esquivé une question de son hôtesse. Ce faisant, il s'était drapé aux yeux de la jeune femme d'une aura de mystère qui avait ajouté à son charme.

Mon Dieu, songea Isabelle. Que m'arrive-t-il ?

Elle n'avait jamais rien éprouvé de semblable pour un homme. Pas même pour Geoffroy, qui serait de retour d'un jour à l'autre.

Distraite par ses pensées, la jeune femme ne vit pas venir le rameau qui lui cingla le visage alors que sa monture était lancée au galop. Le coup ne fut pas d'une grande violence mais la surprit juste assez pour la déséquilibrer et la jeter sur la terre glacée.

La comtesse n'avait pas perdu connaissance, mais sa joue la brûlait et surtout elle enrageait de sa distraction. Elle était une cavalière émérite et s'être laissé distraire par des pensées frivoles n'était pas dans ses habitudes. Ses vêtements étaient tachés de boue et il lui serait impossible de dissimuler son accident à son retour au château. Elle détestait perdre la face. Après avoir martelé le sol de ses poings, elle se redressa et s'assit sur la terre gelée.

A quelques pas d'elle, Wulff l'observait, avec un mélange d'inquiétude et d'amusement dans le regard.

— Que faites-vous là ? demanda Isabelle, qui sentit son irritation lutter avec une brusque bouffée d'allégresse.

— J'étais là avant votre chute, répondit-il en tendant un fin mouchoir à la jeune femme. Vous saignez, ajouta-t-il. Il faudrait nettoyer votre plaie et la soigner.

Isabelle regarda autour d'elle et constata qu'elle se trouvait tout près du chêne où Irène devait déposer le panier de victuailles destiné à son époux. Elle haussa les épaules.

— Ce n'est qu'une égratignure.

— Il arrive qu'une égratignure soit à l'origine d'une infection dont les médecins ne parviennent pas toujours à avoir raison. Il serait dommage qu'un aussi joli visage ne retrouve pas au plus vite son intégrité.

Isabelle sentit le rouge lui monter au front.

— Qu'y puis-je ? dit-elle. Je ne connais pas de source à proximité pour me laver le visage et...

— Nous ne sommes pas loin de la chaumière de Scy, suggéra le meneur de loups.

— Qu'irais-je faire là-bas ? se récria-t-elle.

— Margot est une excellente guérisseuse, à ce qu'on raconte.

Isabelle voulut se remettre debout, mais sa cheville céda sous son poids et elle laissa échapper un cri de douleur.

— Laissez-moi examiner ça, proposa Wulff.

Il mit un genou en terre devant la comtesse et lui saisit le pied avec délicatesse. Il palpait sa cheville et la manipulait avec une grande douceur. Isabelle ferma les yeux, et ce n'était pas sous l'effet de la douleur.

— Ce ne sera rien, déclara-t-il en se relevant, mais il vaudrait mieux bander le pied après l'avoir enduit d'un baume qui fera disparaître la douleur et réduira l'inflammation.

— Vous êtes médecin, en plus de conteur ? demanda-t-elle en s'efforçant de mettre une pointe d'ironie dans sa voix.

— Quand on voyage comme moi, il faut être en mesure de parer à ce genre de désagréments.

— Je n'ai aucune envie d'aller demander l'aide de cette Margot, dit-elle d'une voix boudeuse.

— Voyons, ajouta-t-il, si vous acceptez que je vous conduise jusque chez elle, je vous raconterai une histoire.

Le visage de l'étranger était subitement devenu grave.

— Une histoire vraie, celle-ci, et dont j'ai été le témoin, il y a peu. Je suis sûr qu'elle vous intéressera, même si je doute qu'elle vous plaise.

— M'aiderez-vous à remonter en selle ? demanda-t-elle.

Wulff la souleva et elle eut le sentiment de ne pas peser plus qu'une plume dans ses bras. Il la déposa délicatement sur le cheval, en position d'amazone pour lui permettre de reposer son pied blessé. Il saisit les rênes pour guider l'animal et siffla avec force. Aussitôt, le vieux loup surgit des fourrés et alla se placer à côté de son compagnon. Wulff avait anticipé l'écart du cheval, inquiet de la proximité du prédateur. Il murmura à l'oreille de l'animal, qui s'apaisa instantanément. Isabelle fut impressionnée du pouvoir que cet homme avait sur les animaux.

— Mon Dieu, se lamenta-t-elle, à ce rythme-là, je serai gelée avant d'avoir atteint la chaumière de Scy. Ne savez-vous pas monter un cheval ?

Le meneur de loups rit et d'un bond se retrouva sur le dos de l'animal, juste derrière la comtesse, qui ne s'était pas attendue à une réaction aussi prompte. Sa cheville la faisait souffrir, mais la chaleur virile de l'étranger répandait dans son corps un bien-être qu'elle aurait aimé prolonger le plus longtemps possible. Lorsqu'elle sentit sa tête s'abandonner sur l'épaule de Wulff, elle se ressaisit.

— Vous m'aviez promis une histoire, dit-elle, affectant un ton détaché.

— Nous serons bientôt arrivés, répondit Wulff en lançant le cheval au galop.

Lorsque Margot vit, sur son seuil, la comtesse dans les bras du meneur de loups, elle eut toutes les peines du monde à ne pas trahir sa surprise.

— La comtesse a fait une chute, expliqua Wulff. Oh, rien de grave, mais il faudrait lui laver le visage et soigner sa cheville.

— Tout de suite, madame la comtesse, dit la guérisseuse, qui examinait déjà la joue de la jeune femme.

Après lui avoir lavé le visage, elle put rassurer Isabelle.

— Ce ne sera rien. Une légère estafilade, qui ne laissera pas de cicatrice, madame la comtesse.

Isabelle dévisageait la guérisseuse avec curiosité. Elle avait peine à imaginer que cette bonne mère de famille, de l'avis unanime, ait pu être un jour une fille de petite vertu. Il y avait presque de la candeur dans son regard.

— Je vous avais promis une histoire, dit Wulff, l'arrachant à ses réflexions.

— C'est exact. Je vous écoute.

— Ce matin, je ramassais des champignons en vue de mon petit déjeuner, commença-t-il. Je me trouvais près de l'endroit où nous nous sommes rencontrés.

— Près du chêne du lépreux, précisa Isabelle à l'intention de leur hôtesse.

Elle nota que Wulff n'avait pas adopté son ton de conteur. Au contraire, sa voix était grave.

— J'aurais dû songer que la terre était trop gelée pour produire des champignons. Je m'apprêtais à renoncer quand j'ai entendu un hurlement. J'ai cru à un animal blessé, mais c'était bien le cri d'un homme. Je me suis précipité pour lui porter secours...

Il marqua un temps, comme s'il devait faire effort pour maîtriser son émotion.

— Je n'ai pas tout de suite compris ce qui se passait. Un homme vêtu d'une robe noire se débattait. Des hommes d'armes tentaient de le maîtriser. Votre chapelain jurait ses grands dieux que c'était horrible...

— Je ne comprends rien à votre récit, le coupa la comtesse, qui se mit à craindre le pire.

Wulff marqua un temps, comme s'il hésitait sur la manière de poursuivre son récit. Il opta pour une narration brute :

— Dans les fourrés, il y avait un corps de femme. Elle avait été égorgée. L'homme en robe noire tenait un couteau à la main. Il clamait son innocence. Le frère Otton affirmait, quant à lui, que le crime était signé. Que le meurtrier était pris l'arme à la main. En définitive, Bohémond a cessé de se débattre et s'est laissé entraîner sans plus de résistance. Il paraissait avoir renoncé à lutter.

— La femme assassinée, glissa Isabelle, la gorge subitement sèche, c'était Irène, n'est-ce pas ?

Wulff hocha la tête. Margot avait porté les mains à sa bouche pour étouffer un cri.

— Bohémond n'est pas un assassin, murmura Isabelle, incrédule.

— Votre chapelain semble convaincu du contraire, madame la comtesse.

— C'est impossible. Bohémond était beaucoup trop amoureux d'Irène.

Wulff soupira.

— En ce qui me concerne, je ne connais pas le chevalier Bohémond. Je n'ai donc pas d'opinion, mais il paraissait sincèrement bouleversé par la mort de sa femme. Vous savez, il peut fort bien avoir agi par désespoir.

— Mais Bohémond n'était pas condamné, intervint Margot, les yeux baissés. Il n'avait pas la lèpre et il le savait.

La comtesse fronça les sourcils.

— Que veux-tu dire ?

Margot leva des yeux emplis de larmes vers la comtesse.

— Je savais que Bohémond était malade, confessa-t-elle. Il était venu me consulter. Moi, vous savez, je ne connais pas le nom des maladies, mais je reconnais les signes. Je n'étais pas sûre qu'il s'agisse de la lèpre. Quand j'ai appris sa séquestration, je suis allée le voir, dans la caverne. J'ai examiné ses plaies.

Margot joignit les mains.

— Madame la comtesse, je vous jure que dans deux semaines, peut-être moins, les traces de la maladie auront disparu de sa peau.

— Tu le lui as dit ? demanda Isabelle, effarée.

— Oui, madame la comtesse. Il savait qu'il serait bientôt guéri.

La jeune comtesse sentait ses émotions se bousculer. Il y avait le trouble que lui inspirait Wulff. La sympathie qu'elle commençait à éprouver pour une femme qu'elle jalousait depuis leur première rencontre. La détresse face à la situation de Bohémond. La colère envers l'acharnement du chapelain.

Elle voulut se relever, mais sa cheville se rappela à elle.

— Ne bougez pas, madame la comtesse, dit Margot. Un os a bougé, mais je vais vous arranger ça...

Isabelle poussa un cri. Margot venait d'imprimer à sa cheville un mouvement qui avait diffusé une douleur dans tout son corps.

— Posez votre pied sur le sol, madame, dit la guérisseuse.

Isabelle obéit et constata que la douleur avait disparu. Elle fit quelques pas, mais Margot lui conseilla de ne pas insister.

— Je vais appliquer un baume sur votre cheville, ensuite je l'envelopperai dans un linge imbibé d'une solution de ma composition. Ne fatiguez pas trop votre jambe pendant quelques jours et tout ira bien.

Tandis que la jeune femme aux cheveux de feu finissait de lui dispenser ses soins, Isabelle se demanda comment le chapelain avait pu se trouver en compagnie d'hommes d'armes près du chêne du lépreux, juste au moment où Bohémond égorgeait sa femme. Il y avait là quelque chose qu'elle ne s'expliquait pas.

— Je te remercie pour tes soins, Margot, dit-elle en lui tendant une bourse.

— Oh non, madame la comtesse. Pas vous. Je suis déjà tellement redevable à… votre famille.

Ils prirent congé de Margot, Wulff aidant Isabelle à marcher jusqu'à son cheval.

— Voulez-vous avoir la gentillesse de me ramener au château ? demanda-t-elle.

— Ce sera un honneur, madame la comtesse, dit le meneur de loups en faisant signe à son compagnon d'ouvrir la voie.

Tandis qu'ils cheminaient, Isabelle n'osait lever les yeux sur l'homme contre la poitrine duquel elle s'abandonnait avec un délice coupable.

— Wulff, finit-elle par dire. Que faisiez-vous ce matin dans les bois ?

— J'aime la nature, répondit-il avec simplicité. Vous savez, c'est une merveilleuse dispensatrice de leçons de vie. J'aime les livres, j'y ai trouvé de riches sagesses, mais aucune qui vaille celles dispensées par la nature. Les religieux nous parlent de l'amour de Dieu, mais où s'exprime-t-il mieux que dans la nature ? Regardez, il y a là tout ce dont l'homme a besoin pour vivre. Le reste, ce dont nous nous encombrons… l'or, les pierreries, les beaux atours peuvent apporter quelque agrément à la vie de l'homme, mais n'est-ce pas encore la nature qui nous les procure ?

Wulff tira sur les rênes pour mettre le cheval au pas. Isabelle lui en fut reconnaissante. Elle avait envie de prolonger cet instant.

— Prenez l'exemple du loup, poursuivit-il. Les hommes se plaignent des ravages qu'il cause dans les troupeaux. Mais se demandent-ils pourquoi le loup s'en prend subitement aux animaux domestiqués ?

— J'avoue ne m'être jamais posé la question.

— Autrefois, le loup s'attaquait aux biches, aux cerfs, aux animaux sauvages comme lui. Hélas, l'homme ne cesse de défricher [1]. Les bois se réduisent partout comme peau de chagrin. Que voulez-vous que fasse le loup ? Ce n'est pas lui qui se rapproche des hommes. C'est l'homme qui se rapproche des loups. On pourrait presque dire qu'il recherche leur compagnie. C'est l'homme qui mène ses troupeaux à portée d'odorat du loup. Etonnez-vous que celui-ci se prenne à penser que l'homme a décidé de lui servir ses repas, comme nobles et bourgeois se font servir à table...

La comtesse rit. L'image était plaisante. Soudain, elle sursauta. Wulff venait d'arrêter sa monture. D'un bond, il mit pied à terre. Elle le regarda avec surprise. Il sourit et lui tendit la main. Dès qu'elle l'eut acceptée, Wulff l'enleva dans ses bras et alla la poser sur une souche d'arbre après avoir déployé sur celle-ci une peau, dont Isabelle se demanda d'où il avait bien pu la sortir et par quel tour de magie, lui en faisant ainsi un siège moelleux.

---

1. Les XIe, XIIe et XIIIe siècles ont été des périodes de défrichement intensif, notamment en raison du perfectionnement des techniques agricoles. A partir du XIIIe siècle, les défrichements se sont encore multipliés, à l'initiative d'exploitants isolés. On trouve trace de cette évolution dans la toponymie des lieux.

— Je devrais regagner le château pour m'occuper de Bohémond, dit-elle, consciente d'être la proie d'un conflit entre sa raison et son cœur.

Wulff secoua la tête.

— Il n'a pas été conduit au château.

— Que voulez-vous dire ? s'inquiéta la comtesse.

— Les hommes d'armes portaient les armes de la ville de Metz, pas celles de Saint-Martin.

— Je vois, murmura Isabelle.

Le frère Otton n'avait pas voulu que le chevalier puisse bénéficier d'un traitement de faveur en étant arrêté par les siens.

— Le maître échevin de Metz est un homme loyal. Bohémond sera jugé avec impartialité.

Le meneur de loups fit la moue.

— Quand des hommes au service de la justice affirment avoir pris un meurtrier sur le fait, il est rare que celui-ci réussisse à convaincre les juges de son innocence.

— Pauvre Bohémond. Pourquoi aurait-il tué sa femme ?

— Par jalousie, à ce que j'ai entendu.

Isabelle leva un regard incrédule sur son compagnon.

— Par jalousie, mais…

— C'est ce qu'affirme votre chapelain. Lorsqu'il a appris que Bohémond avait la lèpre, le forgeron, Simon Le Goff, serait allé le trouver pour lui avouer qu'il était l'amant d'Irène.

— Mon Dieu ! s'exclama la comtesse.

— Il craignait d'avoir été contaminé et voulait que le frère Otton lui accorde l'absolution.

Pour la première fois depuis qu'ils avaient fait halte, Isabelle osa regarder le meneur de loups. Comme lors de leur première rencontre, c'était un épais bandeau qui lui couvrait l'œil gauche. Sa barbe était si drue qu'elle mangeait presque tout son visage. Il était, en réalité, impossible de dire s'il était beau ou non. En revanche, son œil valide possédait un pouvoir d'envoûtement auquel Isabelle se sentait incapable de résister.

— Votre mari devrait être bientôt de retour, dit Wulff sans chercher à dissimuler son dépit.

— Oui, c'est ce qu'on m'a affirmé, répondit la jeune femme en baissant les yeux pour cacher son trouble.

— Vous l'aimez ?

Interloquée, la comtesse se redressa avec un mouvement de recul.

— Pardonnez-moi, enchaîna Wulff. Je n'ai pas le droit de vous...

— Comment pourrais-je l'aimer ? le coupa Isabelle en soutenant son regard. J'ai à peine eu le temps de le connaître. Il m'a fait l'effet d'un homme droit, bon, sincère, et puis...

— Et puis ?

Isabelle balaya l'air de la main.

— Ne parlons pas de cela, voulez-vous ?

Il s'assit à ses pieds, à même la terre gelée.

— Vous allez prendre froid, dit-elle, la voix tremblante.

— Près de vous, belle dame, comment pourrais-je ressentir le froid ? Vous irradiez d'une telle beauté que votre seule présence suffit à baigner de soleil la journée la plus grise. La nuit la plus noire. Votre beauté est de celles qu'on n'a pas souvent la chance de rencontrer, chère Isabelle ; elle est l'alliance d'une apparence gracieuse, d'un esprit subtil et d'une âme noble et généreuse. De l'instant où mes yeux se sont posés sur vous, je n'ai pas réussi à me défaire de votre image. Vous hantez mes moindres pensées...

— Je vous en prie, cher Wulff, murmura la jeune femme en posant une main sur sa poitrine, hors de laquelle son cœur paraissait sur le point de bondir, ne profitez pas du fait que mes jambes me soutiennent à peine pour me faire la cour...

— Chassez-moi, belle Isabelle, et jamais je ne reparaîtrai devant vous...

— Non !

Isabelle n'avait pu retenir son cri.

— Je ne vous en demande pas tant, Wulff, fit-elle d'une voix qu'elle maîtrisait avec peine. N'oubliez pas que j'ai fait savoir que vous étiez mon protégé. Ma porte vous sera toujours ouverte et... ramenez-moi au château, je vous en prie. Ou plutôt, conduisez-moi chez mon frère. Puisque Bohémond a été emmené à Metz, c'est là que je dois me rendre.

— Je suis à vos ordres, comtesse, dit le meneur de loups, avec la même dignité que le héros d'une chanson de geste.

24

Une exécution, un mariage

Le miracle n'eut pas lieu. Isabelle avait eu beau argumenter, elle n'avait pas réussi à infléchir le maître échevin.

« Comtesse, vous savez à quel point je désire vous être agréable, mais, en l'occurrence, je ne crois pas que permettre au chevalier Bohémond d'être jugé au château soit une bonne chose...

— Le chevalier dépend pourtant de ma juridiction, ainsi que la terre sur laquelle le meurtre a été commis, messire. Il en va de même de la victime. »

Le maître échevin avait opiné du chef.

« Vous avez tout à fait raison, madame la comtesse, et si vous m'y contraignez, je devrai me soumettre, mais je crains que ce ne soit pas un service à vous rendre, pas plus qu'au chevalier. Votre chapelain a déjà largement rendu publiques les circonstances du meurtre. Il n'a pas épargné à son auditoire la description horrible des blessures infligées à la jeune Irène. Le forgeron, ce Simon Le Goff que vous employez depuis la mort du vieux Pierre, a lui aussi accablé le chevalier en reconnaissant avoir été l'amant d'Irène.

— Je sais, avait maugréé la comtesse, ses lamentations sont parvenues jusqu'à moi.

— Si Bohémond devait être remis à votre justice, qu'adviendrait-il ? avait poursuivi le magistrat, toujours affable. Imaginons qu'il soit reconnu innocent, la foule gronderait si fort que le château en tremblerait sur ses fondations. »

Il avait pris le temps d'observer la jeune femme afin de s'assurer qu'elle avait bien compris qu'il s'était exprimé de manière symbolique. C'était l'autorité même des Saint-Martin qui s'en trouverait sapée.

« Vos manants crieraient à l'injustice. Ils affirmeraient que vous vous placez au-dessus des lois, que vous vous octroyez tous les droits, y compris celui de faire fi du commandement le plus sacré imposé par Dieu à l'homme : tu ne tueras point ! »

Ce que le maître échevin s'était gardé d'ajouter, c'était que cette perspective lui déplaisait au plus haut point, car elle risquait de donner à l'empereur une raison de venir se mêler des affaires de la région.

« Si, au contraire, Bohémond devait être reconnu coupable... avait repris le magistrat. Souhaitez-vous vraiment avoir à prononcer vous-même la sentence de mort, comtesse ? »

Isabelle était restée sans voix.

« Le maître échevin a raison, avait glissé Caribert, présent à l'entretien.

— Croyez que je ne cherche nullement à soustraire un de vos sujets à votre loi, chère comtesse. Vous savez que mon affection pour vous est sincère.

— Je sais. Je crains seulement que notre ami Bohémond ne soit victime d'une double injustice. Imaginez qu'il soit innocent, messire. Que doit-il éprouver à l'idée que le meurtrier de cette femme qu'il a tant aimée soit laissé libre d'aller et venir, alors que lui... »

Le maître échevin pas plus que Caribert n'avait répondu à une question qui se passait de tout commentaire.

En définitive, la comtesse s'était rendue à l'avis du magistrat, qui l'avait toutefois autorisée à rencontrer le chevalier dans sa cellule.

Bohémond avait levé sur elle des yeux vides de toute expression.

« Tu seras jugé à Metz, avait annoncé Isabelle d'une voix brisée. Je n'ai rien pu...

— Ça n'a aucune importance, comtesse. Je vous remercie de votre bienveillance, mais plus rien ne compte pour moi, désormais. »

Le chevalier avait baissé la tête et était demeuré comme pétrifié. Au moment où l'espoir lui avait été rendu par Margot, il perdait sa femme et ses illusions sur leur amour. Isabelle avait posé une main sur l'épaule du malheureux, consciente que les mots étaient impuissants.

Lorsqu'elle avait tourné les talons, Bohémond l'avait rappelée :

« Comtesse, je n'ai qu'une requête. Une ultime requête, ensuite advienne ce que doit.

— Je t'écoute, Bohémond.

— Quand le comte sera de retour... quand mon ami Geoffroy sera de retour, dites-lui bien que je n'ai pas tué Irène. Dites-lui que je vous l'ai dit en vous regardant dans les yeux, il saura que je n'ai pas menti.

— Je le sais, moi aussi, ami. Je n'en ai jamais douté. »

Une petite lueur avait éclairé le regard du chevalier.

« Vous êtes une personne bonne, madame la comtesse. »

Isabelle avait baissé les yeux.

« Pas si bonne que ça, Bohémond », avait-elle soupiré en songeant à son escapade dans la forêt avec le meneur de loups.

Le procès s'était tenu sur la grosse pierre[1]. Margot avait eu beau apporter son témoignage en faveur du chevalier et la comtesse exprimer la conviction intime qu'elle avait de son innocence, les Treize avaient condamné Bohémond, qui n'avait pas prononcé un mot pour sa défense. Le chevalier aurait la tête tranchée et l'exécution se déroulerait l'après-midi même, en Nexirue, la bien-nommée[2]. En entendant la sentence, Bohémond avait dit :

« Qu'on en finisse ! »

Les magistrats messins n'avaient pas failli à leur réputation d'exercer une justice expéditive, mais, en l'occurrence, l'exécution avait été fixée au jour même en raison de la date. Le lendemain, les chrétiens seraient appelés à la vigile de Noël. Caribert avait fait remarquer que mettre un homme à mort le jour de la naissance du Christ serait fort mal vu par l'Eglise. Le maître échevin avait quant à lui observé qu'exécuter un homme en période de carnaval risquait d'être vécu comme une farce.

La tension était intense dans la ville de Metz. Nombre de villageois, excités par le forgeron, étaient venus de Saint-Martin pour assister à l'exécution du criminel. Caribert avait conseillé à sa sœur de regagner le château.

— Je n'abandonnerai pas Bohémond, déclara-t-elle. Le voir se balancer au bout d'une corde est un spectacle qui me répugne et j'ignore si j'aurai la force de le supporter, mais pour lui ce sera pire, non ?

Dans la foule qui se pressait au pied de la potence, Isabelle aperçut Wulff et elle en éprouva un vif soulagement. Il y avait de la compassion dans ses yeux.

1. A l'endroit où se dresse, aujourd'hui, la cour d'appel de Metz.
2. Nexirue devrait son nom à un mot latin qui signifie « tuer ».

— Isabelle, murmura Caribert à l'oreille de sa sœur, cet homme semble t'avoir ensorcelée. Je t'ai observée l'autre soir et...

— Je t'en prie, le coupa la jeune femme, je ne crois pas que ce soit le moment de parler de ça.

Le dominicain sentit une telle détermination dans sa voix qu'il en resta coi.

Margot n'avait pas quitté la ville après le jugement. Elle errait comme une âme en peine, désespérée de n'avoir pu aider le meilleur ami de son bienfaiteur. Le chapelain, lui, brillait par son absence. Isabelle songeait qu'après avoir tout manigancé Otton n'avait pas eu le courage de venir signer son acte. Au moment où les hommes d'armes quittaient la prison avec Bohémond, une cavalcade contraignit la foule à s'ouvrir. Sans se soucier de qui se dressait sur leur passage, les chevaliers de Saint-Martin vinrent faire escorte à leur compagnon.

Bohémond grimpa sur l'échafaud en refusant l'aide de ses geôliers. Un murmure parcourut la foule lorsque celle-ci s'aperçut que le condamné avait troqué sa défroque de lépreux pour son habit de chevalier. Margot s'était installée au premier rang du public. Son cœur battait à se rompre. Elle avait trouvé le moyen de ne pas décevoir Geoffroy.

— Bourreau, fais ton office, dit le magistrat de justice après avoir relu les chefs d'accusation et la condamnation.

— Attendez !

La voix de Margot avait résonné avec force.

— Je demande à épouser le condamné.

Un murmure de réprobation parcourut la foule, qui se voyait déjà frustrée d'un spectacle dont elle était friande. En effet, la loi prévoyait qu'une jeune fille pouvait obtenir la grâce d'un condamné à mort en s'engageant à l'épouser, pour autant que celui-ci était homme à marier. Si le peuple aimait le spectacle des exécutions, il était aussi sensible aux signes du destin. Ainsi, il suffisait que la corde cassât au moment du supplice ou que l'échelle du bourreau fût trop courte pour qu'il y voie un signe divin. Le Seigneur n'avait-il pas enseigné aux hommes : « Tu ne tueras point » ?

Pour ne pas se faire étouffer par la masse, Margot grimpa sur l'échafaud à côté du chevalier.

— C'est un lépreux ! tonna la voix du forgeron.

— Il n'est pas plus lépreux que moi !

D'un geste vif, elle releva la chainse du chevalier.

— Voyez, les stigmates de la maladie s'atténuent déjà.

— Les stigmates du crime, eux, ne sont pas près de s'atténuer, gronda Simon, subitement anxieux.

Bohémond murmura à l'oreille de la jeune femme :

— Tu es gentille, Margot, mais c'est inutile. Je n'ai plus le goût de vivre.

La guérisseuse se tourna vers lui et lui répondit sur le même ton :

— Ne tiens-tu pas à punir le meurtrier de ta femme ? Je te croyais plus noble que ça, chevalier.

Bohémond haussa les épaules.

— De toute façon, tu n'as pas le choix, reprit Margot. Le meurtrier ne me pardonnera jamais d'avoir voulu te sauver la vie. En choisissant la mort pour toi, tu la choisis aussi pour moi. Et ça, Geoffroy ne te le pardonnera jamais. Maintenant, fais ce que tu veux.

— Bohémond ! hurla le magistrat en essayant de couvrir le vacarme de la foule, où des voix s'élevaient pour appuyer le droit de la guérisseuse à épouser le condamné si celui-ci y consentait. Bohémond, acceptes-tu d'épouser Margot ?

Le chevalier leva la tête et, d'un ton ferme, répondit :

— J'accepte.

Le maître échevin resta un moment silencieux.

— Soit, dit-il enfin. Tu es libre, mais ton titre de chevalier ne t'est pas rendu pour autant. C'est en manant que tu vivras désormais.

Les compagnons de Simon grondaient, mais les chevaliers de Saint-Martin lancèrent de vives acclamations reprises par une partie de l'assistance. Un écuyer conduisit un cheval au pied de l'échafaud. Bohémond saisit Margot dans ses bras et descendit les marches en défiant du regard le forgeron, qui blêmit. Il posa la jeune femme sur le dos de sa monture, se hissa en selle et lança la charge des chevaliers, qui fendirent à nouveau la foule.

— Bohémond... dit la comtesse d'une voix forte, dès que le vacarme de la cavalcade se fut tu, Bohémond a toujours été un de mes sujets. Il le reste et le restera. Celui qui portera la main sur lui rendra des comptes devant ma cour de justice. Qu'on se le dise.

Tout en parlant, la jeune femme n'avait pas quitté des yeux le forgeron.

Simon Le Goff comprit que l'avenir ne serait sans doute pas aussi radieux qu'il l'avait escompté. Il venait dans le même temps de gagner un ennemi mortel et de perdre la clientèle du château.

Mon vieil Otton, songea-t-il tout en s'éloignant. Il va falloir qu'on ait une sérieuse discussion, tous les deux...

25

La nuit de Noël

Le frère Otton s'activait dans la chapelle commune. Ce soir, tous les hôtes du château venus participer au tournoi y assisteraient, en compagnie de la comtesse, aux saints mystères et à l'office qui précédaient la nuit de Noël. Caribert lui-même l'avait fait prévenir qu'il fêterait la vigile avec sa sœur. Après sa discussion avec le forgeron, à la suite de l'exécution manquée de Bohémond, le franciscain s'était demandé si Dieu ne l'avait pas abandonné. L'annonce de la venue de Caribert lui était apparue comme un démenti à ses craintes. Dieu se portait à son secours.

« Qu'est-ce qu'on va faire, maintenant ? lui avait demandé Simon. Tu m'as mis dans de bien mauvais draps, le moine. Comment il compte m'en sortir, ton bon Dieu ?

— Ne blasphème pas, s'était emporté Otton. Ce n'est pas moi qui ai assassiné Irène.

— C'est vrai, mais ne crois pas te défiler ainsi. Tu me tiens parce que tu connais mon crime, mais n'oublie pas que moi aussi, je te tiens. »

Le chapelain avait senti, cependant, que la situation n'était pas aussi désespérée qu'elle le paraissait. Il ne savait pas encore comment viendrait la lumière, mais il était convaincu que les ténèbres ne tarderaient pas à se dissiper. Une nouvelle illumination lui serait bientôt donnée.

« Ecoute, le forgeron, il est absurde de se monter l'un contre l'autre. Nos sorts sont liés, tu as raison. Nous devons rester soudés. C'est Dieu qui me guide, n'en doute pas. Pour l'instant, ce qu'il veut, c'est que nous nous débarrassions de ce meneur de loups. Depuis que Grégoire a raconté son histoire de conclave des hommes-loups, les gens du village grondent. Ils ont été frustrés d'une exécution, à toi de canaliser leur mécontentement pour régler son compte à ce fauteur de troubles. Tout ira beaucoup mieux lorsqu'il aura quitté ce monde.

— Moi, je veux bien, mais c'est la nuit de Noël et...

— Raison de plus. Il faut qu'il ait rendu son âme au diable avant la naissance de l'Enfant Jésus, sans quoi les hommes d'Hérode pourraient bien gagner la partie, cette fois-ci. »

Le forgeron avait secoué la tête.

« Et toi, pendant ce temps-là ?

— Moi ? avait répondu le chapelain avec un air mauvais. Je vais frapper un grand coup, qui devrait nous livrer le château.

— Nous livrer le château ? Mais tu divagues, le moine. Et on en fera quoi, de ton château ?

— Toi, tu t'en mettras plein les poches, et moi, je construirai mon abbaye. »

Le rictus qui flottait sur les lèvres du frère Otton avait achevé de convaincre le forgeron qu'il valait mieux être son ami que son ennemi.

« Allons, c'est une façon de parler, avait poursuivi le chapelain. Je vais nous débarrasser de ce Caribert de malheur et de la comtesse, cette maudite qui prend sous son aile un assassin, après un suppôt du diable. Ensuite, mener les villageois sus à la chaumière de Scy sera un jeu d'enfant.

Bohémond est une menace qu'il nous faut éliminer avant le retour du comte. Et s'il ne revient pas, la vieille dame Agnès reprendra la gestion du comté... ce qui revient à dire que je dirigerai tout. »

Otton exultait. Il avait réussi à convaincre le forgeron de ne pas lui retirer sa confiance et il sentait que son heure de gloire approchait à grands pas. Cette nuit-là, il ne fit pas trembler son auditoire avec des histoires d'enfer. Il parla de l'amour du Christ pour l'humanité et il nota que les vassaux du comte invités au tournoi lui faisaient bon visage. Hormis les proches de la comtesse, nul ne pouvait le soupçonner d'avoir voulu provoquer par son sermon la confession de Bohémond. Par ailleurs, le soutien inconditionnel apporté par la jeune femme au chevalier n'avait pas été apprécié par tous les vassaux des Saint-Martin.

Lorsque l'office fut terminé, le chapelain s'approcha de Caribert.

— J'aimerais m'entretenir avec vous, mon frère, dit-il.

— Il est tard et je souhaite prendre du repos, répondit le dominicain avec froideur. La journée a été pénible.

— Je me permets d'insister, dit Otton de son ton le plus cauteleux. Ou préférez-vous que j'aille demander à la comtesse de m'expliquer pourquoi elle vous fait passer pour son frère alors qu'elle est fille unique ?

Tout le sang reflua du visage du dominicain, qui se tourna vers le Christ en croix qui dominait l'autel. Le chapelain fut déconcerté de lire dans son regard quelque chose qui ressemblait à du soulagement.

— Pourquoi une nuit de Noël, Seigneur ? demanda Caribert. Enfin... depuis le temps que j'attends cet instant. Sois-en remercié.

Puis, se retournant vers le chapelain, il dit :

— Permettez-moi d'aller souhaiter la bonne nuit à... la comtesse. Je vous rejoins ici dans un instant.

— Prenez votre temps, ironisa le franciscain avec la conviction d'avoir gagné la guerre.

Son marteau sur l'épaule, Simon Le Goff ouvrait la marche. Il n'avait eu aucun mal à convaincre ses compagnons de beuverie de l'Arbalète de se joindre à lui pour donner la chasse au meneur de loups. Ceux qui, la veille encore, écoutaient les histoires de Wulff avec ravissement s'étaient armés de fourches, de pioches, de tout ce qu'ils avaient trouvé qui pouvait faire office d'arme. Dessaoulé, Grégoire avait tenté de les dissuader :

« Il n'est pas seul. Ses compagnons sont terribles. Et puis, s'il est vraiment un diable, vous ne ferez pas le poids contre lui. »

Individuellement, aucun de ces hommes n'aurait trouvé en lui le courage de s'aventurer de nuit dans la forêt pour affronter des hommes-loups, mais, en bande, ils se découvraient toutes les audaces. Tandis que les villageois se rendaient à l'abbatiale pour célébrer la messe de minuit, Simon et ses complices se lançaient à la recherche du meneur de loups. Ils n'eurent pas à aller bien loin.

Wulff avait dû se mettre en tête d'assister à l'office, car ils le virent qui se dirigeait vers l'église. Le loup sentit les hommes avant que son maître les aperçoive. Il s'arrêta et découvrit ses crocs. Aussitôt, Wulff s'immobilisa. En le découvrant face à eux, les chasseurs de démons firent de même. Pendant un instant, ils demeurèrent figés. Le meneur de loups fut le premier à bouger. Il tourna les talons et pressa le pas en direction de la forêt.

Wulff marchait à grandes enjambées et il réussit à maintenir ses poursuivants à distance, mais alors qu'il approchait du chêne du lépreux il commença à perdre du terrain. Les hommes s'encourageaient de la voix :

— Il fatigue...

— On l'aura bientôt rattrapé...

— Et ils sont où, ses compagnons...

— Oui, ces fameux hommes-loups !

Arrivé au chêne du lépreux, Wulff s'arrêta. D'un geste de la main, il ordonna au loup de gagner le couvert. Lui se retourna, comme prêt à défendre chèrement sa peau.

Les hommes se scindèrent en deux groupes, de manière à lui couper toute possibilité de fuite.

— Cette fois, tu es fait, gronda le forgeron.

— Je suis heureux de te revoir, Simon, dit le meneur de loups sans paraître impressionné. Dis-moi, que ressens-tu en te retrouvant ainsi sur le lieu de ton crime ?

Le forgeron ne s'attendait pas à une telle apostrophe. Il lui fallut un moment pour reprendre ses esprits. Il masqua son effroi sous un rire de défi.

— Ne l'écoutez pas, les gars ! tonna-t-il. Ce démon ne reculera devant rien pour se tirer d'affaire. Tout le monde sait que Bohémond a été pris l'arme à la main !

— Simon a raison, entendit-on à droite.

— Oui, ce type est un suppôt de Satan ! hurla-t-on à gauche.

Et, de toute part :

— Sus ! Sus !

Pour l'heure, nul n'osait faire le premier pas, tant le calme et la détermination de Wulff étaient impressionnants.

— Par ta faute, Simon, reprit-il, un homme a failli être pendu.

— Tu ne reculeras devant aucune supercherie, pas vrai, Wulff ? ricana le forgeron. Mais avec nous, tes petits tours ne prennent pas. On n'est pas des gosses !

— Vraiment ? Alors, puisque vous ne me croyez pas, moi, et puisque je suis un envoyé du Malin, écoutez et voyez... J'évoque la morte au nom de Belzébuth !

Tendant les mains en direction des taillis où avait été retrouvé le corps de la femme de Bohémond, il ordonna, à la manière d'un sorcier :

— Irène ! Viens à nous et dénonce ton meurtrier.

A peine eut-il terminé son injonction qu'une plainte à glacer le sang monta du fossé. Toutes les têtes se tournèrent dans la même direction. Une ombre blanche enveloppée de flammes reposait sur le sol. Lentement, elle se redressa, sous les yeux médusés des villageois.

— Simon. Simon, pourquoi m'as-tu tuée ? Toi qui disais m'aimer. Oh, Simon...

— C'est un démon ! hurla le forgeron, qui avait perdu toute sa superbe.

— Tu m'as égorgée, Simon. Ici même, poursuivait le spectre en se rapprochant. Je réclame justice. Je réclame réparation.

— Su... supercherie ! bafouilla Le Goff en reculant.

— Si la morte se lève pour crier vengeance, Simon, c'est que c'est bien toi son meurtrier ! lança le boulanger d'une voix blanche.

— Raymond a raison, firent plusieurs voix.

— En tout cas, moi, j'ai rien à voir avec ça, déclara Martin le drapier, la gorge sèche. Je rentre à la maison. Débrouillez-vous sans moi.

De toute part, Simon entendait avec terreur monter des « Sans moi aussi ! ».

— Non, les gars, faut pas me laisser, supplia-t-il. C'est que des diableries. Demandez donc au chapelain. Il vous dira, lui, que ce Wulff est un possédé. Il a même envoûté notre jeune comtesse...

— Ne partez pas !

La voix de Wulff avait claqué comme un coup de tonnerre dans la nuit. Tous se figèrent.

— N'avez-vous pas entendu la morte ? Elle réclame justice.

— Mais nous, on n'y est pour rien... On n'a rien à voir avec ça...

Plus personne ne songeait à libérer Saint-Martin d'un suppôt de Satan.

— Mais si, mes amis, ça vous concerne. D'ailleurs, mes compagnons... ces hommes-loups diaboliques dont on vous a rebattu les oreilles, ils ne souhaitent pas que vous nous quittiez aussi vite.

Terrorisés, les villageois se découvrirent encerclés. Des fourrés surgissaient des hommes accoutrés à la manière de Wulff. Sur un geste de leur chef, ils s'emparèrent du forgeron.

— Vous allez rester avec nous, braves gens, annonça le meneur de loups, car en cette nuit de Noël un homme va être jugé et vous serez ses juges. Contre lui, nous entendrons la morte et le présumé assassin.

Un homme tout de noir vêtu apparut à son tour. Arrivé à deux pas du forgeron, il rabattit sa capuche et chacun reconnut le chevalier Bohémond.

— Ensuite, Simon, poursuivait le meneur de loups, nous écouterons ta défense... si tu as encore quelque chose à ajouter. Enfin, messieurs les honnêtes gens, il nous restera à entendre votre jugement.

Dans le village de Saint-Martin, l'église abbatiale se vidait. Nul n'imaginait ce qu'il advenait, au même instant, des hommes partis à la chasse au diable. Avant de mettre un terme au jeûne, devant une table bien garnie pour la circonstance, les hommes se rendirent dans les étables pour nourrir leurs bestiaux et les associer ainsi à la fête, en mémoire du bœuf et de l'âne de la crèche.

26

Le premier jour du tournoi

Avec la vigile de Noël prenait fin la période de jeûne. Un sauveur était né en cette nuit du 24 au 25 décembre. N'était-ce pas là une formidable occasion de réjouissances ? L'âme du chrétien s'était préparée à accueillir Jésus depuis vingt jours déjà. Maintenant, son corps réclamait le droit d'exulter. De toute façon, l'hiver n'aurait pas été supportable sans les belles fêtes de l'Eglise. Ainsi, le village de Saint-Martin tournait le dos aux privations pour inaugurer une période de carnaval qui ne s'achèverait qu'avec le carême de Pâques.

Cette fête était celle que préféraient les déshérités et les exclus, car elle verrait les rôles s'inverser. Les hommes seraient femmes, le bas clergé, prélats et les faibles, puissants – du moins leur en donnerait-on l'illusion pour un temps. Plus que jamais, l'heure était aux réjouissances, à la liesse, aux débordements des sens.

Malheureusement, il était écrit qu'en cette année de 1230 il en irait tout autrement dans le village de Saint-Martin.

Le peuple se dirigeait vers les lices où les chevaliers venus participer au tournoi de Noël avaient exposé leurs blasons. Le héraut d'armes dépêché par la comtesse avait annoncé le programme. En ce premier jour, les combats auraient lieu à trois coups de lance et à douze coups d'épée, chacun à cheval et portant armes courtoises, non effilées et mi-tranchées. Il était interdit de porter des coups au destrier ou au visage de l'adversaire, ou encore de courir à sus après le cri de merci. Le vainqueur de la journée recevrait un bracelet d'or émaillé d'un poids de quarante écus.

Les villageois se réjouissaient du spectacle à venir, mais se lamentaient de l'absence de leur seigneur, qu'ils auraient aimé voir se mesurer aux meilleurs chevaliers de Lorraine.

Ils avaient également une autre cause d'inquiétude. Les hommes partis traquer le meneur de loups au lieu d'assister à la messe de minuit étaient rentrés chez eux à l'aube. Tous étaient en proie à une émotion si vive qu'ils se refusaient à parler de ce qu'ils avaient vécu. Quand on leur demandait où se trouvait le forgeron, qui n'était pas revenu avec eux, ils prétendaient l'ignorer. Raymond le boulanger s'était écrié :

« Il n'est pas mon frère et je ne suis pas son gardien ! »

Wulff, quant à lui, son loup sur les talons, déambulait librement dans les rues avec une expression de gravité qui le rendait encore plus inquiétant. Ses traits ne s'éclairaient que lorsqu'un enfant, bravant l'interdit de ses parents, l'arrêtait pour lui demander une histoire. Alors, il faisait halte et redevenait ce conteur qui avait éveillé la sympathie de chacun à son arrivée. Certains allaient jusqu'à se demander s'ils ne s'étaient pas trompés sur son compte.

« En tout cas, moi, je ne l'ai jamais vu se transformer en loup, déclarait Lothaire Amos à qui voulait l'entendre. Si je devais prendre en compte tous les récits d'ivrognes, je n'aurais plus beaucoup d'amis dans ce village ! »

Le frère Otton s'étonnait de ne pas trouver trace du forgeron. Pour autant, cette disparition ne l'inquiétait pas outre mesure. Il avait d'excellentes raisons de considérer que cette journée de Noël était la plus belle depuis longtemps. La disparition de Simon Le Goff n'était, somme toute, qu'un désagrément mineur. Un désagrément qu'il aurait peut-être l'occasion de transformer en avantage.

De toute façon, songeait-il, il aurait bien fallu que je me débarrasse de lui, tôt ou tard. Ceux qui en savent trop sont toujours des dangers potentiels. Il n'est pas bon que les hommes aient connaissance des machinations conçues par le Seigneur pour arriver à ses fins.

Et puis, pour l'heure, sa visite à la forge lui avait permis de prendre le pouls du village. Si les gens ne parlaient plus de lapider Wulff, la plupart n'en conservaient pas moins une attitude prudente à l'égard du meneur de loups. C'était là l'essentiel, pour le chapelain. Le moment venu, leur hostilité renaîtrait aussi sûrement que des braises sous l'effet d'un souffle de vent.

Aussi Otton se dirigeait-il vers la lice avec le sentiment de toucher bientôt au but qu'il s'était fixé.

Au château, la comtesse Isabelle alla frapper à la porte de son frère. Elle ne comprenait pas que Caribert ne se fût pas encore manifesté, ce matin. Une voix affaiblie lui répondit.

Le dominicain était allongé au fond de son lit.

— Caribert ! s'exclama-t-elle. Serais-tu malade ?

— Non, petite reine, répondit-il en s'efforçant de sourire à sa sœur. Tout va bien. Un peu de fatigue. Rien de plus.

Isabelle posa une main sur le front de son frère. Il était fiévreux.

— Ne te soucie pas de moi. Ta journée va être chargée. Envoie-moi Béatrice. Et va. Si je me sens mieux, je te rejoindrai pour la remise du prix au vainqueur du jour.

La jeune femme posa un baiser sur le front de son frère et fit ainsi qu'il lui avait été demandé. Caribert était doté d'une solide constitution. Elle ne se souvenait pas de l'avoir jamais connu malade. Sa soudaine langueur ne l'inquiéta pas. Il se dépensait tellement. Elle devrait lui conseiller de se ménager lorsqu'il serait sur pied.

Dans la cour du château, les habitants du village se pressaient. En ce jour de Noël, la comtesse avait pour habitude de faire distribuer des pâtisseries aux enfants et des pains frais aux familles démunies. Elle aperçut Wulff, appuyé à la porte d'une étable, et aussitôt son cœur se mit à battre à se rompre. Elle fit un effort pour ne pas se diriger tout de suite vers lui. Elle accepta les remerciements des uns, les vœux de bonheur des autres. Elle adressa un signe d'amitié aux chevaliers qui quittaient le château pour gagner la lice. Enfin, elle n'y tint plus et s'avança vers le meneur de loups, qui était entouré d'une sorte d'aire déserte, comme si quelque force mystérieuse empêchait les gens de s'approcher de lui. La comtesse connaissait le nom de cette force : peur.

— Bonjour, étranger, je suis heureuse de voir que tu t'es joint à mes villageois pour venir me saluer, dit-elle d'une voix qu'elle voulait audible de tous.

Puis, d'un ton plus intime, elle ajouta :

— Joyeux Noël, Wulff.

Le meneur de loups s'inclina.

— Je suis heureux de voir que votre cheville va mieux, madame la comtesse.

— Grâce à vous, Wulff. A vous et à Margot.

— Je n'ai cessé de penser à vous depuis que je vous ai quittée, Isabelle. Quelle torture de vous voir et de ne pouvoir vous toucher !

— Je vous en prie... Si on vous entendait, fit Isabelle en proie à une émotion qu'elle imaginait perceptible de tous.

— Alors, accordez-moi un entretien privé. Je vous en conjure. Je me morfonds...

— C'est impossible.

Elle s'éloigna vivement. Elle n'avait pas fait trois pas que le meneur de loups la rappelait. Elle sentait tous les regards posés sur elle.

— Madame la comtesse, dit Wulff. Me serait-il possible de m'entretenir un instant avec le frère Caribert ? On m'a dit qu'il se trouvait au château. Il s'agit d'une affaire de la plus haute importance.

Isabelle se sentait désemparée. Elle pensait que cette « affaire de la plus haute importance » n'était qu'une excuse imaginée par le meneur de loups pour se retrouver seul avec elle. Il devait se douter que le donjon était quasi désert, car tous les chevaliers et écuyers avaient gagné la lice. Pourtant, elle ne pouvait faire mine d'ignorer la requête qui lui était adressée. Elle se sentit trembler de tous ses membres.

— Venez, parvint-elle enfin à articuler.

Lorsqu'elle se retrouva seule dans la salle commune avec Wulff, elle se tourna vers lui avec vivacité.

— Vous avez juré de me perdre ?

Elle aurait voulu mettre de la colère dans sa voix, mais celle-ci sonnait à ses oreilles à la manière d'une supplique.

— Oh, Isabelle, vous savez que jamais, pour rien au monde, je ne chercherais à vous nuire. Comment le pourrais-je ? Je ne ressens qu'amour et dévotion pour vous.

Le meneur de loups mit un genou en terre et saisit la main de la jeune femme.

— Je vous aime, Isabelle, dit-il. Ne me chassez pas, je vous en conjure.

La jeune femme retira sa main.

— Vous êtes fou. Relevez-vous.

Elle avait l'impression que son cœur allait s'arrêter de battre. Dès qu'ils eurent quitté la salle, elle saisit la main du meneur de loups et l'entraîna à sa suite. Les marches usées du donjon ne lui avaient jamais paru aussi hautes, aussi nombreuses... elles n'en finissaient pas.

Elle posa un doigt sur ses lèvres en désignant la porte de la chambre de dame Agnès. Puis elle ouvrit la porte de sa chambre et se sentit sur le point de défaillir.

Il la prit dans ses bras.

— Ne me renvoyez pas, belle Isabelle.

— Je n'en ai aucunement l'intention.

Les mots avaient franchi ses lèvres plus vite qu'elle ne l'aurait voulu. Elle fronça les sourcils.

— Qui êtes-vous, Wulff ? demanda-t-elle, en s'efforçant d'affermir sa voix. Un manant ne s'exprime pas ainsi que vous le faites. Vous...

— Qu'importe qui je suis, belle dame.

— Je veux savoir, insista Isabelle. Les gens du village font de vous un démon. Mon frère et moi vous considérons comme un conteur de talent. Ce qui est certain, c'est que vous êtes un être de qualité et pas un coureur de bois. Qu'êtes-vous venu chercher ici ? Qui êtes-vous ? insista-t-elle avec force.

Le meneur de loups poussa un soupir.

— Vous avez raison, dit-il en adoptant un ton plus grave. Je ne suis pas un coureur de bois. Mon père était noble et riche. Hélas, il a commis la folie d'écouter l'appel d'un pape. Il a décidé de se croiser et, avec lui, ses fils. Notre fortune a vite été engloutie dans l'expédition. Ma mère et mes sœurs, qu'il a contraintes à nous accompagner, ont péri sous les coups des Sarrasins à l'occasion d'une opération qui n'avait d'autre but que d'assouvir la soif de pouvoir d'un empereur peu soucieux du tombeau de Notre-Seigneur...

Il s'interrompit et tourna un regard désolé vers la fenêtre ouverte sur la campagne environnante.

— A notre retour, mes frères sont allés mettre leur arme au service de quelque seigneur susceptible de leur assurer le gîte et le couvert en échange de leur dévouement, de leur courage et de leur vie, si besoin en était. J'ai préféré une vie d'errance à cette soumission du corps et de l'âme.

— Vous ne croyez plus au Très-Haut ? demanda la comtesse, émue.

— Oh, si, belle Isabelle. Je crois plus que jamais en Dieu. Malheureusement, je n'ai plus foi en ceux qui se cachent derrière son nom pour propager un message de haine et inciter les croyants à partir en guerre. C'est pourquoi mes récits ne s'adressent qu'aux enfants. Leurs cœurs sont ouverts à l'amour et à la tolérance.

Wulff rit.

— Si mon père n'avait pas commis la folie de nous entraîner à sa suite dans une guerre qui ne concerne en rien la religion, j'aurais aujourd'hui hérité de son titre, en ma qualité d'aîné. Je serais un seigneur craint de ses sujets, car je n'aurais sans doute pas compris que Dieu dispense son enseignement à travers la nature, en aucun cas à travers les messages de ceux qui se revendiquent de lui...

Troublée, Isabelle était allée s'appuyer à la fenêtre. Elle se remémora cette journée où elle tentait vainement de décrire un ciel si blanc qu'il lui évoquait un lac de givre. Ce jour-là, elle avait senti que le spectacle que lui offrait la nature possédait une qualité mystique. Elle comprenait ce que disait Wulff et elle en était d'autant plus émue.

— Et votre compagnon ? demanda-t-elle, pour tenter de dévier le cours de ses pensées.

Wulff rit à nouveau. Un rire chaud et réconfortant.

— Fenrir doit s'ennuyer, je lui ai demandé de m'attendre dans les bois. Malgré son grand âge, il est pareil à un enfant, il n'aime pas que je m'éloigne de lui.

A son tour, il s'approcha de la fenêtre. Isabelle sentait la douce chaleur de son corps contre le sien.

— Je marchais depuis quelques semaines déjà quand j'ai entendu des plaintes provenant d'un fourré. Je me suis approché... Un loup était couché là, une plaie au côté. J'ai tendu l'oreille et j'ai reconnu les sons caractéristiques d'une cavalcade. L'animal avait dû être blessé par les chasseurs, mais il avait réussi à leur échapper et ils le cherchaient. Je ne sais pas ce qui m'a pris. Je l'ai soulevé dans mes bras. Il n'a pas cherché à me mordre. Il ne s'est pas même débattu. J'ai marché jusqu'à une rivière que je savais couler à proximité. Je me suis avancé jusqu'au milieu de son lit. J'avais de l'eau presque jusqu'au cou et je devais porter ma charge à bout de bras. Je serais incapable de vous dire pendant combien d'heures j'ai progressé ainsi. A la tombée de la nuit, j'ai gagné l'autre rive. Je suis resté près de lui jusqu'à ce qu'il soit en état de marcher. Il n'était déjà plus très jeune. Quand j'ai été rassuré sur son sort, je suis parti... et il m'a suivi. Depuis, nous ne nous sommes plus quittés.

Wulff se tourna, dos à la fenêtre, et il murmura

— J'aimerais tellement qu'il en aille de même pour nous, Isabelle.

Elle secoua la tête et ses longs cheveux blonds caressèrent le visage du meneur de loups.

— Vous oubliez que je suis mariée.

— Est-ce à dire que vous êtes prisonnière en ce château ? Que vous n'êtes pas libre de choisir le cours que vous désirez donner à votre existence ?

— Je ne sais pas, Wulff. J'ai à peine connu le comte Geoffroy. Je vous l'ai dit, je n'ai pas eu le temps de savoir si je l'aimais ou non.

— C'est donc que vous ne l'aimez pas.

Les pensées les plus contradictoires s'agitaient dans le cœur de la jeune femme et l'insistance du meneur de loups ne lui permettait pas d'y voir clair.

— Non, il est probable que je ne l'aime pas. Mais cela ne change rien au fait que je suis l'épouse du comte Geoffroy de Saint-Martin.

Wulff saisit la jeune femme par les épaules.

— Vous m'aimez, Isabelle. Je vous aime. Avez-vous le droit de sacrifier le bonheur... la vie de deux êtres, parce que vous avez dû épouser un homme que vous ne connaissiez pas ?

Isabelle était incapable de prononcer le moindre mot.

— Croyez-vous sincèrement que Dieu exigerait cela de ses créatures ? N'est-il pas tout amour ? Ne serait-il pas le premier à nous comprendre si nous décidions de vivre pleinement le don qu'il nous a fait ?

Des larmes se pressaient dans les yeux de la comtesse. Son esprit était la proie d'une confusion intense. Son cœur, lui...

— Je ne puis pas vous offrir le genre de vie que vous connaissez ici, Isabelle, s'obstinait Wulff. Si vous me suivez, votre existence sera précaire. Vous aurez un vieux loup pour compagnon de route. Vos belles robes seront vite lacérées par les ornières des routes. Les étoiles deviendront votre ciel de lit et...

— Wulff, le coupa la jeune femme. Je me soucie moins des belles robes et des ors que des appels du cœur. Vous n'êtes pas obligé de me croire, mais je pourrais suivre celui que j'aime au bout du monde sans autre bagage que notre amour...

— Ne suis-je pas l'homme que vous aimez, Isabelle ?

— Seulement, poursuivit-elle sans tenir compte de l'interruption, je ne trahirai pas la parole que j'ai librement donnée au comte Geoffroy. Si je me montrais parjure, mériterais-je votre respect ? Ne songeriez-vous pas qu'un jour je pourrais vous trahir de la même manière ?

— Isabelle, vous n'avez pas choisi le comte Geoffroy. Moi, vous m'auriez choisi...

— Je vous en conjure, Wulff, que je l'aie ou non choisi, je me dois de respecter la parole que je lui ai donnée. Vous n'avez pas le droit de me demander de...

Sa voix se brisa. Elle laissa sa tête s'abandonner sur la poitrine du meneur de loups.

— Les gens du village doivent avoir raison, vous êtes un sorcier. Comment avez-vous fait pour me troubler autant alors que je vous connais depuis moins longtemps encore que mon mari ?

— N'est-ce pas la preuve que ce que nous éprouvons l'un pour l'autre est bien de l'amour ? Un amour dispensé par Dieu.

— Peut-être est-ce un don de Dieu, murmura Isabelle. Mais si c'est le cas, nous devons le traiter en conséquence. Tant que je serai l'épouse du comte Geoffroy, je ne pourrai vous appartenir, Wulff. Ma trahison rendrait ce bel amour impur.

— Ainsi, il n'est rien que je puisse dire ou faire pour vous convaincre de m'accompagner ?

Isabelle secoua la tête. Wulff la pressa plus fort contre lui.

— Le comte Geoffroy est un homme bienheureux, dit-il.

— Non, murmura la jeune femme. Il est bien malheureux, au contraire, puisque mon cœur ne pourra plus jamais s'ouvrir pour lui.

Wulff se recula. Ce fut au tour d'Isabelle de le ramener à elle et de le serrer plus fort.

— Vous allez partir, maintenant, dit-elle. Je veillerai toujours à ce que nul ne vous fasse de mal, Wulff. Jamais je ne vous fermerai ma porte, je vous l'ai dit. Si vous vous trouvez dans le besoin ou s'il vous faut une aide quelconque, n'hésitez pas à faire appel à moi. A condition que vous promettiez de ne plus me parler d'amour.

Le meneur de loups baissa la tête.

— Je préfère me passer de votre protection que de proférer un mensonge, dit-il d'une voix presque inaudible.

Isabelle sourit. Elle aurait dû le détester de ne pas lui faire la réponse qu'elle demandait, au lieu de quoi, elle en éprouvait une sorte de soulagement. Ce fut elle qui avança son visage et posa ses lèvres contre celles de cet étranger qui lui avait volé son cœur.

— Allez, maintenant.

Wulff la contempla longuement, comme s'il cherchait à graver ses traits dans sa mémoire, puis il tourna les talons. Arrivé à la porte, il parla sans la regarder :

— Comtesse Isabelle, je dois vraiment m'entretenir avec votre frère.

Elle sursauta.

— C'est que mon frère est souffrant. Toutefois, si c'est de la plus haute importance…

Elle le guida jusqu'à la chambre de Caribert, au chevet duquel se trouvait Béatrice.

— Wulff désire te parler, dit-elle.

Le dominicain se redressa dans son lit.

— Dis-lui d'entrer, fit Caribert avec une lassitude qui surprit sa sœur. Va, Béatrice. Laisse-nous seuls.

A peine eut-elle refermé la porte qu'Isabelle se mit à courir vers sa chambre, où elle se jeta sur son lit. Béatrice la suivit et lui caressa la tête avec sa douceur habituelle.

— Mais tu pleures, ma douce colombe.

Isabelle se redressa.

— C'est affreux, dit-elle en essuyant ses larmes. Je l'aime, Béatrice. J'aime cet étranger. Mais je n'ai pas le droit de trahir Geoffroy.

— Certes, tu es son épouse, mais ne le trahis-tu pas au moins autant en...

— Tais-toi, tu ne peux pas comprendre...

Elle hésita et se mordilla une envie à l'index.

— La nuit de nos noces, reprit-elle enfin, je tremblais de terreur quand nous nous sommes retrouvés seuls, Geoffroy et moi. Lorsque les femmes ont dénoué les aiguillettes, il me regardait et je savais que cette expression dans ses yeux était du désir. Tandis qu'elles le manipulaient, j'ai vu son... son membre se durcir et se dresser. Quand elles sont parties, elles souriaient en échangeant des remarques qui me firent rougir... et cette vieille sorcière, qui allait passer la nuit assise sur un banc à surveiller la porte de notre chambre...

Béatrice écoutait son amie avec surprise. Jamais Isabelle n'avait évoqué sa nuit de noces.

— Geoffroy s'est approché de moi. En regardant son sexe dressé de la sorte, j'ai ressenti une espèce de chaleur dans le bas de mon ventre et j'ai compris ce qu'il fallait entendre par l'union des corps.

— Ma chérie, la coupa la gouvernante, tu n'es pas obligée...

Mais Isabelle ne l'écoutait pas.

— Geoffroy m'a prise dans ses bras. Il m'a sentie frissonner. Je n'avais jamais eu aussi peur de ma vie. Il m'a souri...

— Je te remercie, Isabelle, de m'avoir apporté ton soutien, lorsque j'ai annoncé mon intention d'aller chercher mon frère à la place de mon père.

— Soutenir son mari, n'est-ce pas là le devoir d'une épouse ?

— Il est aussi du devoir d'une épouse de s'unir à son mari au cours de sa nuit de noces. Isabelle, cela te fait peur, n'est-ce pas ?

— Oui, Geoffroy.

— Je le vois. N'aie crainte. Je vais me croiser. J'ignore si je reviendrai. Je ne veux pas...

Il s'interrompt.

— Si nos corps doivent s'unir, ce sera à mon retour. Pas avant. Ainsi, si Dieu choisit de me rappeler à lui, tu seras pure comme avant ton mariage.

Geoffroy s'allonge sur le lit et lui tend les bras. Isabelle vient se blottir contre le corps nu de son mari. Elle sent une larme couler le long de sa joue.

— Je veillerai sur ton sommeil. Dors, Isabelle. Ce qui se passe ici, cette nuit, est notre secret. C'est aussi mon cadeau pour nos noces.

Le soleil se lève dans le ciel quand le chevalier réveille son épouse. Il pose un baiser sur le front de cette jeune fille qui lui offre un sourire de gratitude. Il saisit son couteau et s'entaille la paume de la main. Il laisse son sang s'égoutter sur les draps.

— Ainsi, dit-il en riant, la mère maquerelle ne pourra pas dire que tu n'étais pas vierge.

Isabelle sent une vive émotion lui étreindre le cœur. Ce geste l'émeut comme jamais elle ne l'a été de sa vie. Elle tend la main vers son mari.

— N'est-ce pas mon sang qui est censé tacher ces draps ?

Il la contemple. Il y a de la tendresse et de l'admiration dans son regard.

— Personne ne verra la différence, dit-il.

— Si. Moi, dit Isabelle.

27

Le deuxième jour du tournoi

Le deuxième jour du tournoi, les participants étaient appelés à jouter à pied, lance en arrêt. Une fois les lances rompues, l'engagement devait se poursuivre à la hache. Seuls les juges de champ seraient habilités à arrêter ou à laisser aller le combat. Le vainqueur remporterait un rubis de cent écus.

Ce matin, Isabelle s'était à nouveau arrêtée à la porte de son frère. Contrairement à ce qu'il lui avait promis la veille, il ne l'avait pas rejointe pour la remise du prix au vainqueur du premier jour.

« Petite reine, je te promets d'être présent demain à l'ouverture du tournoi. Mais aujourd'hui, j'ai encore besoin de repos. Je me suis surmené, ces derniers jours. Et puis, toutes ces émotions... Bohémond, dont je dois prononcer la séquestration, son procès où je me retrouve aussi impuissant qu'un nouveau-né, son exécution à laquelle je ne puis me dispenser d'assister et, enfin, l'intervention inespérée de Margot... un dénouement heureux, certes, mais cette accumulation d'émotions a été trop forte pour moi. »

Isabelle n'avait pas insisté. Caribert lui cachait quelque chose. Se pouvait-il que son état fût plus inquiétant qu'il ne voulait le laisser paraître ?

Lorsqu'elle avait quitté le château pour se rendre à la lice où les chevaliers l'avaient précédée, elle vit, assis sur une borne du chemin, le meneur de loups, qui la suivait du regard. Elle amena sa monture jusqu'à lui.

— Wulff, dit-elle, les yeux emplis de larmes.

— Je vais quitter ce pays, Isabelle. Demain sera mon dernier jour à Saint-Martin. Venez avec moi. Je vous en conjure encore une fois.

— Pourquoi me torturer ainsi, Wulff ? Vous connaissez mes sentiments. Mais vous savez aussi que jamais je ne manquerai à la parole donnée à Geoffroy.

Le meneur de loups se releva. Il appela son compagnon, qui vint se coller à sa jambe sans que le cheval d'Isabelle ait le moindre mouvement de recul.

— Je vais vous donner la plus belle preuve de mon amour, Isabelle, dit-il d'une voix trouble. Demain, Wulff, le meneur de loups, disparaîtra à jamais de votre vie.

— Moi aussi, Wulff, je vais vous donner la plus belle preuve de mon amour, murmura Isabelle.

Il leva la main pour l'interrompre.

— Pas maintenant, voulez-vous ? Permettez que je vienne la réclamer juste avant de disparaître. Pas aujourd'hui... pas ainsi. Acceptez-vous ?

Isabelle eut un moment d'hésitation, puis elle songea que ce lui serait une occasion de le revoir. Elle opina du chef et lança son palefroi au galop.

Le meneur de loups regarda la comtesse de Saint-Martin se diriger vers les berges de la Moselle, où avait été dressée la lice.

Le frère Otton avait eu beau interroger les hommes qui avaient accompagné Simon Le Goff la nuit de Noël, il n'avait pas réussi à en tirer quoi que ce soit. Oui, ils s'étaient bien aventurés dans la forêt en compagnie du forgeron, mais ils n'avaient pas réussi à mettre la main sur le meneur de loups. Ils s'étaient lassés et étaient rentrés dans leurs foyers. Le Goff s'était entêté et avait continué seul la traque. Le chapelain n'avait pas été convaincu par le récit de ces hommes qui étaient, de toute évidence, sous le coup d'une vive émotion.

Bah ! avait-il conclu. Que Le Goff aille au diable !

Pendant cette deuxième journée du tournoi, Otton assista aux joutes avec une mine réjouie qui donnait aux gens qui ne le connaissaient pas l'impression de se trouver en présence d'un brave homme. Isabelle, en revanche, se demandait ce qu'il mijotait ; elle n'en avait jamais rien attendu de bon. Dame Agnès suivait les combats avec une sorte de douce nostalgie.

— Vous auriez dû voir mon Garin la lance au poing. Ah ! Il n'y en avait pas beaucoup pour lui tenir tête. Quel dommage que Geoffroy ne soit pas là. Il se serait adjugé toutes les récompenses.

Isabelle avait posé une main sur le bras de la vieille dame.

— M'en voudrez-vous si je vous avoue que je préfère ne pas le voir se battre ? demanda-t-elle. Je tremblerais pour lui à chaque coup porté.

Dame Agnès serra la main de sa bru avec chaleur.

— Moi aussi, je tremblais à chaque coup, mon enfant, mais quelle fierté quand il venait me présenter la pointe de sa lance pour que j'y accroche mon foulard ou un mouchoir !

La jeune femme baissa les yeux en se demandant ce qu'était devenu le mouchoir aux trois larmes brodées qu'elle avait offert à son mari avant son départ pour la Terre sainte.

— Hélas, reprit la vieille dame, Geoffroy reviendra trop tard pour prendre part au tournoi.

Elle poussa un soupir.

— Le malheur, c'est qu'il reviendra trop tôt aussi. Mon cœur est toujours aussi froid. Je ne saurai pas l'accueillir comme je le voudrais.

Isabelle passa un bras autour des épaules de dame Agnès et l'attira contre elle.

— Si plus de gens avaient le cœur froid comme le vôtre, il y aurait moins de haine dans ce triste monde, mère.

La vieille dame dévisagea sa bru.

— Oh, certes, je vous ai connue froide, distante et même glaciale, ajouta la comtesse, mais cette femme-là n'est plus. Aujourd'hui, mère, je puis vous assurer que votre cœur saura accueillir votre fils comme il l'espère.

La vieille dame porta un mouchoir à sa bouche pour masquer son émotion.

— Merci pour ces paroles de réconfort, ma chère fille, dit-elle enfin.

Ce soir-là, tandis qu'il regagnait le château, un paysan s'approcha du chapelain ; il triturait sa coiffe en un geste de respect craintif.

— C'est la mère, expliqua-t-il, elle va passer, mon père. Faudrait venir lui donner l'extrême-onction.

Le frère Otton maîtrisa un mouvement d'humeur. Allons, le service du Seigneur passait aussi par ces petits gestes du quotidien. Or Dieu lui donnait tant ces temps-ci qu'il ne pouvait lui faire défaut.

— Va, mon brave, je te suis, fit-il avec condescendance.

L'homme partit d'un bon pas vers la forêt.

— On va couper par le bois, dit-il, on sera plus vite rendus.

C'est ça, songeait le franciscain, qu'on en finisse !

Tout en marchant, il ne pouvait s'empêcher de songer à la confession de Caribert. Il ne s'était pas attendu à un tel récit. Depuis, le malheureux dominicain était cloué au lit.

Maintenant, je ne vois pas comment notre chère comtesse pourrait me refuser quoi que ce soit, si elle ne veut pas que le scandale frappe sa famille. Qu'importe que le comte revienne ou non, qu'importe que la vieille perde la tête... désormais, c'est la belle blonde qui me mangera dans la main.

— Dis donc, manant, elle est encore loin ta chaumière ? demanda le frère Otton, que le pas rapide du paysan mettait à la torture.

— Plus très, mon père. Plus très.

Le chapelain fronça les sourcils. La nuit ne tarderait pas à tomber. On n'y voyait déjà plus très clair, avec la futaie qui cachait le ciel. Il essaya de se repérer, mais ne reconnut pas les lieux. Tout à coup, un frisson le parcourut. Ils approchaient du chêne du lépreux.

— Je ne connais pas de ferme dans le coin, manant. Comment m'as-tu dit que tu t'appelais ?

L'autre continuait d'avancer sans répondre.

— Je t'ai parlé. Ne m'as-tu pas entendu ? De quelle ferme es-tu ? Si tu ne me réponds pas, ta mère crèvera comme une païenne, car je ne ferai pas un pas de plus si...

— Qu'il est mal de parler ainsi, frère Otton, dit une voix qui fit lever la tête au chapelain.

L'homme qui venait de l'apostropher ainsi était assis sur la branche basse d'un arbre voisin. Le paysan, lui, s'était retourné et le contemplait en riant.

— Wulff ! s'exclama le franciscain au moment où le meneur de loups se laissait tomber sur le sol.

— Pour te servir, méchant homme, toi qui traites avec si peu de considération l'âme d'une pauvre vieille.

Le chapelain tournait sur lui-même. Il était entouré d'hommes vêtus de peaux de loup. Si ces individus n'avaient rien de monstres sortis de l'enfer, ils n'en étaient pas moins effrayants. Otton se mordit la lèvre en sentant sa vessie se vider et l'urine couler le long de ses cuisses.

— Que me veux-tu ? trouva-t-il la force de demander d'une voix implorante.

— Te juger ! déclara le meneur de loups.

— Me juger ? Mais de quel droit ? Et de quoi suis-je accusé ?

— Te réciter la liste des chefs d'accusation serait une tâche trop fastidieuse, frère poltron. Quant au droit... disons le droit que mes amis et moi nous sommes accordé, le jour où nous avons eu vent de tes vilenies.

Les yeux du chapelain manquèrent de lui sortir de la tête quand il découvrit Simon Le Goff assis lui aussi sur une branche de chêne. Un homme, debout à ses côtés, tenait d'une main ferme un bout de la corde qui entourait le cou du forgeron.

— Nous avons déjà jugé ton complice, dit Wulff. Il a été reconnu coupable par les hommes mêmes qu'il avait réussi à convaincre de m'envoyer en enfer. Cet enfer dont tu espérais les persuader que je m'étais échappé.

La mine des hommes qui entouraient le chapelain était vraiment terrifiante.

— Ces honnêtes pères de famille ont écouté avec beaucoup d'attention la femme de Bohémond leur raconter comment Simon Le Goff l'avait égorgée. Oui... Irène est sortie du monde des morts pour la circonstance.

Le chapelain tremblait.

— La parole a ensuite été donnée à la défense... Nous avons respecté les règles de l'Eglise, comme tu le vois.

Wulff grimaça.

— Hélas, l'accusé ne pouvant nier les faits, sa défense s'est limitée à des injures te concernant. Ah ça, tu as mal choisi ton complice. Il n'a éprouvé aucun remords à dénoncer ta perfidie. Et, vois-tu, ces braves pères de famille ont été tellement impressionnés par son récit qu'ils ont accepté de revenir ici, ce soir, de leur plein gré, pour te juger, toi.

Wulff invita le chapelain à regarder du côté du chêne du lépreux. Sidéré, le frère Otton découvrit Raymond le boulanger, Martin le drapier et tous ceux qu'avait enrôlés le forgeron. Se pouvait-il que Dieu l'abandonnât ? N'avait-il pas fait tout ce que le Seigneur lui avait demandé pour son service ? Celui-ci ne le lui avait-il pas confirmé à maintes reprises en lui apportant les réponses à ses questions ?

— A ton tour de comparaître devant tes juges, chapelain, lança le meneur de loups d'une voix forte. Mais auparavant...

Il leva les yeux vers le chêne sur lequel Simon Le Goff tremblait à la manière d'une feuille morte.

— Bourreau, fais ton office !

L'homme debout sur la branche de chêne poussa du pied le forgeron qui hurla en tombant vers le sol. Sa chute fut arrêtée net par la corde qui lui enserrait le cou. Le bourreau se laissa alors tomber sur ses épaules. Le craquement des vertèbres brisées par le choc arracha un cri aux lèvres blanches du chapelain.

Wulff poussa Otton vers ses juges.

— Ainsi que je te l'ai dit, frère Otton, dresser la liste de tous tes méfaits serait trop fastidieux. J'ai donc décidé, en accord avec mes compagnons, que nous n'en retiendrions qu'un. Le plus odieux.

Il marqua un temps tandis qu'Otton hochait la tête, comme pour marquer son accord.

Dieu, apportez-moi votre aide, une dernière fois...

La voix du meneur de loups claqua, impitoyable :

— Nieras-tu que tu as fait absorber du poison au vieux comte Garin ?

— Qui m'accuse ? demanda le franciscain tout en s'efforçant de reprendre ses esprits.

Margot sortit d'un taillis et, sans un regard vers l'accusé, elle s'approcha des juges réunis pour l'occasion.

— Je n'ai jamais eu commerce avec cette femme, dit Otton avant que la guérisseuse ait pu prononcer le moindre mot.

Margot se tourna vers le moine, une lueur de défi dans le regard.

— Hier, messieurs, dit la jeune femme, je vous ai abusés, en me faisant passer pour le spectre d'Irène. Ce soir, je ne vous abuserai pas. Tout ce que je vais vous dire est vrai. Sur mon âme.

— C'est... une ribaude, hoqueta le chapelain.

— Oh là ! C'était il y a bien longtemps, ça, intervint le drapier. Aujourd'hui, c'est une fille qui mérite notre respect.

— Le vieux comte, reprit Margot après s'être inclinée devant l'homme en signe de remerciement, est mort au terme d'une agonie de plusieurs semaines...

— De mort naturelle ! hurla Otton.

— Peu de temps avant qu'il ne présente les premiers signes de son mal, enchaîna Margot, la vieille Armance, à qui je dois tout ce que je sais des simples, m'avait confié que le chapelain que voici était venu la trouver et l'avait interrogée sur les poisons. Il prétendait travailler à un ouvrage de médecine à la demande des supérieurs de son ordre.

— Qu'est devenu cet ouvrage, chapelain ? demanda Wulff.

— J'y travaille encore, répondit Otton. C'est une œuvre de longue haleine...

— J'ignore tout de cet ouvrage, dit Margot, mais la vieille Armance m'avait conseillé de me méfier du frère Otton. « Je serais pas surprise qu'il arrive malheur à quelqu'un de son entourage », m'avait-elle dit. Elle aurait dû être la première à se méfier. Le lendemain, elle mourait dans l'incendie de sa chaumière. Vous vous en souvenez sûrement. Je connaissais bien ses étagères et tout ce qui s'y trouvait. Quand j'ai examiné les décombres, j'ai constaté l'absence d'une partie de ses remèdes. Que des poisons !

— Allons, chapelain, dit le meneur de loups. Pourquoi ne pas soulager ton âme ? Le Seigneur t'en saura gré. D'autant que la liste de tes crimes ne s'arrête pas là...

Le frère Otton sentit qu'il n'avait de pitié à attendre de personne. Mais une fois encore le Seigneur lui dicta la voie à suivre. Oui, lui seul pouvait lui avoir soufflé ce qu'il devait faire. Il savait bien que Dieu ne l'abandonnerait jamais. Lui, Otton, était son plus sûr soutien. Sans son dévouement, l'Eglise finirait par voguer à la dérive. Dieu avait besoin de lui, autant que lui de Dieu. Qu'il vienne à disparaître et c'en serait fini de Dieu lui-même !

— Soit, dit-il avec un air de défi. Je vais vous dire toute la vérité. Je n'ai pas assassiné le vieux comte Garin. Je l'ai juste aidé à passer. Je le voyais souffrir. Il me l'avait avoué en confession, il ne supportait pas l'idée d'avoir causé la mort de ses fils en les emmenant outre-mer. Il ne supportait pas que sa femme perde la raison à cause de lui. Enfin, il ne supportait pas l'idée que son dernier fils, Geoffroy, puisse à son tour trouver la mort en Terre sainte. Il n'avait plus de goût pour la vie et...

— T'avais pas à le pousser vers la tombe pour autant ! lança Raymond, le boulanger.

— Il m'en a presque supplié. Je ne voulais pas obéir, mais c'est Dieu lui-même qui m'est apparu en songe et qui m'a donné ordre d'apporter le soulagement à cette créature pour laquelle il éprouvait la plus vive affection

— As-tu d'autres crimes à avouer, chapelain ? demanda Wulff d'une voix sourde.

— Des crimes ? Non. Des services rendus au Seigneur ? Bien sûr !

Le frère Otton paraissait transfiguré. Il se mit à réciter la litanie de ses crimes, grands et petits. Il était habité par le Seigneur. C'était Dieu lui-même qui mettait les mots dans sa bouche. Il le sentait. Il en était heureux. Ces hommes le sentiraient, eux aussi. En définitive, ils lui rendraient justice. Ils l'absoudraient et s'en prendraient à ce suppôt de Satan, qui cherchait à les manipuler au nom du Malin.

— Il suffit, le coupa Wulff. Messieurs, cette confession vous paraît-elle convaincante ? Est-ce le Seigneur qui a inspiré cet homme ?

D'une seule voix, les villageois s'exclamèrent :

— Non !

— Cet homme est-il coupable ?

— Coupable !

Le cri fut unanime. Otton en demeura bouche bée. Il n'avait pas eu l'occasion d'aller au terme de sa confession. C'était pour cela qu'on le croyait coupable. Ses juges n'avaient pas reçu le message du Seigneur, par la faute de ce démon.

— Quelle sentence ?

Là aussi, la réponse fut unanime :

— La mort !

— Non, hurla le franciscain. Je ne veux pas mourir… Vous ne pouvez pas me tuer… C'est impossible !

— Pourquoi ? demanda le meneur de loups en faisant signe à ses compagnons de renvoyer les villageois chez eux.

Ils avaient accompli ce qu'on attendait d'eux, le reste ne les concernait pas.

— Tu ne devrais pas craindre la mort, puisque tu es en paix avec ta conscience, poursuivit le meneur de loups. Puisque tu es l'humble serviteur du Seigneur ! Puisque c'est en son nom que tu as accompli tout ce que tu as fait.

— Vous n'allez pas me tuer, n'est-ce pas ?

— On va se gêner ! lança l'homme qui avait sauté sur les épaules du forgeron.

— Comprends-nous bien, reprit Wulff. Si tu dis vrai, si tous tes actes t'ont été dictés par Dieu, nous connaîtrons notre châtiment, car ce que nous allons accomplir sera un crime aux yeux du Seigneur. Mais si tu as agi par malice… disons par cupidité, comme nous en sommes convaincus, te réfugier derrière le Seigneur pour justifier tes crimes relève du blasphème…

Wulff se tourna vers ses compagnons.

— Et comment punit-on le blasphème, en la bonne ville de Metz ?

— Non ! hurla le chapelain.

— Le saut dans la xippe, répondit un homme au milieu d'un silence pesant qui traduisait à lui seul l'horreur de la peine.

La xippe était un égout, situé à l'extrémité du Champ-à-Seille. Là se déversaient dans la rivière les ordures et détritus de l'hôpital Saint-Nicolas. Une potence y avait été dressée, avec une roue qui tournait sur un axe et portait une corde sur sa jante. Le condamné était placé dans une cage de fer ajourée et plongé dans le cloaque autant de fois que l'indiquait la sentence du tribunal.

— Ecoutez-moi, Wulff, écoutez-moi… supplia le frère Otton. Je… j'ai quelque chose à vous révéler… un secret terrible qui vous procurera le pouvoir…

— Un secret qui me procurera le pouvoir ? Mais que ferais-je du pouvoir, le moine ? Est-ce le pouvoir qui m'ouvrira la porte des cieux ?

— Ecoutez-moi, je vous en conjure. Ce secret nous rendra riches… vous, moi, nous tous autant que nous sommes…

Le chapelain s'était redressé. Il s'adressait maintenant aux hommes-loups qui l'entouraient. Ils paraissaient si misérables, dans leurs guenilles. Si leur chef se moquait de la fortune, eux se laisseraient séduire par la perspective de la richesse. Une fois encore, le Seigneur lui apportait les moyens de son salut. Il se mit à rire. D'un rire de dément.

— Avec le secret que je vais vous révéler, la comtesse n'aura rien à nous refuser.

Wulff fit un pas en avant.

— Allons, Otton, meurs donc en homme, puisque tu n'as pas su vivre comme tel. Que viens-tu nous proposer le pouvoir, puisque nous le détenons déjà ? Connais-tu un pouvoir plus grand que celui de donner la mort ?

Tirant sa dague de son étui, le meneur de loups trancha la gorge du franciscain. Le frère Otton porta la main à son cou. Il sentait le sang couler entre ses doigts. Son sang. Sa vie. Une angoisse terrible l'étreignit subitement. La porte de l'enfer s'ouvrait devant ses yeux exorbités.

— Emmenez-le à la xippe, ordonna Wulff.

Margot contemplait le meneur de loups avec effroi. Elle ne l'aurait jamais imaginé capable d'un tel geste.

Tandis que ses compagnons s'occupaient du corps sans vie du chapelain, Wulff leur lança :

— Ne vous avais-je pas promis que nous entrerions au château par la grande porte, au troisième jour du tournoi, mes amis ?

28

Le troisième jour du tournoi

Le troisième et dernier jour du tournoi, la moitié des chevaliers combattrait l'autre. Les vainqueurs feraient des prisonniers qu'ils amèneraient aux pieds des dames. L'ultime vainqueur se verrait attribuer une armure complète, ouvragée par le forgeron Simon Le Goff, ainsi qu'un palefroi avec sa housse d'or.

La journée s'ouvrit, toutefois, sur un coup de tonnerre. Le maître échevin de la ville de Metz se présenta en personne au château. La comtesse le reçut dans la salle commune où Caribert l'avait rejointe, respectueux de sa promesse de la veille. Le magistrat était bouleversé.

— Vous devez m'accompagner... dit-il, incapable d'aligner une phrase cohérente. Un terrible malheur... Un drame... Ce n'est pas un bien joli spectacle...

Isabelle fit aussitôt seller son cheval et celui de Caribert. Arrivée à la xippe, la comtesse porta la main à sa bouche. Caribert blêmit.

— C'est bien votre chapelain, n'est-ce pas ? demanda le maître échevin.

La jeune femme hocha la tête.

— C'est le châtiment généralement réservé aux blasphémateurs, observa le dominicain.

— Sinon qu'on n'égorge pas les blasphémateurs avant de leur infliger cette peine qui, de plus, n'est pas censée entraîner la mort, releva le maître échevin.

— Pouvez-vous faire conduire sa dépouille au château ? demanda la comtesse. Nous veillerons à ce qu'il reçoive une sépulture décente.

— Qui a bien pu accomplir un tel acte ? demanda le magistrat. Et pour quelles raisons ?

— Qui ? dit la comtesse, surprise de n'être pas plus bouleversée par un spectacle aussi affreux. Je l'ignore. Quant aux raisons, je crains qu'elles ne manquent pas...

Le magistrat la regarda.

— Rassurez-vous, dit-elle, je ne suis pour rien dans sa mort, messire, mais je ne pleurerai pas cette... fouine, comme l'appelait mon mari.

Puis, après un dernier regard au supplicié, elle annonça :

— Je dois vous quitter. Je ne peux pas me permettre de manquer le dernier jour du tournoi.

— Je t'accompagne, dit Caribert.

Le magistrat regarda s'éloigner les deux cavaliers en se disant qu'après tout il ne savait pas grand-chose de ce franciscain et que la jeune comtesse semblait avoir de sérieuses raisons de ne pas pleurer sa mort.

A son retour, Isabelle trouva le château en émoi.

— Que se passe-t-il encore ?

— Madame, annonça un garde, on vient de nous amener le corps du forgeron, Simon Le Goff. Il a été retrouvé dans la forêt... pendu non loin du chêne du lépreux.

La jeune femme pâlit. Elle n'ignorait pas que le forgeron avait disparu la nuit même où il s'était mis en tête de massacrer le meneur de loups. Se pouvait-il que Wulff... ?

— Doit-on le conduire dans la chapelle ? demanda le garde.

— Non, il n'a que faire ici. Ramenez-le chez lui. S'il a de la famille, qu'elle veille à lui donner une sépulture chrétienne. S'il n'en a pas, voyez avec le père abbé ce qu'il y a lieu de faire.

Caribert posa un regard sombre sur sa sœur, qui tourna aussitôt bride.

— Tu m'accompagnes ? lui demanda-t-elle sur un ton qui renfermait presque une nuance de défi.

Décontenancé, Caribert opina de la tête. Au moment où sa sœur allait lancer son cheval au galop, il s'empara de ses rênes.

— Il est inutile de nous rompre le cou, Isabelle.

La jeune femme voulut répliquer, mais elle réalisa qu'elle n'avait aucune raison de s'en prendre à son frère.

— Tu as raison, il y a déjà assez de morts pour la journée.

— Je n'ai pas encore vu Wulff, ce matin, observa le dominicain tandis qu'ils se dirigeaient vers la lice au petit trot.

— Il m'a annoncé qu'aujourd'hui il disparaîtrait de ma vie, murmura la jeune femme d'une voix qui ne parvenait pas à dissimuler sa tristesse.

— Isabelle, dit Caribert, je ne t'ai jamais connue ainsi. Tu es malheureuse, n'est-ce pas ?

Isabelle mit son cheval au pas.

— Oui, Caribert, admit-elle, je ne comprends pas moi-même ce qui m'arrive. Cet homme a éveillé en moi une émotion que j'éprouve pour la première fois de ma vie. Serait-ce de l'amour ?

Le dominicain eut un sourire triste.

— Je ne suis pas dans ton cœur, petite sœur, mais ça m'en a tout l'air.

Ils arrivèrent au champ de lice et Isabelle parcourut la foule des yeux. Elle n'avait pas renoncé à l'espoir d'apercevoir Wulff mais, selon toute apparence, celui-ci avait décidé de ne pas assister au tournoi. Elle alla s'installer entre Béatrice et dame Agnès, à qui elle annonça la mort du chapelain. Dame Agnès secoua la tête et soupira.

— Je doute que la porte du paradis s'ouvre devant lui, murmura-t-elle en se signant.

Le tournoi parut interminable à Isabelle. Elle ne prenait aucun plaisir à ces passes d'armes.

Et Wulff qui ne paraissait toujours pas... N'avait-il pas promis de venir chercher sa preuve d'amour avant de disparaître ? Décidément, la comtesse n'aimait pas cette journée.

Bientôt le vainqueur serait couronné. La fête s'achèverait et les vassaux rentreraient chez eux sans avoir pu saluer le comte. Isabelle se demandait si certains ne profiteraient pas de cette absence pour aller proposer leur fidélité à d'autres maîtres. Elle ignorait quoi faire pour empêcher semblables défections et en venait à songer qu'elle n'était pas à la hauteur de sa tâche, quand une trompe résonna.

Un homme vêtu d'une peau de loup s'avançait, portant fièrement un blason sur lequel était grossièrement dessinée une tête de loup. La jeune femme en eut le souffle coupé, son cœur la mettait à la torture. Non, cet homme n'était pas Wulff. Un champion le suivait, qui se présenta à la barrière. Il ne portait pas d'armoiries, pas de devise, et pour tout cimier une touffe de poils de loup, qui fit courir des rires dans l'assistance. Il n'était pas suivi de pages ni d'écuyer, mais d'un vieux loup. Les chevaliers le considérèrent avec dédain, mais un ancien proverbe circulait déjà parmi le peuple : « Si le diable sortait de l'enfer pour se battre, il se trouverait un chevalier pour lui porter le défi. »

Le vainqueur de la première journée de tournoi s'avança.

— Allons, l'ami, il ne sera pas dit que tu seras venu pour rien. Je relève ton défi.

Le chevalier sans armoiries s'approcha de la tribune où était installée la comtesse. Il releva son heaume et Isabelle ne put retenir un cri. Wulff la contemplait avec gravité.

— Je vous avais promis de revenir vous réclamer une certaine chose avant de disparaître, dit-il.

Isabelle n'eut pas à lui demander de préciser sa pensée. Il était venu réclamer la preuve d'amour qu'elle lui avait promise. Elle s'apprêtait à nouer son écharpe au bout de sa lance, sans se soucier des regards de désapprobation qu'elle sentait posés sur elle, mais il arrêta son geste.

— Pas maintenant, dit-il. Si je suis défait, comtesse, je vous délie, par avance, de votre promesse. Si je suis champion, il sera toujours temps pour vous de tenir cette promesse.

Le meneur de loups rabattit son heaume et alla prendre position. Au premier choc, la lance de son adversaire se brisa. Un nouveau chevalier se présenta face à lui. Il mordit la poussière à son tour. Dès lors, tous voulurent se mesurer à lui. Il fit vider les arçons à pas moins de quatorze chevaliers. Dans la foule, certains voyaient dans cet exploit la preuve que l'étranger était bien l'envoyé du diable évoqué par le frère Otton. D'autres applaudissaient à tout rompre et proclamaient :

— Prix et louange à l'aventureux nouvellement venu !

Isabelle se souciait peu des victoires accumulées par Wulff. Elle ne voyait que les coups qu'il recevait. Elle manqua de défaillir quand un coup de hache lui arracha un cri et l'obligea à mettre un genou en terre. Elle ne se sentit soulagée que lorsqu'il ne se trouva plus personne pour combattre.

Wulff, ce champion sans armoiries, était le grand vainqueur du tournoi.

— Qu'on lui décerne le prix du jour ! clamait la foule.

Isabelle se leva et le silence se fit. Le meneur de loups avait mis pied à terre. Elle le vit chanceler.

— Etranger, dit-elle, chevalier au loup, puisque nul ici ne connaît ton nom, je vois que tu es blessé. Va te faire soigner. Ensuite, je te remettrai ton prix.

Wulff s'inclina et se dirigea vers une tente qu'un chevalier de Saint-Martin, impressionné par sa performance, avait spontanément mise à sa disposition.

Le temps passait et le champion ne quittait pas sa tente. Le peuple s'impatientait. Des clameurs montaient des quatre coins de la lice. Caribert se pencha vers sa sœur.

— Pourquoi as-tu dit que nous ne connaissions pas son nom ? Il se nomme Wulff, non ?

La jeune femme sourit.

— Son père était noble. Il est mort en Terre sainte, où il avait emmené ses fils. Je doute que Wulff soit son vrai nom.

Ces mots venaient à peine de franchir les lèvres de la jeune femme que des trompes se firent entendre, ainsi que le son d'une cavalcade. A la stupeur générale, une troupe de chevaliers et d'écuyers venait de pénétrer dans l'enceinte du tournoi. Celui qui dirigeait ces hommes vêtus de peaux de loup et tenant par la longe un cheval caparaçonné n'était autre que Bohémond, en habits de chevalier.

La troupe s'arrêta à la porte de la tente où le meneur de loups soignait ses blessures. Tout se passa alors si vite qu'Isabelle ne comprit pas tout de suite la scène qui se déroulait sous ses yeux ébahis. Au moment où l'homme sortait de la tente et bondissait sur le cheval dont Bohémond lui tendait les rênes, les chevaliers rejetèrent leurs peaux de loup et dévoilèrent leurs couleurs. Celles du comte de Saint-Martin.

Ce n'était plus un homme au visage buriné, à l'œil masqué par un bandeau et le corps vêtu de peaux de loup qui s'avançait dans la lice, mais un chevalier sans armure, tête nue, ses cheveux blonds volant au vent. Il se dirigeait vers la tribune où dame Agnès s'était levée, les mains pressées sur son cœur.

Des cris d'allégresse accueillirent le retour du comte Geoffroy de Saint-Martin. La vieille dame murmurait en litanie : « Mon fils ! Mon cher fils... »

Caribert secouait la tête, incrédule. Isabelle était désemparée. Elle ne savait s'il lui fallait céder à la joie de constater que le meneur de loups et son mari ne faisaient qu'une seule et même personne ou si elle devait laisser exploser sa fureur d'avoir été ainsi manipulée par son propre mari.

Le comte s'avança vers son épouse. Le loup l'avait rejoint. La comtesse lut dans les yeux de Geoffroy un mélange de joie, de fierté mais aussi d'inquiétude.

Il s'arrêta devant elle et mit pied à terre.

— Je viens chercher ce que vous m'avez promis, dit-il.

Si sa voix n'était pas très assurée, les lèvres de la comtesse, elles, étaient tout à fait incontrôlables. Elle dut faire effort pour maîtriser son émotion. En définitive, elle dit :

– - Soit, mais puisque j'ai été trompée, car je ne recevrai pas... totalement le gage que vous m'avez promis...

Elle vit que Geoffroy comprenait ce qu'elle voulait dire : Wulff ne disparaîtrait pas totalement de sa vie.

— ... avant de tenir mon engagement, je veux vous demander quelque chose. Le jour de votre départ, je vous ai remis un objet...

Elle ne poursuivit pas. Geoffroy venait de sortir d'une poche de son manteau un mouchoir sur lequel trois larmes étaient brodées. Isabelle quitta la tribune et se jeta dans les bras de son mari.

— Je devrais vous arracher les yeux, murmura-t-elle à son oreille tandis que des vivats s'élevaient de partout.

— Je ne pourrais pas vous en tenir grief, comtesse, dit-il.

— Pourquoi cette mascarade ?

— Nous aurons toute une vie pour en parler, Isabelle, dit le comte. Sachez que j'avais quelques petits comptes à régler. Il m'était revenu que la mort de mon père n'était pas naturelle. Je devais m'assurer qu'on ne m'avait pas trompé. Et puis...

Il se recula et contempla son épouse.

— Nous n'avions pas eu le temps d'apprendre à nous connaître, chère Isabelle, et je voulais savoir qui était réellement ma femme.

Elle le contempla avec du feu dans les yeux.

— Nous aurons d'autres points à éclaircir, comte.

Geoffroy fronça les sourcils.

— Par exemple ?

Le couple était tout à fait insensible à la foule qui les entourait.

— Margot et son fils.

— Vous voulez parler de mon neveu ? demanda le comte.

Isabelle sentit ses yeux se dilater sous l'effet de la surprise.

— Jérôme est le fils de mon frère. Gautier aimait Margot, mais il n'a pas eu le courage d'assumer son amour pour une fille de joie. Il était déjà le bâtard de la famille... Margot m'avait juré de préserver ce secret. Vous ne devez pas lui en vouloir de n'avoir pas répondu à vos questions. C'est ma seule faute et...

— N'ajoute rien, mon amour, fit Isabelle. Tu l'as dit, nous aurons toute la vie pour parler... Maintenant, je crois qu'il y a, là, une dame qui aimerait beaucoup te presser contre son cœur...

Geoffroy se tourna et vit sa mère, en larmes, qui lui tendait les bras en répétant son nom avec amour.

Epilogue

Dame Agnès avait patiemment attendu que Geoffroy s'arrache aux bras de son épouse pour venir le presser contre son cœur.

— Le Seigneur a exaucé ma prière, dit-elle. Tu es revenu et je puis t'accueillir les bras ouverts et le cœur dilaté. Oh, merci à toi, Dieu de miséricorde !

Le jeune comte songea que sa mère n'avait pas beaucoup changé. Elle était toujours aussi mystique.

— Il faut dire que je bénéficiais d'un bon avocat pour plaider ma cause auprès de lui, ajouta la vieille dame, le visage radieux.

— Otton ? ironisa Geoffroy.

— Oh non, pas lui, mon fils. Gautier ! Aujourd'hui, je sais qu'il m'a accordé son pardon.

Le jeune comte se recula et regarda sa mère. Il s'aperçut qu'il s'était trompé. Elle avait changé. Il y avait dans son regard une douceur qu'il ne lui avait jamais connue. Elle se tenait plus droite, aussi, et ses yeux n'étaient plus creusés comme autrefois.

— Je suis heureux que vous ayez fait la paix, tous les deux, dit-il.

Caribert s'empressa d'aller saluer le comte avant que ses vassaux ne l'accaparent.

— Pourquoi ne m'avoir pas mis dans la confidence, Geoffroy ?

Le comte haussa les épaules.

— Vous êtes son frère et...

— Vous savez bien que non, désormais. Que comptez-vous faire de moi ?

Le jeune comte posa un regard surpris sur le dominicain.

— Que devrais-je faire de vous, mon ami ? Vous avez commis un acte répréhensible aux yeux de l'Eglise, un crime pour certains – pour vous-même, n'est-ce pas ? J'ai une autre notion de ce qu'est un crime. De toute façon, d'autres n'auraient pas eu vos scrupules.

Il marqua un temps et se reprit :

— D'autres, dans une situation semblable, n'ont pas eu vos scrupules et cela ne les a pas empêchés d'occuper les plus hautes fonctions au sein de l'Eglise. La différence, c'est que vous avez fait de votre vie une longue expiation. Si vous voulez m'en croire, Caribert, il y a belle lurette que Dieu vous a pardonné.

— Dieu ? fit le dominicain. Oui, Dieu sûrement. Il n'est qu'amour. Mais, moi, jamais je ne me pardonnerai. Bah ! ajouta-t-il, cela n'a plus d'importance, aujourd'hui. Vous êtes de retour et Isabelle ne pourrait avoir meilleur époux...

Ils furent interrompus par des seigneurs qui tenaient à renouveler leur sujétion au jeune comte :

— De même que j'ai loyalement servi votre père, sachez, comte, que je serai toujours...

Geoffroy les regardait qui défilaient les uns après les autres, répétant la même litanie qu'il n'écoutait pas. Il remplissait sa fonction, mais n'avait qu'une hâte : redevenir un homme pour serrer la femme qu'il aimait dans ses bras. Il savait que, cette nuit, il n'aurait pas à s'entailler la paume.

Lorsqu'il vit l'aube pointer à l'horizon, Geoffroy n'aspirait à rien d'autre qu'à rester coucher le plus longtemps possible auprès de cette femme qui lui avait offert son premier sang d'amour. Hélas, des coups frappés à leur porte les arrachèrent à leur douce torpeur. Le comte comprit aussitôt qu'il était arrivé un malheur. Il se reprocha de n'avoir pas accordé plus d'attention au dominicain au cours de la soirée. D'un bond, il fut sur ses pieds.

Béatrice pénétra en cheveux dans la chambre.

— Caribert ? demanda le comte.

Elle fit oui de la tête, en se laissant choir sur le lit.

— Qu'est-il arrivé à mon frère ? demanda Isabelle, subitement angoissée.

Béatrice regardait Geoffroy, qui l'encouragea à parler.

— Il est parti peu avant l'aube, selon les gardes. Il a laissé une lettre. Des aveux...

— Des aveux ?

— S'il est parti à l'aube, il n'a guère d'avance et mon cheval est rapide, intervint le comte.

— Mais de quels aveux parlez-vous ? Qu'a fait Caribert ? Que lui est-il arrivé ?

— Béatrice, vous aurez la force de lui expliquer ? demanda Geoffroy.

Elle acquiesça. Le comte se tourna alors vers son épouse.

— Isabelle, je promets de ramener ton frère Fais-moi confiance.

La jeune femme saisit les mains de son mari.

— En toi, j'ai toute confiance, dit-elle. C'est au destin que je ne fais plus confiance.

Comme il franchissait le seuil de la chambre, il entendit sa femme demander :

— Maintenant, Béatrice, réponds-moi : quelle est cette histoire d'aveux ?

Tandis que son destrier l'emmenait à la poursuite du dominicain, Geoffroy imaginait la souffrance de son épouse lorsqu'elle prendrait connaissance du secret qui avait rongé Caribert depuis la naissance de celle qui se croyait sa sœur. Secret que le dominicain avait confié à Wulff, lorsque celui-ci était venu lui demander des explications dans sa chambre de malade. Le malheureux n'avait pas tergiversé longtemps.

— *Mon Dieu. Vous me donnez enfin l'occasion de soulager mon âme. Je n'ai jamais eu le courage d'avouer ceci à personne... sinon à cet horrible chapelain... mais il m'a extorqué mon secret. Dans son cas, ça n'avait rien d'une confession. Béatrice est la seule à savoir, mais elle ne m'aurait jamais trahi, car en dépit de tout elle m'aime. J'étais jeune moine en ce temps-là. Je venais de prononcer mes vœux quand j'ai rencontré la mère d'Isabelle. Clotilde était belle comme... comme Isabelle, qui ressemble à sa mère comme une goutte de rosée peut ressembler à une autre goutte de rosée. Elle venait de prononcer ses vœux, elle aussi. Nous sommes tombés amoureux l'un de l'autre au premier regard. J'ai voulu renoncer à tout, m'enfuir avec elle, mais elle a refusé. Elle avait épousé le Christ, disait-elle, elle ne pouvait reprendre sa liberté, même s'il lui en coûtait. Par nos fonctions respectives au sein de nos ordres, nous étions appelés à nous voir régulièrement. C'était une torture pour l'un comme pour l'autre. J'ai demandé à être envoyé dans un autre monastère. Le père abbé n'a pas accédé à ma demande. Je n'avais pas la force de caractère suffisante pour m'en montrer digne. Ou était-ce mon amour pour Clotilde qui était trop grand ? Un jour, je... Elle n'était pas consentante, même si, après, elle a affirmé le contraire. Je n'ai plus jamais cédé à la tentation, mais Dieu n'en a pas tenu compte. Clotilde attendait un enfant. Quand Isabelle est née, Clotilde a été autorisée à l'élever au couvent. On m'avait même accordé le droit de lui rendre visite tous les jours. Nos titres, nos lignées... vous comprenez ? Si elle avait été fille de lavandière, il est probable qu'elle aurait été chassée ou que son enfant aurait été confié à quelque orphelinat. Malheureusement, le remords a été plus fort que son amour pour l'enfant ou pour moi. Elle a sombré dans une stupeur profonde, dont elle ne sortait que pour nourrir sa fille. Dès que le lait s'est tari, Clotilde s'est éteinte. Personne ne voulait d'un scandale. Ce sont mes supérieurs qui ont eu l'idée de me faire passer pour le frère de ma fille. Ainsi, l'honneur était sauf. Quand j'ai demandé à Béatrice de venir m'aider, je lui ai avoué la vérité. Elle a juré qu'elle ne trahirait jamais mon secret, même sous la torture.*

Geoffroy arrêta sa monture. Il avait reconnu le cheval de Caribert, qui revenait lentement vers lui. Il sut alors qu'il arrivait trop tard. La route faisait un angle. Il l'eut à peine franchi qu'il découvrit le dominicain, qui se balançait à une branche. Il se précipita, mais la vie avait déjà quitté Caribert.

Le jeune comte dépendit le corps et l'allongea sur le sol. Puis il alla fouiller la sacoche accrochée à la selle du cheval de Caribert. Il en sortit les instruments du culte et, après avoir adressé une prière au Seigneur, il accorda les derniers sacrements à un homme pour lequel il éprouvait une réelle affection. Un homme qui n'avait pas compris que sa faute était pardonnée depuis longtemps. C'était pour que Dieu n'ait pas l'impression que Caribert avait ajouté un second crime au premier, en s'ôtant la vie, que le comte avait pris sur lui d'administrer l'extrême-onction au dominicain.

Ensuite, il souleva le corps du mort et le plaça en travers de sa selle ; enfin, il gagna la chaumière de Scy.

Margot vint lui ouvrir avant même qu'il ait mis pied à terre. Bohémond la suivait, le petit Jérôme dans les bras.

— Il faut m'aider à l'enterrer, dit Geoffroy. Ensuite, personne ne devra savoir qu'il repose ici. Pour tout le monde, le frère Caribert fait le pèlerinage de Compostelle avec l'intention de s'établir, ensuite, à Rome, dans un couvent de dominicains.

— Ce sera comme tu dis, Geoffroy, déclara Bohémond.

— Quand vous en aurez terminé, venez au château, tous les trois. Ton innocence a été établie, donc...

— Geoffroy, si tu m'en donnes l'ordre, j'obéirai, tu le sais, mais je crois que Margot et moi, on préférerait rester ici. Tu sais que si tu as jamais besoin de mon épée...

— Dieu m'en préserve, le coupa Geoffroy.

Le comte se tourna vers la femme aux cheveux de feu.

— Tu ne veux pas venir vivre au château, Margot ? Tu sais, ma mère a fait la paix avec Gautier, elle accueillera sûrement son petit-fils avec joie.

La jeune femme secoua la tête.

— Vous êtes toujours aussi bon, monsieur le comte.

— Oh, je t'en prie. Tu es de la famille, alors, appelle-moi Geoffroy, comme autrefois.

Margot sourit.

— Tu es toujours aussi bon, Geoffroy, mais si je m'établissais au château, les gens n'oseraient plus venir me consulter. Je servirais à quoi, alors ? Qui les aiderait à soigner leurs maux ? Vos médecins ?

Le comte leva les yeux au ciel.

— Nous viendrons vous rendre visite, alors, promit-il. Au fait, plantez quelque chose sur la tombe de Caribert. Du chèvrefeuille serait parfait. Et n'oubliez pas, pour Isabelle et pour tout le monde, Caribert est en route pour Compostelle.

Le comte se remit en selle et prit la direction du château de Saint-Martin en priant le ciel que sa femme veuille croire à son mensonge.

Romans « Terres de France »

Jean Anglade
Un parrain de cendre
Le Jardin de Mercure
Y a pas d'bon Dieu
La Soupe à la fourchette
Un lit d'aubépine
La Maîtresse au piquet
Le Saintier
Le Grillon vert
La Fille aux orages
Un souper de neige
Les Puysatiers
Dans le secret des roseaux
La Rose et le Lilas
Avec le temps...
L'Ecureuil des vignes
Une étrange entreprise
Le Temps et la Paille
Les Ventres jaunes
Le Semeur d'alphabets
La Bonne Rosée
Un cœur étranger
Les Permissions de mai
Les Délices d'Alexandrine
Le Voleur de coloquintes
Sylvie Anne
Mélie de Sept-Vents
Le Secret des chênes
La Couze
Ciel d'orage sur Donzenac
La Maîtresse du corroyeur
Un horloger bien tranquille
Un été à Vignols
La Lavandière de Saint-Léger
L'Orpheline de Meyssac
Le Pain des Cantelou
Jean-Jacques Antier
Tempête sur Armen
La Fille du carillonneur
Marie-Paul Armand
Le Vent de la haine
Louise
Benoît
La Maîtresse d'école
La Cense aux alouettes
L'Enfance perdue
Un bouquet de dentelle
Au bonheur du matin
Le Cri du héron
Le Pain rouge
La Poussière des corons
Nouvelles du Nord
La Courée
Victor Bastien
Retour au Letsing
Henriette Bernier
L'Enfant de l'autre
L'Or blanc des pâturages
L'Enfant de la dernière chance
Le Choix de Pauline
La Petite Louison
Petite Mère
Françoise Bourdon
La Forge au Loup
La Cour aux paons
Le Bois de lune
Le Maître ardoisier
Les Tisserands de la Licorne
Le Vent de l'aube
Les Chemins de garance
La Figuière en héritage
La Nuit de l'amandier
Patrick Breuzé
Le Silence des glaces
La Grande Avalanche
La Malpeur
La Lumière des cimes
Nathalie de Broc
Le Patriarche du Bélon
La Dame des Forges
La Tresse de Jeanne
Loin de la rivière
La Rivière retrouvée
La Sorcière de Locronan
Annie Bruel
Le Mas des oliviers
Les Géants de pierre
Marie-Marseille
Michel Caffier
Le Hameau des mirabelliers
La Péniche Saint-Nicolas
Les Enfants du Flot
La Berline du roi Stanislas
La Plume d'or du drapier
L'Héritage du mirabellier
Marghareta la huguenote

Le Jardinier aux fleurs de verre
Daniel Cario
La Miaulemort
Jean-Pierre Chabrol
La Banquise
Claire Chazal
L'Institutrice
Didier Cornaille
Les Labours d'hiver
Les Terres abandonnées
Etrangers à la terre
L'Héritage de Ludovic Grollier
L'Alambic
Georges Coulonges
Les Terres gelées
La Fête des écoles
La Madelon de l'an 40
L'Enfant sous les étoiles
Les Flammes de la Liberté
Ma communale avait raison
Les blés deviennent paille
L'Eté du grand bonheur
Des amants de porcelaine
Le Pays des tomates plates
La Terre et le Moulin
Les Sabots de Paris
Les Sabots d'Angèle
La Liberté sur la montagne
Les Boulets rouges de la Commune
Pause-Café
Anne Courtillé
Les Dames de Clermont
Florine
Dieu le veult
Les Messieurs de Clermont
L'Arbre des dames
Le Secret du chat-huant
L'Orfèvre de Saint-Séverin
La Chambre aux pipistrelles
Paul Couturiau
En passant par la Lorraine
Annie Degroote
La Kermesse du diable
Le Cœur en Flandre
L'Oubliée de Salperwick
Les Filles du Houtland
Le Moulin de la Dérobade
Les Silences du maître drapier
Le Colporteur d'étoiles
La Splendeur des Vaneyck
Les Amants de la petite reine
Un palais dans les dunes
Renelde, fille des Flandres
Alain Dubos
Les Seigneurs de la haute lande
La Palombe noire
La Sève et la Cendre
Le Secret du docteur Lescat
Constance et la Ville d'Hiver
Marie-Bernadette Dupuy
L'Orpheline du bois des Loups
Les Enfants du Pas du Loup
La Demoiselle des Bories
Le Chant de l'Océan
Le Moulin du Loup
Le Chemin des Falaises
Les Tristes Noces
Elise Fischer
Trois Reines pour une couronne
Les Alliances de cristal
Mystérieuse Manon
Le Soleil des mineurs
Les cigognes savaient
Confession d'Adrien le colporteur
Le Secret du pressoir
Sous les mirabelliers
Laurence Fritsch
La Faïencière de Saint-Jean
Alain Gandy
Adieu capitaine
Un sombre été à Chaluzac
L'Enigme de Ravejouls
Les Frères Delgayroux
Les Corneilles de Toulonjac
L'Affaire Combes
Les Polonaises de Cransac
Le Nœud d'anguilles
L'Agence Combes et Cie
Suicide sans préméditation
Fatale Randonnée
Une famille assassinée
Le piège se referme
Gérard Georges
La Promesse d'un jour d'été
Les Bœufs de la Saint-Jean
L'Ecole en héritage
Le Piocheur des terres gelées
Les Amants du chanvre
La Demoiselle aux fleurs sauvages
Jeanne la brodeuse au fil d'or
Les Chemins d'améthyste
Denis Humbert
La Malvialle
Un si joli village

La Rouvraie
L'Arbre à poules
Les Demi-Frères
La Dernière Vague
Yves Jacob
Marie sans terre
Les Anges maudits de Tourlaville
Les blés seront coupés
Une mère en partage
Un homme bien tranquille
Le Fils du terre-neuvas
Hervé Jaouen
Que ma terre demeure
Au-dessous du calvaire
Les Ciels de la baie d'Audierne
Les Filles de Roz-Kelenn
Ceux de Ker-Askol
Michel Jeury
Au cabaret des oiseaux
Marie Kuhlmann
Le Puits Amélie
Passeurs d'ombre
Guillemette de La Borie
Les Dames de Tarnhac
Le Marchand de Bergerac
La Cousette de Commagnac
Gilles Laporte
Le Loup de Métendal
Jean-Pierre Leclerc
Les Années de pierre
La Rouge Batelière
L'Eau et les Jours
Les Sentinelles du printemps
Un amour naguère
Julien ou l'Impossible Rêve
A l'heure de la première étoile
Les Héritiers de Font-Alagé
Hélène Legrais
Le Destin des jumeaux Fabrègues
La Transbordeuse d'oranges
Les Herbes de la Saint-Jean
Les Enfants d'Elisabeth
Les Deux Vies d'Anna
Les Ombres du pays de la Mée
Eric Le Nabour
Les Ombres de Kervadec
Louis-Jacques Liandier
Les Gens de Bois-sur-Lyre
Les Racines de l'espérance
Jean-Paul Malaval
Le Domaine de Rocheveyre
Les Vignerons de Chantegrêle
Jours de colère à Malpertuis
Quai des Chartrons
Les Compagnons de Maletaverne
Le Carnaval des loups
Les Césarines
Grand-mère Antonia
Une maison dans les arbres
Une reine de trop
Une famille française
Le Crépuscule des patriarches
La Rosée blanche
L'Homme qui rêvait d'un village
L'Auberge des Diligences
Le Notaire de Pradeloup
Dominique Marny
A l'ombre des amandiers
La Rose des Vents
Et tout me parle de vous
Jouez cœur et gagnez
Il nous reste si peu de temps
Pascal Martin
Le Trésor du Magounia
Le Bonsaï de Brocéliande
Les Fantômes du mur païen
La Malédiction de Tévennec
L'Archange du Médoc
Louis Muron
Le Chant des canuts
Henry Noullet
La Falourde
La Destalounade
Bonencontre
Le Destin de Bérengère Fayol
Le Mensonge d'Adeline
L'Evadé de Salvetat
Les Sortilèges d'Agnès d'Ayrac
Le Dernier Train de Salignac
Michel Peyramaure
Un château rose en Corrèze
Les Grandes Falaises
Frédéric Pons
Les Troupeaux du diable
Les Soleils de l'Adour
Passeurs de nuit
Jean Siccardi
Le Bois des Malines
Les Roses rouges de décembre
Le Bâtisseur de chapelles
Le Moulin de Siagne
Un parfum de rose
La Symphonie des loups
La Cour de récré

Les Hauts de Cabrières
Les Brumes du Mercantour
La Chênaie de Seignerolle
Bernard Simonay
La Fille de la pierre
La Louve de Cornouaille
Jean-Michel Thibaux
La Bastide blanche
La Fille de la garrigue
La Colère du mistral
L'Homme qui habillait les mariées
La Gasparine
L'Or des collines
Le Chanteur de sérénades
La Pénitente
L'Enfant du mistral
L'Or du forgeron
Jean-Max Tixier
Le Crime des Hautes Terres
La Fiancée du santonnier
Le Maître des roseaux
Marion des salins
Le Mas des terres rouges
L'Aîné des Gallian
L'Ombre de la Sainte-Victoire
Brigitte Varel
Un village pourtant si tranquille
Les Yeux de Manon
Emma
L'Enfant traqué
Le Chemin de Jean
L'Enfant du Trièves
Le Déshonneur d'un père
Blessure d'enfance
Mémoire enfouie
Une vérité de trop
Louis-Olivier Vitté
La Rivière engloutie
L'Enfant des terres sauvages
L'Inconnue de la Maison-Haute
Le Secret des trois sœurs
Colette Vlérick
La Fille du goémonier
Le Brodeur de Pont-l'Abbé
La Marée du soir
Le Blé noir

Composition et mise en pages : FACOMPO, LISIEUX

Cet ouvrage a été imprimé en France par

CPI
BUSSIÈRE

à Saint-Amand-Montrond (Cher)
en mars 2010

N° d'édition : 8100. — N° d'impression : 100849/1.
Dépôt légal : mars 2010.